미술관 점거사건

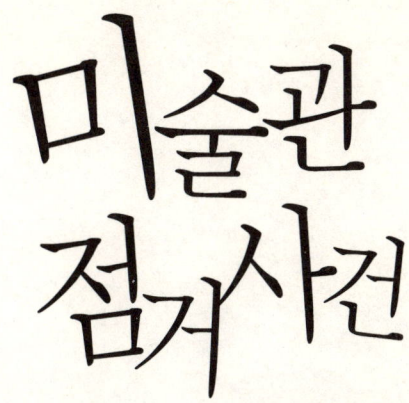

미술관 점거사건

李垠 장편소설

"아직 여섯 살밖에 안 됐어.
만약 내가 너희들이 원하는 걸 해주면……"

고즈윅

미술관 점거사건

1판 1쇄 인쇄 2011년 5월 20일
1판 1쇄 발행 2011년 5월 27일

지은이 이 은

펴낸이 배선아
펴낸곳 고즈넉

출판등록 2011년 4월 8일 제108-91-82089호
주소 서울시 동작구 등용로 37, 106동 201호
대표전화 02-6269-8166 팩스 02-6166-9199
이메일 goznuk2@gmail.com

ⓒ 이은, 2011

ISBN 978-89-966410-1-8 03810

잘못된 책은 구입하신 서점에서 교환해 드립니다.
이 책은 저작권법에 따라 보호받는 저작물이므로 무단 전재와 복제를 금합니다.
이 책의 전부 또는 일부 내용을 재사용하려면
사전에 저작권자와 본사의 서면 동의를 받아야 합니다.

역사는 책으로 기록되기보다는 약탈물로 기록된다

더글러스 릭비

물만두 님을 기억하며

차례

미술관이 점거되다 9
그 후의 일들 257

추천글·헨더슨 컬렉션과 심청이 그리고 심봉사
혜문 스님·문화재제자리찾기 사무총장 317

작가노트·미술관에서 보낸 2박 3일 320

참고한 책과 자료 328

그날, 미술관에 들어간 사람들

● **아르스 미술관 직원**
고진미(34세) 학예연구실장
주민수(35세) 관리실 직원

● **서울 아트 인스티튜트 학생들**
(학내 동아리 한국문화재연구회 회원)
김우진(26세) 서양화과 4학년
유한나(26세) 서양화과 4학년
김명호(23세) 동양화과 3학년
강나래(23세) 조각과 3학년
그 외 서울 아트 인스티튜트 학생 12명

● **조직폭력단 9·5파**
양구오(37세)   두목
박이칠(31세) 조직원
오공삼(27세) 조직원
최일구(26세) 조직원

1

 미문화원 점거사건, 정당 사무실 점거사건, 회사 사옥 점거사건, 도로 점거사건, 회장 집무실 점거사건, 대학 총장실 점거사건, 선박 점거사건, 크레인 점거사건 등등, 특정 집단이 상징성을 지닌 공간을 점거해 자신들의 요구 사항을 강하게 주장하는 일은 많았다. 그런데 그런 험하고 극단적인 것과는 안 어울릴 미술관이라는 장소가 점거되는 사건이 발생했다. 그것만으로도 희한한데, 예술 활동이 이루어지는 데라는 차별성을 내세우기라도 하듯, 그 모든 과정 자체가 하나의 작품이라 해도 손색없을 만큼 아주 독특했다.
 사건은 모두 그날 아침에 벌어졌다.
 오전 6시 50분.
 평창동의 아르스 미술관 주변은 한적하다 못해 적막감마저 감돌았다.

태양 빛이 어슴푸레 비추기 시작할 무렵 멀리 주민수가 미술관을 향해 성큼성큼 걸어오고 있었다.

35살의 주민수는 아르스 미술관의 관리실 직원이다. 둥글둥글한 체형에 편안한 인상, 1미터 75센티미터 정도 되는 키에 90킬로그램에 육박하는 비만한 몸을 보고 있으면 저절로 알래스카의 불곰 한 마리가 떠오른다. 그러나 둔하거나 늘어져 보인다기보다 운동을 하다 잠시 안 한 사이에 살이 붙은 것 같이 탄탄해 보여서, 큰 키가 아님에도 상대를 압도하는 기운이 느껴졌다.

주민수는 미술관 길을 걸어가며 오늘 해야 할 일들을 머릿속에 정리했다. 사실 머릿속으로 정리할 만큼 복잡한 일은 없었다. 미술관의 실질적인 관리는 종합방재실 직원이 매 시간 컴퓨터로 상황을 체크하면서 대부분 이루어졌다.

경비로서 자신이 할 일은 경비 시스템이 원활하게 작동되는지 확인하고, 또 CCTV를 통해 전시실 내부 전경을 실시간으로 감시하는 새턴 커뮤니케이션 본사 관리실에 틈틈이 상황 보고를 하는 게 전부였다. 직접 몸을 써서 해야 할 일도 있지만, 주야 교대로 나오는 청원경찰과 아르바이트생들이 성실해서 그들이 제대로 잘하고 있는지 관리만 하면 됐다. 그는 오늘은 시간을 내 비가 올 때마다 종종 말썽을 일으키는 빗물 홈통이나 손봐야겠다고 생각했다.

미술관 입구에 도착한 주민수는 곧장 들어가지 않고 정문 앞에 잠시 섰다.

가슴 높이로 아트 펜스를 둘러친 미술관 앞마당과 본관 건물을 살펴보았다. 아무도 없이 적막한 이 순간이 그에겐 묘한 쾌감을 줄 때가 있었다.

그런 기분을 잠시 만끽하고는 열쇠를 꺼내 문을 열고 안으로 들어가 앞마당을 지나 본관으로 걸어갔다. 그의 뒷모습은 아침 사냥을 나가는 곰처럼 활기가 있었다.

본관으로 들어가고 나서 얼마 후 주민수가 다시 나왔다. 야간 경비를 마친 직원과 함께였다.

둘은 어깨를 나란히 하고 느긋하게 밖으로 나섰다. 정문까지 나온 두 사람은 몇 마디를 더 나누고는 서로 밝은 얼굴로 인사를 주고받았다. 야간 경비직원이 정문을 열고 밖으로 나갔고, 그는 정문을 닫고 다시 본관으로 향했다.

아침 8시 30분.

아르스 미술관 주변은 출근을 서두르느라 종종걸음을 치는 사람들과 대로를 꾸역꾸역 메우는 차량들로 부쩍 분주해진 모습이었다.

고진미는 파라다이스파크 오피스텔 옆에 공용으로 만든 주차장에 차를 세웠다.

가볍게 콧노래를 부르며 백미러 가까이 얼굴을 들이밀고 머리를 매만져 본다. 입가를 활짝 벌려 미소까지 지어 본 다음 조수석에 놓아둔 핸드백과 화집을 챙겨 들고 밖으로 나왔다.

34살의 고진미는 아르스 미술관의 학예연구실장이다. 1미터 60

센티미터가 채 안 되는 작은 키에 가녀린 몸매 그리고 한두 번 봐서는 기억되지 않는 평범하기 짝이 없는 인상인데, 성격도 비슷했다. 그녀는 소심하고 소극적인 성격으로 알려진 인물이었다.

고진미는 미술관으로 들어가는 길을 또각또각 경쾌하게 밟아 나가면서 오늘 하루 일과를 떠올려 보았다.

열흘 전부터 시작된 개관 기념전의 지속적인 홍보가 아쉬움을 남겼다. 이미 웬만한 언론사에는 홍보가 다 된 상태였지만, TV 쪽은 좀 약했다는 생각이 들었다. 오늘은 선정한 방송국 기자들에게 연락해 단순 보도가 아닌 미술관 개관과 전시에 대한 특집 프로그램을 제작하는 방향으로 제안을 해볼 계획이었다.

더불어 신진 작가들에게 전시 기회를 주려고 만든 1층 소전시실에서 열릴 기획전도 슬슬 준비해야 했다. 또 유럽 출장 중인 관장에게 어제 미술관 상황을 보고하는 일도 잊어서는 안 된다. 오늘은 이메일이 아니라 전화를 걸어 안부도 묻고 보고도 해야겠다고 생각했다. 이렇듯 해야 할 업무는 많았지만 그다지 스트레스 받는 일들은 아니어서 부담은 없었다.

미술관 앞에 도착한 고진미는 열쇠를 꺼내 정문을 열고 안으로 들어갔다.

앞마당을 가로질러 본관 출입문을 향해 걸어가는 발걸음이 조금 빨라졌다.

그녀가 생각하기에 미술관 앞마당의 설계는 완전히 실패작이었다. 풀 한 포기 없이 화강암 바닥으로만 채워진 마당의 전경이, 아무리 화강암 재질의 본관 건물 외벽과 또 미니멀리즘 양식에 맞춘 것이라 해도 미술관 분위기를 너무 건조하게 만들었다. 그나마 출입문을 바라보며 왼편에 가지런히 놓인 국내 젊은 작가들의 실험적인 조각품들과 오른편 쉼터에 마련된 유기 이미지를 디자인한 테이블이 딱딱해질 수 있는 기분에 숨통을 트이게 해주는 것 같아 그나마 다행이었다.

못마땅하게 앞마당을 휘둘렀던 시선이 본관 위에서 머무르자 이번에는 살짝 미소가 머금어졌.

미술관 건물의 3분의 1을 덮은 초대형 현수막이 미풍에 가볍게 흔들리고 있었다.

화사한 꽃 그림이 전사된 현수막에는 선명한 고딕체 글자가 나풀거리며 한창인 전시를 알렸다.

아르스 미술관 개관 기념전
미국 회화의 거장 조지아 오키프[1]의 회화 세계 5. 10 ~ 8. 10

---

1) 조지아 오키프(Georgia O'Keeffe; 1887~1986)는 20세기 미국을 대표하는 여류 화가이다. 그녀는 위스콘신 주에서 태어나 시카고 미술학교와 뉴욕 아트 스튜던트 리그에서 미술을 공부한 후, 디자이너, 교사, 대학 교수로 활동하다가, 1916년에 모더니즘 사진의 아버지이자 사진의 역사에서 가장 위대한 사진작가로 꼽히는 알프레드 스티글리츠(Alfred Stieglitz; 1864~1946)의 눈에 띄어 전시를 열고 작품 활동을 시작하게 된다. 이후 스티글리츠와 결혼한 그녀는, 뉴욕과 뉴멕시코에서 몇 년간 생활하다가 1946년 남편이 죽은 뒤 뉴멕시코로 옮겨 그곳에서 죽는 날까지 은둔생활을 하며 본격적으로 자신만의 작품 세계를 펼쳐냈다.

고진미는 핸드백에서 시큐리티 카드를 꺼내 경비를 해제하고, 열쇠로 문을 열었다.

바로 그때 첫 번째 사건이 터졌다.

고진미가 미술관 안으로 들어가려는 순간, 느닷없이 입 안으로 무언가 하나 가득 들어왔고 동시에 두 팔이 뒤로 꺾였다. 갑작스러운 일에 놀라 고개를 돌려 보니 낯선 남자가 권총으로 자신의 얼굴을 겨누고 있었다. 입이 틀어 막혀 비명을 지를 수도 없었고, 뒤로 당겨진 팔을 누군가 꽉 잡아 몸부림을 칠 수도 없었다.

조지아 오키프 작품의 주된 소재로는 짐승의 뼈, 꽃과 식물의 기관, 조개껍질, 바위, 산 등 자연의 형태를 확대한 것들인데, 그녀는 이를 탐미적이고 율동적인 리듬을 갖는 형태로 추상화시켜 신비스럽고 에로틱한 미적 감수성을 보여 주었다. 이렇게 심리적, 상징적 차원으로 승화된 그녀의 작품들은 보는 이들로 하여금 단순히 소재의 형상에만 머물러 있게 하지 않고 생명이 약동하는 우주의 에너지를 담은 심오한 공간으로 빨려들게 한다.

조지아 오키프는 1946년 시카고 미술 대학에서의 첫 번째 대규모 회고전을 시작으로 유수의 미술관에서 회고전을 가졌고, 1976년에는 자서전을 출간하였으며, 생전에 포드와 레이건 대통령으로부터 예술 훈장을, 하버드 대학을 비롯한 많은 대학에서 명예박사 학위를 받았다. 그녀는 미국에서 유럽 미술의 영향이 절대적이었던 시기에도 자신만의 독특한 화풍을 구축해 미국 미술의 틀을 완성한 위대한 작가로 평가받고 있으며, 예술 활동 이외에도 자신의 인생을 통해 여성의 권익을 위한 보이지 않는 투쟁과 자유와 독립에의 강한 의지를 보여 줘 현재까지도 많은 미국인들의 사랑과 존경을 받고 있다.

1997년에는 뉴멕시코 주 산타페에 조지아 오키프 미술관이 건립되었고(http//www.okeeffemuseum.org/), 2009년에는 그녀의 일대기가 영화로 제작되기도 했다.

고진미는 곧 자신의 두 뺨과 두 팔이 끈으로 단단히 묶이고 있는 것을 느꼈다. 너무도 순식간에 일어나 그저 놀랍고 두렵기만 한 상황에 눈물이 나려고 할 때, 그녀는 어느새 미술관 안으로 떠밀려 들어갔다.

고진미를 간단히 제압하고 미술관 안으로 들이닥친 이들은 박이칠과 오공삼, 최일구로, 모두 조직폭력단 '9·5파'의 조직원들이었다. 그들은 들어가자마자 그녀를 바닥에 내동댕이쳤다.
"넌 이년 잘 감시하고 있어. 핸드폰 찾아 뽀개 놓고."
맏형뻘인 박이칠은 최일구에게 지시하고 오공삼과 함께 성큼성큼 관리실로 향했다.
관리실 문을 열고 들어갔을 때 주민수는 다리를 벌리고 선 채 스트레칭을 하고 있던 중이었다. 헛둘, 헛둘…….
박이칠은 놀란 눈으로 자신을 쳐다보는 주민수에게 날아가듯 달려들어 무릎으로 복부를 가격했다. 주먹이 이어서 얼굴에 꽂혔다. 주민수는 곧바로 억, 하는 비명을 지르며 쓰러졌고, 오공삼이 재빨리 그의 팔을 뒤로 모아 묶고 구석에 있는 보조의자에 앉혔다.
"경비 다 해제시켜."
박이칠이 소리치자 오공삼은 관리실 경비 시스템을 한눈에 훑어보았다.
"……다 해제되어 있습니다."

"CCTV 확인하고 우리 찍힌 거 다 지워. 그리고 완전히 꺼버려."

오공삼은 자리에 앉자마자 기계를 능숙하게 조작하기 시작했다. 복장과 손놀림만 보면 그 자리에서 몇 년은 같은 일을 계속한 것처럼 자연스럽고 빨랐다.

"……당신들 누구야. 왜 이래……."

주민수는 벌겋게 부어오른 볼을 실룩거리며 몇 마디를 신음처럼 뱉어냈다. 박이칠은 주먹으로 그의 얼굴을 퍽 소리가 나도록 세게 한 번 더 치고 머리에 총구를 들이댔다.

"미술관 열쇠 전부 내놔!"

"저기 책상 서랍에……."

박이칠은 곧바로 책상 서랍을 열었다. 두 번째 서랍에서 열쇠 뭉치를 발견하고 낚아채듯 꺼내 들었다.

"이게 전부야?"

주민수는 주먹세례에 정신이 없는지 연신 눈을 껌벅거리며 고개만 끄덕였다.

"비상경보 장치의 선들이 다 어디로 모이지?"

박이칠이 다시 물었지만 주민수는 아직 어리둥절한 상태에서 벗어나지 못했다.

"비상경보 장치의 선들이 다 어디로 모이냐고!"

"……그런 거 없습니다."

박이칠은 주먹으로 주민수의 얼굴을 다시 세게 쳤다. 금방 때린 그 자리였다.

"허튼 수작 부릴 생각 마라. 이런 일은 우리가 너보다 잘 알아. 1층 홀에 세 개, 2층에 다섯 개, 3층에 세 개. 여기는……."

박이칠은 손으로 책상 밑을 더듬어 보았다.

"여기는 한 개. 이 선들이 다 어디로 모이냐고!"

"……2층, 지하 2층 기계실이요."

"그거 전화선과 연결되는 거지?"

"네."

"CCTV 다 껐어?"

오공삼을 돌아보며 재촉했다.

"네, 아예 망가트렸습니다."

"나가자."

둘은 주민수를 일으켜 세워 밖으로 떠밀었다.

미술관 1층 홀 한쪽 구석에는 고진미가 무릎을 꿇은 채 널브러져 있었다. 얼굴이 눈물범벅이었다. 겁을 먹은 상태에서 재갈을 문 채 연신 꺽꺽거렸다. 박이칠과 오공삼은 주민수를 고진미 옆으로 밀고 가 똑같이 무릎을 꿇렸다.

박이칠이 최일구에게 지시했다.

"막내야, 나가서 형님께 들어오시라고 해라. 넌 이제부터 밖에서 잘 지키고 있어."

최일구는 성큼성큼 출입문을 열고 나갔다.

"재갈 좀 빼내 주지?"

퍼질러 앉은 모양으로 무릎 꿇은 주민수가 박이칠을 쳐다보며 말했다.

"뭐?"

"고 실장님 입에 물린 재갈 빼내 달라고요. 너무 힘들어 하잖아요."

박이칠은 잠시 여자를 쳐다보다 고갯짓을 했다.

오공삼이 그녀의 머리 뒤로 묶은 끈을 풀고 재갈을 빼내 주었다.

푸, 하는 소리와 함께 입에 고였던 침이 터져 나왔다. 콧물이 주르륵 늘어나 바닥에 닿을 정도였다. 숨을 헐떡이다 몇 번 기침을 하더니 그녀는 기어이 흐느껴 울기 시작했다.

"고 실장님, 괜찮으세요?"

그녀는 간신히 고개를 끄덕였다.

"울지 마세요. 별일 없을 겁니다. 괜찮을 거예요."

그때 양구오가 미술관으로 들어왔다.

정장 차림의 사내는 흡사 미술관에 첫 번째 들어온 정성스런 관람객처럼 보였다. 자연스럽고 세련된 자세였다. 그가 조직폭력단 9·5파의 두목이었다.

양구오는 올해 37살로, 1미터 75센티미터쯤 되는 적당한 키에 살을 단단히 뭉쳐놓은 듯한 다부진 몸매를 가지고 있었다. 그 탄력적인 몸에서 가장 공격성을 띤 것은 근육이 아니라 눈이었다. 매섭다기보다 무슨 일을 저지를지 도무지 짐작할 수 없는 눈매가 마주한 사람을 은근히 얼어붙게 했다. 늑대를 보지 못했어도 자연히 늑대라는 짐승이 떠오를 법했다.

그가 이끄는 9·5파는 국내와 국제 무대를 휘저으며 범죄 조직이 의뢰한 물건을 비밀리에 운반해 주는 트랜스포터transporter 조직이었다. 그는 늑대처럼 공격적이면서도 영악한 동물적 감각을 바탕으로 지난 5년간 조직을 훌륭하게 이끌어 왔다.

양구오는 권총을 꺼내 만지작거리며 오공삼에게 지시했다.

"너는 내려가서 선이라는 선은 다 끊어 놔."

그리고 권총을 위 아래로 까닥이자, 박이칠이 주민수와 고진미를 일으켜 세웠다.

양구오가 총으로 위협하는 가운데 박이칠은 둘을 엘리베이터 쪽으로 몰고 갔다.

네 사람은 4층으로 올라와 곧장 학예연구실로 들어갔다.

양구오가 고진미의 책상으로 가 앉자 박이칠이 회의 테이블 의자 두 개를 책상 건너편에 나란히 놓았다.

박이칠은 둘을 의자에 앉힌 후, 고진미의 손을 묶은 끈을 풀어 주민수의 발을 묶었다. 그리고 그의 주머니를 뒤져 핸드폰을 꺼내 보란 듯이 바닥에 내동댕이치고는 구둣발로 짓이겨 부숴 버렸다.

양구오가 약간 불편한 인상을 쓰며 창을 손가락으로 가리키자 박이칠이 창가로 가 블라인드를 내렸다.

"여기는 내가 맡을 테니까 너는 내려가서 공삼이와 일 시작해. 지하 2층과 1층을 샅샅이 뒤져. 그게 거기 있을 가능성이 가장 높

아. 시간이 얼마 없으니까 서둘러야 해. 무슨 일이 있으면 바로 연락하고."

"네, 형님."

둘이 학예연구실 밖으로 나가면서 문이 탁 소리를 내며 닫혔다.

그리고 조용해졌다. 지금까지 아무 일도 없었다는 듯이.

5분이 지나도록 간간히 고진미가 코를 훌쩍이는 소리 말고는 고요했다.

양구오는 책상 위에 권총을 소리 없이 올려놓고, 둘을 번갈아 쳐다보았다.

고진미가 계속 코를 훌쩍거리며 울고 있었다. 눈물에 화장이 지워지며 눈두덩을 판다처럼 시커멓고 우스꽝스럽게 만들어 놓았다. 양구오가 책상 위의 티슈 박스를 툭 던져 주었다.

"내 앞에서 울지 마. 여자들 질질 짜는 거 제일 싫어하니까."

톤의 변화가 거의 없는 저음이었는데 오히려 섬뜩하게 들렸는지 고진미는 화들짝 놀랐다. 저도 모르게 바닥에 떨어진 티슈 박스에서 허겁지겁 티슈 몇 장을 뽑아 코를 풀고 얼굴을 닦았다.

"자, 우리 이제부터 진지한 대화 좀 해볼까?"

양구오의 그 말은 아르스 미술관이 9·5파에 의해 완전히 장악됐음을 알리는 신호이기도 했다.

그때가 8시 40분이었다.

무슨 이유인지는 몰라도 조직 폭력단이 경찰서나 경쟁 조직의 아지트도 아니고 미술관을 쳐들어간 것부터가 큰 사건이었다. 하지만 일은 거기서 끝나지 않았다. 양구오 일당이 아르스 미술관을 장악하고 10분이 지난 후 더 엄청난 사건이 같은 미술관에서 벌어졌다.

여기서 잠깐 사건의 중심에 있는 아르스 미술관에 대해 알아볼 필요가 있다.

서울시 종로구 평창동에 위치한 아르스 미술관은, 짧은 시간에 재벌의 반열에 오른 통신회사인 새턴 커뮤니케이션이 모기업이었다. 평소 회화 예술을 애호하던 새턴 커뮤니케이션의 최문호 사장은 올해 개관을 목표로 미술관을 준비해 왔다.

평창동은 시내 중심부에서 좀 벗어나 접근성이 떨어진다는 단점은 있으나, 주변이 깨끗하고 고즈넉이 가라앉은 분위기여서 조용하고 차분하게 미술품을 감상하기에는 그만이었다.

설립 당시 자문을 구한 몇몇 미술인들도 평창동의 분위기에 만족했다. 장소보다는 콘셉트가 강조되는 추세니 전시만 좋으면 어떻게든 와서 본다며 별다른 이의를 제기하지 않았다. 부지가 결정되자마자 그는 미술관의 이름을 라틴어로 예술을 뜻하는 '아르스$_{ars}$' 로 정하고 곧바로 미술관 건설에 착수하여 올해 초 완공한 것이다.

대로를 접한 아르스 미술관 주변은 사무용 건물과 오피스텔들로 가득했다. 미술관 좌측에는 건강제약연구소가, 우측에는 파라다이스파크 오피스텔이 있었다.

이 건물들은 미술관 건물과 거의 붙어 있다시피 인접해 있었는데, 이는 미술관 건물이 당초 계획과는 달리 큰 규모로 지어졌기 때문이다. 그럼에도 미술관 앞으로 사방 50미터 넓이의 마당이 펼쳐져 있어 그리 답답해 보이지는 않았다. 미술관 뒤편은 재개발이 진행 중인 곳으로, 옛날 주택가와 상가를 헐어내느라 무척 어수선한 편이었다.

주변이 어떻든 미술관과는 아무런 상관이 없었다. 스웨덴의 세계적인 미니멀 아트 건축가가 설계한 미술관은, '건물 자체가 예술'이라고 불릴 정도로 멋과 재주를 다 부려 짓는 여느 미술관과는 확연히 달랐다. 미술관은 미술품을 보는 곳이라는 기본적인 명제에 충실해 장식을 일체 배제하고 기본적인 요소만으로 건물을 완성하려 했다. 이 콘셉트를 위해 직방체의 단순한, 하지만 즉물성(卽物性)이 강조된 형태를 띠었다.

이러한 박스형 건물에다 창이라고는 1층 미술관 카페와 4층에만 작게 난 게 고작이다. 출입문도 정문을 향하는 1층에만 유일했다. 그래서 건물 전체가 마치 철옹성 같은 요새처럼 보였다.

4층에서 옥상으로 향하는 문과 건물 양 끝에 비상구가 있지만, 옥상으로 향하는 문은 직원들만 사용할 수 있었고 비상구는 화재 같은 비상시에 자동으로 열리게끔 되어 있어 눈에 띄지도 않았다. 밀폐형 구조에다 건물 전체를 완벽한 방음 시설로 둘러 안에 들어서면 고요한 산사에 들어온 것처럼 평온한 느낌을 자아냈다.

미술관 내부는 다음과 같이 구분되었다.

4층	관장실 · 학예연구실 · 디지털 도서관
2, 3층	대전시실 · 휴게 공간
1층 홀	뮤지엄 숍을 겸한 카페 · 소전시실 · 관리실
지하 1층	세미나실 · 수장고 · 일반 창고
지하 2층	기계실

미술관 내부 역시 외관과 마찬가지로 단순함이 강조되었다. 직사각형 평면을 시원시원하게 구획해 놓은 배치였다.

특히 메인 전시실 2층과 3층은 200평 정도 되는 공간을 정확히 7 대 3의 비율로 나눠 정문에서 보면 우측을 전시실로, 좌측을 휴게 공간으로 간단히 구분해 놓은 형태였다. 이런 설계가 단조롭고 자칫 답답할 수 있었다. 그러나 다른 데 시선을 돌리지 않고 오직 감상에만 집중할 수 있도록 정교하게 계획된 결과였다.

미술관의 하드웨어가 완성되자 소프트웨어를 설치하기 시작했다. 최문호 사장의 부인이 미술관장으로 취임했고 직원들이 고용되었다. 학예연구실은 서너 명의 연구원으로 구성할 예정이었으나 마땅한 인력을 못 구해 일단 고진미를 실장으로 선임하고 나머지 직원을 차후에 뽑을 계획이었다. 먼저 미술관 관리를 총괄할 관리실 직원 두 명과 PLC를 제어 관리할 종합방재실 직원 두 명을 뽑았다.

어느 정도 소프트웨어가 완성된 후에는 본격적으로 아르스 미술관 개관을 화려하게 알릴 개관 기념전을 준비했다. 이때 미술관에 행운이 찾아왔다. 미국의 '조지아 오키프 예술협회'에서 조지아 오키프의 대표작만을 선점해 아시아 순회전시를 할 거라는 소식이 들려 온 것이다. 중국, 홍콩을 거쳐 한국, 일본, 태국, 말레이시아로 도는 기념비적인 전시 계획이었다.

한국 전시를 놓고 아르스 미술관은 물론이고 유수의 미술관이 유치전을 벌였다.

사실 아르스 미술관은 규모나 관록 면에서 조지아 오키프의 전시를 열 만한 수준은 못 되었다. 내심 바라기는 했어도 큰 기대는 하지 않았다.

하지만 규모도 관록도 간단히 능가하는 게 있었다. 기업의 메세나 활동을 장려하고 소규모 미술관 설립을 적극적으로 유도하겠다는 문화예술부의 입맛에 아르스 미술관이 딱 맞았다. 그래서 아르스 미술관이 극적으로 조지아 오키프의 전시를 유치할 수 있게 되었다. 이리 하여 막 개관한 신생 미술관이 기대 이상의 주목을 받으며 문화계에 화려하게 등장한 것이다.

오전 8시 50분.

김우진과 유한나 그리고 김명호와 강나래를 비롯한 열여섯 명의 서울 아트 인스티튜트 학생들이 아르스 미술관 주변에 일정한 간격으로 흩어져 서성거렸다.

그들 모두 무언가로 가득 채워진 커다란 배낭을 메고 있었고, 일부 학생들은 큼직한 가방까지 들었다. 이들은 30분 전 학교에 남아 있는 학생들을 통해 국내외 언론사에 전화를 걸어 자신들의 계획을 알리고, 이메일과 팩스로 그 내용을 다시 보냈다.

그로부터 10분 후에는 미리 포섭해 놓은 할아버지와 아주머니를 시켜 종로경찰서에 전화를 걸어 신고하게 했다.

김우진의 핸드폰이 울렸다. 경찰의 움직임을 살피는 학생으로부터 온 전화였다.

"어떻게 됐어?"

"형, 경찰차와 전경 버스가 유미 쇼핑센터 앞을 지나고 있어요."

"알았어. 넌 이제부터 주변 상황을 잘 살펴봐야 한다. 학교에 남아 있는 애들도 잘 관리하고."

"네, 걱정하지 마세요."

김우진은 핸드폰을 닫고, 어느새 상기되어 있는 유한나에게 고개를 끄덕였다. 그녀는 아랫입술을 살짝 깨물었다.

김우진은 천천히 아르스 미술관으로 걸어갔다. 그는 올해 26살로, 국내 최고의 예술대학이라는 서울 아트 인스티튜트 서양화과 4학년 학생이었다. 키는 얼핏 봐도 1미터 80센티미터가 넘었다. 잘생긴 외모라 오히려 개성이 없기는 한데 가만 보고 있으면 요즘 세대에 어울리지 않는 어떤 낭만적인 분위기가 느껴졌다.

그는 삼수를 기본으로 한다는 서울 아트 인스티튜트를 재수도 하지 않은 현역으로, 전액 장학금을 받고 입학했을 정도로 실력을 가진 미술학도였다. 예술적 재능이 충만한 것 못지않게 사회적 활동도 활발해 '한국문화재연구회' 라는 동아리를 직접 만들고 동기와 후배들을 이끌었다. 그가 바로 오늘 이 사건의 주역이었다.

김우진은 심장이 몸 전체를 흔들듯 떨리는 것을 느꼈다.

'잘 할 수 있을까? 잘 되어야 하는데.'

거사를 눈앞에 둔 지금 이 순간에 결코 나와서는 안 되는 상념들이 머릿속에서 불쑥불쑥 튀어나왔다.

심호흡을 몇 번 크게 해보았다. 그런 걸로 쿵쾅거리는 심장이 진정될 리 없었다. 자신을, 아니 여기 모인 모든 학생들의 마음을 진정시킬 유일한 방법은 지체 없이 거사를 시작하는 것뿐이었다.

김우진은 아르스 미술관 옆 건강제약연구소 앞에 다다라 발걸음을 멈추고 주머니에서 호루라기를 꺼냈다. 천천히 호루라기를 입으로 가져가 물고 힘차게 불었다.

미술관 주변을 서성이던 학생들이 일제히 아르스 미술관을 향해 달려갔다.

그들은 미술관 앞에 이르러 펜스 너머로 배낭과 가방을 던지고 서로가 서로를 도와 가며 펜스를 넘어 안으로 들어갔다. 사전에 수십 번 연습해 온 것이어서 모든 일은 막힘없이 순식간에 이루어졌다.

펜스를 넘어 미술관 안으로 들이닥친 학생들 가운데 일단 네 명은 미술관 앞마당에 남고 나머지는 출입문을 향해 달려갔다.

가장 먼저 도착한 학생 한 명이 가방에서 쇠망치를 꺼내 출입문을 열려고 했다. 그런데 문이 잠겨 있지 않은 것을 발견하고는 급히 손을 떼었다.

"열려 있어."

김우진과 유한나는 일단 행동을 멈추었다. 예상치 못했던 상황이 일어난 것이다. 그렇다고 가로막는 장애물은 아니었다. 어쩔까, 서로에게 묻는 듯한 눈빛을 주고받다 더 볼 것 없다며 동시에 그냥 문을 밀고 안으로 들어갔다.

학생들은 1층 홀에 서서 주위를 둘러보았다.

아무도 보이지 않았다.

유한나가 학생 한 명을 데리고 관리실로 들어갔다. 잠시 후, 그녀가 뭔가 안 풀린다는 표정을 하고 나왔다.

"관리실에 아무도 없어."

아무도 없어 불만스럽다는 목소리였다. 그것 역시 예상치 못한 상황이었다. 김우진은 관리실 쪽을 바라보았다. 계획대로 되고 있는데도 계획한 대로 될 것도 없어 자꾸 당혹스러운 느낌을 주었다.

그는 돌발 상황 두 가지를 무시하기로 하고 홀에 있는 학생들에게 소리쳤다.

"자, 각자 해야 할 일들을 알 거다. 시간은 10분밖에 없다. 한 치의 실수도 없이 모두 신속하고 정확하게 움직이도록 하자. 시작해!"

김우진과 유한나 그리고 김명호와 강나래만 홀에 남고 나머지 학생들은 우르르 계단을 달려 2층으로 오르기 시작했다.

네 명은 전시실로 들어가고, 나머지 네 명은 3층으로 올라가 마찬가지로 전시실로 향했다.

안으로 들어간 학생들은 일사불란하게 움직여 벽에 걸린 조지아 오키프의 그림들을 떼어 냈다.

5분도 채 걸리지 않은 시간에 다 떼어 내, 그림이 직접 닿지 않고 액자끼리 접촉하도록 하여 전시실 바닥에 차곡차곡 포개었다.

학생 두 명이 3층에 있는 그림들 가운데 두 점을, 2층에 있는 그림들 가운데 세 점을 들고 밖으로 나갔다.

또 다른 학생 한 명이 배낭에서 페인트 통과 붓을 꺼내 쌓아 놓은 그림 액자에 투명하고 끈적끈적한 액체를 발랐고, 나머지 학생들은 한쪽 구석에 노트북 PC를 연결하고 스위치를 켰다.

한편 미술관 앞마당에 있던 학생 네 명은 미술관 안에서 전선을 끌어내 노트북 PC와 캠코더를 연결했다.

캠코더는 트라이포드 위에 고정시켜 놓고 정문을 향하게 했다.

그리고 정문에서 한 5미터 정도 거리에 철제로 만든 이젤을 세우고 그 옆에 횃불 점화봉을 스탠드에 고정시켰다.

잠시 후 학생 둘이 그림 다섯 점을 갖고 나와 미술관 출입문 쪽에 차곡차곡 포개어 놓았다. 그리고 전시실에서 했던 것과 마찬가지로 액자에 끈적끈적한 액체를 발랐다.

미술관 앞마당과 2층, 3층에 있는 학생들이 일제히 노트북 PC를 켜고 실시간 동영상 프로그램에 접속하자 앞마당의 캠코더가 보내 온 정문 앞 전경이 생생하게 떠올랐다. 동시에 포털 사이트와 TV로 연결해 밖에서 벌어지는 일들을 알 수 있도록 했다.

이리하여 단 10분 만에 학생들은 미술관을 완전히 점거했다.

김우진은 미술관 앞마당부터 3층까지 차례로 상황을 체크했다.

앞마당은 네 명의 학생들과 다섯 점의 그림이, 2층 전시실에는 네 명의 학생들과 열 점의 그림이 그리고 3층 전시실에는 네 명의 학생들과 열다섯 점의 그림들이 쌓여 있었다. 노트북 PC의 연결 상태도 좋았고 액체도 꼼꼼하게 발라 놓은 것을 확인했다. 그는 학생들에게 각 층에 한 명씩만 남겨 놓고 모두 밖으로 나가라고 지시했다.

더 이상 학생들이 없다는 걸 확인하자 김우진은 전시실에 마지막 남은 김명호에게 고갯짓을 했다.

김명호 역시 반응하는 것처럼 고개를 살짝 끄덕이고는 바닥에 포개어 놓은 그림 가운데 맨 위의 한 점을 집어 들었다. 그의 표정은 또 다른 이유로 긴장해 있는 듯했다.

김우진이 먼저 전시실 밖으로 나가고 조금 시간을 두고 김명호가 이어서 나왔다.

김우진이 1층 홀을 지나 앞마당으로 나가려는데, 유한나가 급히 달려와 불러 세웠다.

"우진아, 좀 이상해?"

"뭐가? 뭐가 잘못 됐어?"

"우리 일은 완벽하게 다 됐는데…… 미술관에 아무도 없어. 문은 문대로 열려 있고 경비도 완전히 해제된 상태야. 전화선도 다 불통이고."

"……."

그의 머릿속에서는 한쪽에 물려 두었던 예상치 못한 두 가지 상황이 떠올랐다.

"다른 때라면 고 실장하고 관리실 직원이 미술관을 둘러보고 있을 시간인데. 4층에 같이 있나?"

"우진아, 너는 4층으로 올라가 봐. 나는 밖에서 애들과 준비하고 있을게. 이미 몇 군데 방송국과 신문사에서는 와 있어. 경찰차도 요 앞 사거리까지 와 있다고 하고."

"알았어. 4층에 올라갔다가 바로 나갈게."

김우진은 곧바로 엘리베이터로 향했고, 유한나는 밖으로 나갔다.

같은 시각, 아르스 미술관 앞으로는 방송국과 신문사 차량이 속속 모여들었다. 이 때문에 미술관 앞 도로는 정체되기 시작했고, 정문 앞은 가장 먼저 도착한 기자들로 어수선한 분위기였다.

파라다이스파크 오피스텔 편의점 안에서 망을 본 9·5파의 최일구는 무언가 심상치 않은 일이 벌어지고 있음을 직감하고 곧바로 양구오에게 전화를 했다. 하지만 몇 번이나 전화를 해도 계속 통화 중이었다. 그래서 오공삼에게 걸어 보았지만 역시 마찬가지였다.

그렇게 통화가 안 되는 데는 이유가 있었다.

미술관 4층 학예연구실에 있는 양구오는 오공삼과 통화 중이었다. 양구오는 화가 잔뜩 난 목소리로 닦달했다.

"……제대로 찾아보고 있는 거야? 지금 엉뚱한 데 쑤시고 있는 건 아니지? ……거기 아니면 있을 데가 없잖아! ……시간 없으니까 집중해서 잘 찾아봐. 다시 연락해."

양구오는 신경질적으로 핸드폰을 끄고 흥분을 가라앉히려고 숨을 골랐다. 그러다 서류함을 뒤적이는 고진미를 보고 버럭 소리를 질렀다.

"뭘 이렇게 꾸물거려! 빨리 갖고 와!"

고진미는 소스라치게 놀라며 서류철을 하나 서둘러 꺼내 그에게 들이밀었다. 서류철을 건네주는 손이 부들부들 떨렸다.

"홍콩에서 그림이 올 때 보내온 서류는 이게 전부예요……."

양구오는 서류철을 척척 훑어보고는 신경질적으로 소리쳤다.

"너, 지금 장난쳐? 장난쳐!"

"진짜예요. 이런 것 말고 미술관으로 올 게 없어요."

조금 진정되었던 고진미는 다시 울먹이기 시작했다.

"도대체 뭘 찾으시는데 그러세요?"

보다 못한 주민수가 나섰다. 정말 궁금하기도 했다. 아침부터 들이닥쳐서 찾지 않으면 안 될 그게 뭔지.

양구오는 그를 돌아보며 무슨 말을 하려다가, 다시 핸드폰을 집어 들었다.

아르스 미술관 밖에는 더 많은 방송국과 신문사 차량이 몰려들었다. 드디어 여러 대의 경찰차와 전경 버스까지 도착하자 일대는 혼잡과 마비 그 자체였다. 경찰은 주변을 정리하기 위해 급기야 미술관 앞 도로 2차선을 완전히 폐쇄했다.

밖에 있던 최일구는 이젠 심상치 않은 정도가 아니라 진짜 큰일이 났다고 생각했다. 더욱이 미술관 앞마당에는 열댓 명의 학생들이 모여 무슨 구호까지 외치고 있었다. 최일구는 양구오에게 다시 전화를 했지만 여전히 통화 중이었다. 전화를 끊고 이번에는 박이칠에게 전화를 해보았다. 마찬가지로 통화 중이었다. 최일구는 발만 동동 구르며 핸드폰 버튼만 계속 눌렀다.

그렇게 통화가 안 되는 데도 역시 이유가 있었다.

양구오는 박이칠과 통화 중이었다. 그는 화가 머리끝까지 치솟아 올라 거의 고함을 치듯 말했다.

"……야 이 자식아, 뭐? ……이런, 이런. 너 이런 거 한두 번 해봐! 너까지 왜 이래…… 안 되겠다. 내가 갈게. 지하 1층이지? 알았다. 기다려."

양구오는 신경질적으로 전화를 끊었다. 그리고 책상 위에 올려놓은 총을 집어 들어 둘에게 겨누었다. 총구가 자꾸 눈앞에서 흔들거리자 고진미는 오발이라도 날까 봐 아찔했다.

"잘 들어. 두 사람은 이제부터 나하고 같이 밑으로 내려간다. 거기서 우리가 찾는 걸 찾을 거다. 10분밖에는 시간이 없다. 10분 동안 쑤셔도 안 나오면 너희들은 죽어. 그러니까 너희들만 알고 있는 창고나 보관 장소가 있으면 다 말해야 할 거야. 잔대가리 굴리……."

바로 그때 학예연구실로 올라온 김우진이 문을 열고 들어왔다.

세 사람은 일제히 그를 쳐다보았다.

김우진은 손과 발이 묶인 주민수와 눈물과 화장 얼룩에다 잔뜩 겁까지 먹어 정상적인 상태라고 보기 힘든 고진미, 누구보다 그들에게 총을 겨눈 차가운 인상의 양구오를 보자 머리로 온몸의 피가 몰리는 듯했다.

"넌, 뭐야!"

양구오는 반사적으로 튀어 오르듯 일어나 이번에는 김우진에게 총구를 돌렸다.

김우진은 순간적으로 양손을 어깨 높이까지 들었다가 내렸다. 양구오의 얼굴과 그가 든 총을 번갈아 쳐다보았다. 난처한 게 분명한 두 사람도 다시 한 번 보았다. 그 상황에서 그 역시 당황하기는 마찬가지였다. 하지만 그는 해야 할 말을 잊지는 않았다.

"우, 우리는 서울 아트 학생입니다. 우리들이 지금 미술관을 점거했어요. 나가려면 지금 빨리 나가세요."

"뭐!"

양구오와 주민수와 고진미는 동시에 소리쳤다.

"우리 학생들이 이곳을 점거했다고요. 지금 바깥 상황을 모르십니까? 언론사 기자들도 와 있고 경찰도 와 있습니다."

양구오가 창가 쪽으로 몸을 움직이려는 순간, 학예연구실 문이

활짝 열리더니 오공삼이 들어왔다.
 김우진을 슬쩍 쳐다보았지만 그의 존재를 의식하지 못한 채 다급하게 말했다.
 "형님, 큰일 났습니다. 지금 밖에서 무슨 일이 벌어지고 있습니다. 경찰에 전경 버스까지 와 있어요."
 오공삼의 말이 끝나기가 무섭게 이번에는 박이칠이 문을 박차고 들어왔다.
 "형님! 지금 밖……."
 "도대체 이게 어떻게 된 일이야!"
 양구오는 재빨리 창가로 가 블라인드를 들치고 밖을 내다보았다. 고진미도 창가로 가 블라인드를 벌려서 밖을 내다보았다.
 주민수도 묶인 발로 깡충깡충 뛰어 고진미의 뒤로 가 창밖을 내려다보았다.
 미술관 앞마당에는 여러 명의 학생들이 모여 구호를 외치고 있었다. 그 너머 정문 밖으로는 언론사 기자로 보이는 수십 명의 사람들이 분주하게 움직이는 가운데, 전경들이 그들을 통제하며 펜스를 따라 일렬로 정렬하려 하고 있었다. 또 미술관 앞 대로는 도로를 꽉 메운 방송국과 신문사 차량들과 무슨 일이 일어났는지 구경하려고 모여든 사람들로 사실상 마비된 상태였다.
 양구오는 안색이 창백해졌다. 늘 화를 내는 편이지만 저렇게 하얗게 질린 적은 없었던 것 같았다. 박이칠이 바깥에서 일어나는 상황보다 더 불안하게 그를 힐끔거렸다. 고진미와 주민수도 황당한 상황이 이렇게 탑을 쌓고 일어날 수 있다는 게 믿기지 않는지 어리둥절한 채 말을 잃었다.

그때 김우진의 핸드폰 벨이 울렸다. 학예연구실에 모인 사람들이 일제히 그를 쳐다보았다. 그때서야 박이칠도 낯선 존재를 확인하고 저, 하며 손가락을 어정쩡하게 가리켰다.

김우진은 그들의 서로 다른 표정들과 서로 다른 반응들을 살피다 천천히 전화를 받았다.

"……알았어 ……아니야. ……바로 나갈게."

그는 핸드폰을 끊고 단기 기억상실증에 걸린 사람처럼 망연한 표정들을 둘러보았다. 조폭들인가? 그리고 큐레이터와 관리실 직원이라니, 참 낯선 조합이라는 생각을 하며 말했다.

"여기서 무슨 일이 벌어지고 있었는지 모르겠지만, 전 모르는 일이고 관심도 없습니다. 다시 한 번 말하지만 나가려면 지금 나가세요. 이후부터는 우리가 당신들을 책임질 수도 없고, 책임지지도 않습니다."

김우진은 단호하고 분명한 입장을 밝힌 다음 밖으로 나가려 했다. 순간, 양구오가 소리쳤다.

"저 자식 빨리 붙잡아!"

박이칠과 오공삼이 그에게 달려들어 양팔을 붙들었다. 김우진이 몸을 세차게 흔들었지만 꼼짝할 수 없었다.

양구오는 주먹을 휘두르기 딱 좋은 거리만큼 김우진에게 다가섰다.

"가긴 어딜 가. 너희들, 뭐 하는 자식들이야?"

김우진은 기죽지 않으려고 눈에 힘을 주어 양구오를 노려보았다. 그의 눈을 보고 있으니 이 작자가 여차하면 주먹을 날리거나 총으로 가격할지 모른다는 생각이 저절로 들었다.

"우리는 서울 아트 한국문화재연구회 학생들입니다. 미국이 약탈해 간 헨더슨 컬렉션Henderson Collection을 돌려받기 위해 이 미술관을 점거한 겁니다."

김우진은 시선을 약간 들어 양구오의 이마 근처에 갖다 붙이며 그래도 당당하게 대답했다.

"아니, 그것하고 우리 미술관하고 무슨 상관이 있다고……."

창가에 있던 고진미가 기어 들어가는 목소리로 간신히 물었다.

"여기서 지금 조지아 오키프 전을 열고 있잖습니까. 우리는 이 그림들을 볼모로 잡고 불법으로 약탈해 간 헨더슨 컬렉션을 돌려 달라고 할 겁니다."

김우진은 양팔이 약간 느슨해진 느낌이 들자 자신을 붙잡은 박이칠과 오공삼의 팔을 세차게 뿌리쳤다. 그리고 주머니에서 유인물 뭉치를 꺼내 책상 위에 던져 놓았다.

"가만, 가만있어 봐. 정리를 좀 해보자고. 그러니까, 하!"

이마를 짚은 양구오는 이 날벼락 같은 상황을 어떻게든 이해하려고 애를 썼다.

"그러니까 그 헨더슨인지 뭔지 때문에 네가 학생들을 우르르 몰고 와 여기를 점거했고, 너희들 때문에 경찰과 기자들이 몰려온 거라 이거지."

"저, 지금 빨리 나가 봐야 해요."

"그럼 나가면 안 되지."

양구오는 총으로 김우진의 미간을 겨누었다.

김우진은 자신을 겨눈 총을 빤히 쳐다보았다. 왠지 현실감이 없었다. 정말 저 안에 총알이 있고 그게 발사되어 몸을 관통하면 피가 철철 흘러내릴까? 어쩌면 장난감 총일지도 모른다는 생각이 들자 난데없이 기운이 솟았다.

그는 현재 자신의 위치를 한마디로 양구오에게 정확하게 알려줄 필요가 있었다.

"내가 안 나가면 학생들이 우왕좌왕할 거예요. 그러면 경찰들이 곧바로 미술관으로 쳐들어올 거고요. 그걸 바라지는 않겠죠?"

너무도 분명한 현실을 인식시켜 주었는지 양구오는 더 이상 말이 없었다.

"나가도 되죠?"

허락을 구하는 게 아니었지만 양구오는 선심 쓰듯 말했다.

"……좋아. 단, 이걸 명심해. 여기서 우리들은 못 본 거다. 만약 경찰한테 우리 이야기를 하거나 너희들 일에 우리를 끌고 들어가면."

양구오는 고진미와 주민수에게로 총구를 돌렸다.

"이 두 사람은 죽는다. 너희들은 너희들 일이나 해. 우리는 우리 일을 할 테니까. 보아하니 머리 나쁜 애는 아닌 것 같은데, 내

말 잘 알아들었지?"

 도대체 어디서부터 잘못된 걸까? 김우진은 짧은 순간이었지만 난데없는 생각을 하다 서둘러 학예연구실을 빠져나갔다.

 열여섯 명의 서울 아트 인스티튜트 학생들과 양구오 일당 세 명은 이렇게 아르스 미술관을 점거하게 되었다. 같은 날, 같은 시간대에, 그러나 서로 다른 목적을 가진 집단이 특정 장소를 동시에 점거하게 된 이런 경우를 어떻게 설명해야 할지 모르겠으나, 겹겹이 쌓아 놓은 중고 TV들이 예술이 되고 심지어는 변기까지도 예술이 되는 미술관이라면 그런 모양새가 어울리지 않을 것도 없어 보였다. 아무튼 이리하여 미술관 점거사건의 이야기는 본격적으로 전개된다.

2

 미술관 출입문을 밀고 나서자 몸이 부르르 떨려 왔다.
 아래로 내려와 보는 현장은 4층에서 봤던 것보다 훨씬 정신없었다. 정문 너머 뒤섞인 소음들이 그를 보자 표적을 찾은 화살처럼 한꺼번에 날아와 몸을 흔들어댔다.
 경찰들은 확성기로 지시를 주고받으며 자신을 향해 손가락질했다. 그 너머로 족히 50명은 넘을 것 같은 기자들이 고함을 질러 가며 소란스럽게 굴었다. 그 주변에는 몇 배 더 많은 구경꾼들이 고개를 잔뜩 빼고 웅성거렸다. 정신이 혼미해질 지경이었.
 또 건강제약연구소와 파라다이스파크 오피스텔, 심지어 대로 건너편 건물에서도 창으로 고개를 내밀고 관람하고 있었다. 관람? 모두 야구 경기장에서 흔히 볼 수 있는 표정들이었다.
 그 와중에 또렷하게 들리는 소리는 학생들의 우렁찬 구호밖에는 없었다. 그게 방패처럼 느껴졌다.

먼 하늘에서는 헬리콥터가 기우뚱거리며 미술관으로 다가오는 것도 보였다.

그는 헬리콥터의 활공을 잠시 멍한 시선으로 올려다보았다. 굉음을 내며 다가와 미술관을 스치듯 지나갔다. 하늘이 오늘따라 유난히 푸르렀다. 그 하늘을 보노라니 4층에서 벌어진 뜻하지 않은 일로 복잡해진 마음도 서서히 진정되었다. 유한나가 뛰어왔다.

"무슨 일 있었어?"

"……아니야."

"고 실장은?"

"관리실 직원과 4층에 있어. 자세한 건 나중에 말해 줄게. 서두르자. 유인물은 다 뿌렸지?"

"응."

"그럼 발표를 시작하자."

둘은 앞마당을 가로질러 정문 앞에 모인 학생들의 선두에 나란히 섰다.

강나래가 두 사람에게 확성기를 건넸다.

김우진은 펜스를 사이에 두고 불과 5미터 거리에 펼쳐진 아수라장을 이번에는 정면으로 천천히 훑어보았다. 온몸을 조여 오는 긴장감에 혀가 거꾸로 말려들어 가는 것 같았다. 사람들이 눈치 채지 못하게 심호흡을 몇 번 하고 확성기를 들었다. 그리고 손에 든 성명서를 힘차게 낭독하기 시작했다.

"전통과 역사를 자랑하는 예술 명문 서울 아트 인스티튜트의 한국문화재연구회 학생 열여섯 명은 바로 오늘, 외세의 부당한 간섭에 항거한 역사적인 서울 미문화원 점거농성사건[2]의 정신을 이어받아 미국 최고의 현대 화가이자 미국인이 가장 사랑하는 화가 조지아 오키프의 전시회가 열리고 있는 아르스 미술관을 점거한다."

김우진은 사전에 준비한 대로 여기까지 낭독하고 멈췄다. 뒤를 이어 유한나가 같은 내용을 영어로 통역해 낭독했다.

기자들, 경찰, 구경꾼들 가릴 것 없이 현장에 뿌린 유인물을 들여다보며 성명서 내용을 열심히 해석하고 있었다. 지금 이런 사태가 왜 일어났는지, 저 학생들이 무얼 하려는지.

유한나의 낭독이 끝나자 다시 김우진이 뒤를 이었다.

---

[2] 1985년 5월 23일 12시 서울대, 연세대, 고려대, 서강대, 성균관대의 삼민투 소속 학생 73명이 일시에 서울 미문화원 2층 도서관을 점거한 사건. 미문화원을 점거한 학생들은 「우리는 왜 미문화원에 들어가야만 했나」라는 성명서를 발표하면서, 광주민중항쟁 당시 미군 지휘 하에 4개 대대를 광주민중항쟁의 진압을 목적으로 풀어주어 신군부를 지원한 일에 대한 해명과 공개사과 그리고 향후 미국의 군사독재 정권에 대한 지원을 중단할 것을 주장하는 한편, 워커 주한미국대사와 면담을 요구하며 단식농성에 돌입하였다.
그러나 학생들은 농성 72시간 만인 5월 26일 당시 야당 지도자들의 설득과 악화되는 주변 상황을 고려해 평화적으로 해산했다. 이 사건으로 함운경 등 25명의 학생이 구속되었다.

"우리가 아르스 미술관을 점거한 이유는 다음과 같다. 우리는 그동안 학내 동아리 한국문화재연구회에서 활동하며, 지속적으로 외세에 의해 불법으로 약탈되어 해외로 유출된 우리 문화재 환수 운동을 펴왔다. 그러나 무관심한 정부와 세금만 축내는 정부 산하 관련 단체들 그리고 힘없는 시민단체들은 우리에게 실망만 안겨주었다. 우리는 특히 정부의 행태에 실망을 넘어 분노하지 않을 수 없다. 이 나라 정부에서는 그동안 약탈문화재 환수를 위해 무슨 일을 해왔는가!

1965년 한일협정 때 우리 문화재를 가장 많이 약탈해 간 일본에 확실한 환수협정은 고사하고 사죄조차 받아내지 못하더니, 결국 수많은 문화재들을 아직까지도 일본 땅에서 떠돌게 만들었다. 1993년과 2011년 외규장각 도서 반환협상은 또 어땠는가! 세계 최대의 문화재 약탈국이자 문화재 조폭으로 불리는 프랑스의 손에 놀아나, 1993년에는 미테랑 대통령에게 감쪽같이 사기를 당하고 2011년에는 G20의 급조된 성과를 위해 5년마다 갱신하는 조건으로 대여하는 참으로 듣도 보도 못한 굴욕적인 조건을 수용하고 말았다. 외규장각 도서 반환협상은 우리나라 외교사에 손꼽히는 멍청한 외교로 기록되면서 약탈한 당사국조차 조롱할 정도로 전 세계의 웃음거리가 되고 있다. 이에 문화와 예술을 사랑하는 학생으로서, 더 나아가 대한민국에 사는 국민의 한 사람으로서 더 이상 이러한 일을 방관만 할 수는 없어, 미술관 점거농성이라는 극단의 행동을 취하게 되었다.

우리는 불법으로 약탈되어 해외로 유출된 우리 문화재 가운데 현재 미국에 있는 헨더슨 컬렉션을 첫 번째 타깃으로 삼았다. 헨더슨 컬렉션은 무엇인가! 1958년부터 1963년까지 주한미국대사관 정무참사관으로 근무하면서 막강한 권력을 행사했던 그레고리 헨더슨이 약탈해 간 한국 문화재 컬렉션이다. 그는 당시 이 나라의 혼란스러운 정치 상황과 어려운 경제 상황을 틈타 국보급 문화재들을 약탈에 가까운 방법으로 수집했고, 외교관 신분의 특권과 당시 체계적이지 못했던 문화재 관련법의 허점을 최대한 악용하여 이를 미국으로 빼돌린 인물이다.

그가 약탈한 한국 문화재는 알려진 것만 하더라도 국보급 도자기류만 150여 점에 달하며, 그 외 전모가 다 파악되지도 않은 엄청난 양의 국보급 불화, 불상, 서예, 전적류도 여기에 포함된다. 그가 6년이라는 짧은 기간에 약탈한 문화재들은 한국 미술사 전체를 가로지르며 전 품목을 아우르는 것이고 모두 국보급이어서, 그가 얼마나 조직적이고 체계적으로 한국 문화재를 집중 공략했는지 잘 말해 주고 있다.

그는 왜 이렇게 한국 문화재를 약탈했는가? 그는 한국 문화를 사랑한 예술 애호가였던가? 아니다. 그의 목적은 오로지 돈이었다. 그는 미국으로 돌아가 자신의 컬렉션을 구입해 줄 부호들을 찾아다녔고, 심지어는 도둑질해 간 문화재를 우리나라에 되팔려는 파렴치한 짓을 하다가, 결국 기증이라는 그럴듯한 명목으로 엄청난 금액에 컬렉션의 핵심인 도자기 컬렉션을 하버드 대학박물관에 팔았다. 더욱이 약탈의 참모 격이었던 헨더슨의 부인 마리아 헨더슨이 죽은 후에는 헨더슨 컬렉션의 다른 문화재들이 경매시장에 나와 여기저기에 팔려, 이젠 약탈된 문화재의 정확한 종류와 숫자마저 파악할 수 없게 되었다.

우리는 이러한 악랄하고 비열한 우리 문화재 약탈 행위를 더 이상 두고 볼 수가 없었다. 미국은 헨더슨 컬렉션 이외에도 구한말부터 경복궁 박물관에서 1,200여 점, 덕수궁 미술관에서 6,000여 점의 국보급 문화재를 포함한 14,500여 점의 각종 유물들을 약탈해 갔다. 우리가 첫 번째 타깃으로 삼은 헨더슨 컬렉션은 미국에 있는 한국 문화재 가운데 극히 일부분이지만, 미국이 약탈해 간 한국 문화재를 대표하는 하나의 상징이다.

이에 우리는 뒤늦게나마 미국 정부에 강력하게 항의하며, 다음의 사항을 요구한다.

첫째, 미국은 헨더슨이 약탈해 간 헨더슨 컬렉션의 모든 한국 문화재의 소재를 파악하고 목록을 제출해야 한다.

둘째, 미국은 아무 조건 없이 헨더슨 컬렉션의 모든 한국 문화재들을 즉각 반환해야 한다.

셋째, 미국은 현재 문화재 반환 협상은커녕 협상 테이블에 나올 생각도 하지 않고 있다. 하지만 이제부터 한국 측에서 요구할 경우 헨더슨 컬렉션 이외에 미국이 약탈해 간 다른 한국 문화재의 소재를 파악하고 목록을 제출함은 물론, 반환협상에도 적극적으로 나서야 한다. 우리의 요구 사항은 이 세 가지다."

김우진은 여기서 낭독을 멈췄고, 유한나가 그 내용을 영어로 통역했다.

영어 성명서 발표가 끝나자 김우진이 더 강한 어조로 뒤를 이었다.

"만약, 미국 측에서 우리의 요구 사항을 받아들이지 않을 경우, 우리는 다음의 조치를 취할 것이다. 첫째, 우리는 우리의 요구가 관철될 때까지 아르스 미술관에서 조지아 오키프의 그림 서른 점을 볼모로 잡고 무기한 점거농성에 들어갈 것이다."

이때부터는 김우진의 발표 하나하나를 유한나가 곧바로 영어로 낭독했다.

"둘째!"

김우진은 낭독을 멈추고 김명호에게 고갯짓을 했다.

그는 지시에 따라 2층에서 갖고 내려온 조지아 오키프의 그림 한 점을 정문 앞에 세워 놓은 철제 이젤에 올렸다. 이어 유한나가 옆에 있던 스탠드에서 횃불 점화봉을 빼내 불을 붙인 후 김우진에게 건네주었다.

그는 다시 성명서를 낭독했다.

"둘째, 우리는 농성 기간 동안 우리의 요구가 관철될 때까지 하루에 한 점씩 조지아 오키프의 그림을 불태울 것이다."

그 말과 함께 악, 하는 외마디 비명들이 펜스 너머 몇 군데서 터져 나왔다. 경찰과 기자들의 술렁임이 파도처럼 일어났다. 김우진은 순간적으로 터져 나온 사람들의 격앙과 순식간에 눈빛이 얼어붙는 광경을 놀라운 시선으로 바라보았다.

더 지체했다가는 실행할 수 없을 것만 같았다. 시시각각 돌변하는 저 수백 수천 개의 눈들이 횃불과 그림과 그의 팔을 주목했다. 이제 일어날 사태에 그 많은 눈들이 어떻게 변할지 몰랐다. 더 이상 망설임 없이 횃불을 그림 가까이 갖다 댔다. 그림은 순식간에 타올랐다.

그는 사람들의 시선을 견뎌내려고 손아귀에 힘을 꽉 주었다. 활활 타오르는 그림을 보지 않으려고도 애썼다. 대신 지켜보던 눈들이 충격에 휩싸이는 걸 마주보아야 했다. 비명 소리가 터져 나왔고 입을 틀어막는 사람들도 적지 않았다. 욕설도 섞여 있었다.

하지만 그 모든 것들이 그의 마음을 무너트릴 만큼 흔들어 놓지는 못했다. 펜스 너머의 소란일 뿐, 펜스 안으로 넘어오지 못한 것이다.

그렇다면 첫 번째 관문은 통과한 셈이었다. 그것은 예측하기 매우 어렵지만 반드시 지켜내야 할 가장 중요한 원칙이었다. 어떤 경우라도 절대로 펜스를 넘어오지 말 것! 절대로 펜스를 넘어오게 하지 말 것! 점거농성의 시작점은 바로 거기였다. 그는 펜스 밖 사람들에게 그처럼 뚜렷한 경계를 세우는 데 일단 성공했다고 자위하고 싶었다.

"그리고 우리나라 경찰에 다음의 사항을 경고한다. 첫째, 경찰이 미술관 내로 들어와 무력진압을 시도할 경우, 우리는 미술관에 있는 모든 그림을 불태울 것이다.

둘째, 경찰이 우리를 고립시키기 위해 단전, 단수 조치를 취할 경우, 우리는 미술관에 있는 모든 그림을 불태울 것이다.

셋째, 농성이 장기화될 경우, 외부에서 식량이 공급될 계획이다. 이를 방해한다면, 우리는 미술관에 있는 모든 그림을 불태울 것이다.

우리는 이미 미술관 내 조지아 오키프의 그림들을 다 떼어 내, 다섯 덩어리로 나눠 쌓은 다음 가연성 물질을 발라 놓았다. 이 그림들은 성냥개비 하나로 쉽게 불붙일 수 있고, 다 타는 데 10초도 걸리지 않는다. 경망한 행동은 큰 화를 부를 수 있음을 명심해야 한다.

우리는 미국 정부가 우리의 요구 사항을 수용할 때까지 농성을 계속할 것이다. 미국 정부의 현명한 판단을 기다리겠다.

서울 아트 인스티튜트 한국문화재연구회 학생 일동."

유한나가 마지막 부분을 낭독하자마자 김우진은 정문 앞으로 걸어갔다.

학생들은 유한나의 리드로 '미국은 헨더슨 컬렉션을 즉각 반환하라! 문화재 약탈자 미국은 각성하라!' 는 구호를 외쳤다.

김우진은 정문 바로 앞에 바짝 붙어 서 있는 경찰을 둘러보다 나이가 좀 들어 보이는 한 인물에게 말을 걸었다.

"서장님이세요?"

"이것들이……."

그는 얼굴이 시뻘겋게 상기된 채 말도 제대로 잇지 못했다.

"너희들 이게 뭐하는 짓이야, 지금 제정신이야? 누가 시킨 거야!"

김우진은 어이없다는 듯 웃고는, 다시 물었다.

"서장님이십니까?"

"조금 있으면 도착하실 거다. 저 안에 너희들 말고 또 누가 있어?"

"큐레이터 한 명과 관리실 직원 한 명이 있습니다."

"일단 그 사람들은 내보내."

"……안 나간답니다. 미술관을 지키겠대요."

"진짜야?"

"그 사람들, 우리도 불편합니다. 그것보다 더 중요한 게 있어요. 있다가 서장님 오시면 이 말을 전해 주세요. 제가 공식적으로 언급은 안 했지만 조금 전에 태운 그림, 현재 미술 시장 시세로 150억 원짜리입니다. 지금 이 미술관에 있는 그림들 가격을 전부 합하면 5천억 원 가까이 돼요. 이게 무슨 말인지 아시죠? 농성 진압하다가 사람 하나 죽으면 보상금 일이억 원 주고, 사과 성명 하나 달랑 발표하고 끝날 수 있어요. 지금까지 늘 그렇게 하셨잖아요? 하지만 이건 이야기가 다릅니다. 우리 말 안 듣고 쳐들어와 여기 있는 그림들 다 타면 뒷감당하기 힘드실 겁니다. 그러니까 절대로 이 펜스 너머로 들어오지 마세요. 만약 그런 일이 벌어지면 저 학생들, 제가 통제 못해요. 저 애들, 지금 아주 독이 오른 상태예요. 아시겠습니까?"

김우진은 주머니에서 무전기를 꺼내 경찰에게 건네주었다.

"저하고 연락하고 싶으시면 이 무전기를 사용하십시오."

무전기를 받아든 경찰은 몹시 낯선 경험을 일방적으로 당했을 때 지을 만한 표정이 뭔지를 제대로 보여주고 있었다. 그는 미술관 앞에서 이래 본 적이 처음일 것이다. 어쩌면 이게 점거사건인지 인질사건인지 아니면 도난사건인지도 아직 제대로 파악하지 못했을 것이다. 사건의 중심인물이 아무렇지도 않게 다가와서는 무전기를 건넸다. 그걸로 뭘 하자는 건지도 알 수 없었다. 그가 할 수 있는 거라곤 얼떨결에 무전기를 받아든 채 돌아서는 대학생을 멍하니 쳐다보는 것뿐이었다.

김우진은 출입문으로 걸어가며 깊은 숨을 내쉬었다.

무난하게 해냈다고 생각했다. 구호를 외치던 학생들이 그의 뒤를 따랐다. 출입문 위 조지아 오키프의 전시를 알리는 초대형 현수막이 힘없이 바닥으로 떨어지고 있었다. 대신 그곳에 거친 글자로 쓴 이런 현수막이 내걸렸다.

약탈자 미국은 헨더슨 컬렉션을 즉각 반환하라!

주민수와 고진미 그리고 양구오 일당은 미술관 4층 학예연구실 창가에서 이 모든 상황을 내려다보았다.

조지아 오키프의 그림 한 점이 불타기 시작할 때 고진미도 악, 소리를 지르며 휘청거렸다.

"……말도 안 돼. 미쳤어!"

그녀는 주민수의 어깨에 쓰러지듯 몸을 기댔다.

"고 실장님, 정신 차리세요! 정신 차리세요!"

주민수의 목소리가 고함처럼 커지고서야 간신히 정신을 차리고 일어나 앉았다.

"우선 이것부터 풀어 주세요."

주민수가 묶인 손발을 내밀며 말했다.

그녀는 가까스로 몸을 움직여 끈을 풀어 주려고 했다.

창가에서 잠깐 눈을 돌렸다가 둘이 하는 짓거리를 보고 박이칠이 소리쳤다.

"야, 야, 야! 지금 뭐하는 거야!"

"보면 몰라?"

주민수는 쳐다보지도 않고 태연하게 말했다.

"누가 그거 풀어 주라고 했어. 그대로 있어!"

그 바람에 고진미는 몸을 움찔하며 손을 멈췄다. 하지만 주민수는 물러서지 않았다. 박이칠을 노려보더니 기가 차다는 듯이 웃었다.

"야, 너희들! 지금 어떤 상황인지 몰라? 상황 판단이 안 돼? ……고 실장님, 풀어 주세요?"

"내가 풀지 말라고 했다."

박이칠이 이번에는 목소리를 깔고 위협적인 투로 말했다.

"후……."

주민수는 맺힌 게 많은 한숨을 내쉬고는, 몸을 양구오가 있는 쪽으로 돌렸다.

"잘 들어, 이 지지리 운도 없는 놈들아. 이제 상황은 완전히 역전됐어. 너희들, 제대로 갇힌 거야. 우리 미술관에 갇힌 거라고. 여기는 좌우가 모두 건물로 막혀 있고 뒷문도 없어. 게다가 비상구도 모두 마당을 향해 있다고. 여기서 나갈 데라고는 저기 저 정문밖에 없어. 너희들, 이제부터 우리한테 손 내밀어야 해. 그래야지 우리가 도울 수 있고 너희들도 여기서 나갈 수 있다고."

그는 다시 몸을 틀었다.

"고 실장님, 풀어 주세요."

더 못 참겠다는 듯 박이칠이 욕설을 내뱉으며 다가서려 했다. 그러자 양구오가 차분한 목소리로 말렸다.

"그냥 내버려 둬."

이때다 싶었는지 고진미는 서둘러 끈을 풀고 휴, 하며 이마의 땀을 훔쳤다.

"나가죠."

"야, 가긴 어딜 가?"

주민수가 고진미의 팔을 잡아 주며 일어서려 하자 박이칠이 소리쳤다.

"내려가서 상황 좀 보려고 한다, 왜?"

"형님!"

박이칠이 저걸 그대로 둬야 하는지 몰라 양구오의 눈치를 살폈다. 양구오는 아무 말이 없었다.

"쓸데없는 걱정하지 마. 주인인 우리가 불청객들을 들여 놓고 도망갈 사람으로 보여? 그리고 도망갈 기회는 앞으로도 얼마든지 있어. 우리 옆에 스물네 시간 달라붙어 따라다닐 생각이 아니라면 그냥 놔둬……. 고 실장님, 가죠."

박이칠과 오공삼이 어찌해야 하나 주춤주춤했지만 양구오는 태연했다. 둘을 모호한 눈빛으로 지켜만 볼 뿐이었다. 그가 무슨 생각을 하는지 전혀 알 수 없었다. 오공삼은 하도 특수한 상황이 발생해 두목도 제정신이 아닌가 보다 여길 뿐이었다. 그러나 박이칠은 보았다. 그의 입가에 웃음기 비슷한 게 한 번 반짝거린 것을.

주민수는 문을 열고 고진미를 먼저 내보냈다.

그리고 뒤이어 나가려다 갑자기 걸음을 뚝 멈추고 박이칠과 오공삼을 천천히 돌아보았다.

"너희 둘, 조심해. 아까 맞은 거, 이자까지 쳐서 갚을 거니까."

주민수는 문을 부서져라 닫아 버리고는 종종걸음을 쳤다.

김우진은 텅 빈 미술관 1층 카페에서 유한나와 강나래 그리고 김명호에게 4층 학예연구실 상황을 말해 주었다.

"뭐, 뭐 하는 사람들이래?"

유한나가 어지간히 놀랐는지 말을 더듬었다.

"조폭들인 것 같아. 그것도 이류 건달들은 절대로 아니야. 총도 갖고 있었고, 특히 두목으로 보이는 남자 인상이 범상치 않았어."

"아니, 조폭들이 미술관에는 뭐 하러 왔대요? 그것도 이른 아침부터."

그는 고개만 저었다.

"그러게……. 혹시 조폭과 관련된 내부 문제로 협박하러 온 게 아닐까? 예를 들어 이 미술관을 지을 때 사채를 끌어 썼는데 제대로 갚지 않았다든가, 땅 문제로 조폭들과 무슨 계약을 맺었는데 지키지 않는다든가."

"글쎄…… 그런 수준은 아니야. 그랬다면 지금 이 상황에서 벌써 제 발로 나갔을 거야."

김우진은 미술관과 조폭의 거래 관계에 대해 회의적으로 대답했다.

"혹시 명화 절도단 아닐까요? 조지아 오키프의 그림을 노리고 들어왔을 수도 있어요."

"아니야. 명화 절도단은 속전속결이 기본인데, 그렇다면 우리가 들어왔을 때 일이 시작되거나 진행되고 있어야 했어. 그런 분위기가 아니었어."

김명호의 의견에도 김우진은 회의적이었다.

"계속 고 실장과 관리실 직원을 인질로 붙잡고 있겠대?"

유한나가 앞으로의 상황이 어떻게 될지 묻자 김우진은 뺨을 긁적이더니 모호하게 대답했다.

"……조금 전까지는 그랬지만, 앞으로 어떻게 될지는 모르지."

"그게 무슨 말이야?"

"그 두 사람을 계속 붙잡아 두기는 힘들어. 이제부터 조폭들이 눈치를 봐야 하는 건 우리들이야. 우리가 지금 경찰에게 그들의 존재를 알려주면 그만이거든."

"그럼 빨리 알려줘요. 화근 덩어리를 먼저 처리해야죠."

강나래는 예상 밖의 변수가 겁이 났는지 초조한 얼굴로 두 리더를 번갈아보았다.

"그게 문제야. 그런 이야기를 지금 경찰한테 가서 이야기한다는 것도 우습지만, 조폭들이 순순히 두 손 들고 나갈 것처럼 보이지도 않아. 만의 하나 미술관 직원이나 우리들 가운데 몇을 붙잡고 인질극이라도 벌이거나, 아니면 막판에 몰려 깽판을 놓는다면 우리 일은 밖에 있는 경찰들이 아니라 안에서 무너져. 그 조폭들은 총을 갖고 있어."

"일이 이상하게 흘러가요……."

네 사람 사이에 한동안 난감한 침묵이 흘렀다. 거사를 결심하고 오늘까지 오는 동안 여러 변수를 시뮬레이션했지만 조폭의 등장은 예상외였다. 미술관을 점거했을 때 그 안에 조직폭력배들이 있다면? 이건 만화에서나 나올 조건이었다. 그들에겐 지금 만화적인 상상력이 작동할 만큼 유연한 상태가 아니었다. 오히려 긴 시간 동안 치밀하게 계획한 대로 조금의 오차도 없이 움직여야 하는 긴박한 상황이었다.

유한나가 김우진을 보며 마음먹은 생각을 말했다.

"아무래도 딜을 해야겠어."

"딜?"

"그래, 딜. 이렇게 하는 거야. 우리도 너희들한테 신경을 끌 테니까, 너희도 우리한테 신경 끄라고."

"그게 될까?"

"되도록 해야지. 그러기 위해서는 고 실장과 관리실 직원이 당분간 미술관에 남아 있도록 해야 해. 그래야 그 둘이 우리와 조폭들 사이에서 쿠션 역할을 할 수 있으니까."

"그럼 고 실장과 관리실 직원을 인질로 잡자는 말이에요?"

김명호가 눈을 휘둥그레 뜨며 물었다.

"우리가 아쉬운 입장인데 그럴 수는 없지. 두 사람이 여기에 남아 있는 것만으로도 도움이 될 거야."

"두 사람이 과연 남아 있으려 할까요? 솔직히 지금이라도 걸어서 나가 버리면 그만이잖아요. 우리가 쫓아냈다고 하고요."

유한나는 출입문 쪽을 쳐다보았다. 바깥의 소리마저 막고 선 문은 꾹 다문 입처럼 듬직해 보였다. 그러나 저 문이 타인의 손에 강제로 열리는 순간 모든 게 물거품이 될 것이다. 문은 한없이 허약한 방어막이기도 했다. 그녀는 고개를 저으며 대답했다.

"……그 두 사람도 여기를 우리와 조폭들이 차지하게 해놓고 나가기는 힘들 거야. 지금 상황을 잘 파악해 봐. 두 사람은 우리나 조폭들에게 인질이 될 수 없는 입장이야. 그게 바로 포인트야. 그렇게 인질이 아닌 입장인데도 여기에 그림을 잔뜩 내팽개쳐 놓고 줄행랑쳤다가 만약 무슨 일이 벌어지면, 미술관 경비나 관리 문제로 좋든 싫든 책임을 떠안게 돼. 나가더라도 뭔가 하는 척이라도 하고 나갈걸?"

"그럴까요? 여기에는 우리 말고도 조폭들까지 있는데요."

강나래가 고개를 갸웃거리며 물었다.

"조폭들도 이젠 그 두 사람을 어떻게 하지 못해. 그들도 결국 우리와 같은 입장이니까. 우리처럼 그 두 사람이 필요하거든. 조폭들이 지금 우리와 경찰의 눈치는 눈치대로 보고 거기에 두 사람의 목숨을 위협하며 인질로 붙잡을 만한 여유는 없을 거야."

"하!"

그녀의 말은 제법 그럴듯하게 들렸다. 두 사람이 어떻게 움직일지는 몰라도 조폭들이 그들을 어쩌지 못할 거라는 데는 다들 수긍하는 듯했다. 김우진은 어쩔 수 없는 조폭보다 그래도 방향성이 아직 정해지지 않은 두 사람의 움직임을 유도하는 게 더 낫겠다고 생각했다.

"좋아. 그건 내가 두 사람을 만나서 이야기해 볼게. 대화로 풀어 보자. 뜻하지 않은 곳에서 구멍이 뚫려 버렸지만 너무 복잡하게 생각하지 말자. 우리는 우리 일에만 집중하자고."

"그래, 아무튼 스타트는 대성공이야. 우리의 의지를 강하고 확실하게 보여 줬잖아. 아까 경찰하고 기자들 얼굴 봤지? 그대로 얼어 버렸더라고."

유한나가 예상치 못한 상황에서 온 불안을 떨치려는지 과장되게 목소리를 높였다.

"이제부터 시작이다. 한순간도 방심해서는 안 돼. 나래야, 너는 지금부터 언론사에 동영상 자료를 보내. 명호는 애들 몇 명 불러다가 세미나실에서 의자 올려다 놓으라고 하고."

"알았어요."

"우선 한나가 애들한테 이곳 상황을 설명해 줘. 우리 말고 다섯 사람이 더 있다고 해. 고 실장과 관리실 직원은 알 거고, 양복을 입고 검은 가죽장갑을 낀 사람들이 조폭이야."

"알았어."

"나가자."

네 사람은 자리에서 일어나 사방으로 흩어졌다.

고진미와 주민수는 4층 학예연구실을 나와 3층으로 내려갔다. 더듬더듬 발걸음을 놓던 고진미가 발을 헛딛고 휘청거렸다.

"괜찮으세요?"

주민수가 어깨를 부축하며 물었다.

"잠깐 앉아요. 좀 쉬면 될 것 같아요."

두 사람은 3층 휴게 공간에 비치된 소파로 가 앉았다.

"과장님은 괜찮으세요?"

그녀는 그의 얼굴 관자놀이 부분에 퍼렇게 멍이 올라온 것을 처음으로 보았다.

"괜찮아요. 이 정도야 뭐."

"도대체 우리 미술관에서 왜……. 저 깡패들은 뭐고 학생들은 또……. 그 많은 미술관 중에 왜 하필 우리 미술관이냐고요."

"고 실장님, 이제 더 이상 그런 생각하면 안 돼요. 어차피 벌어진 일, 정신 바짝 차리고 해결책을 찾아야 해요."

"우리가 뭘 할 수 있겠어요. 지금 우리가 누굴 상대하겠어요? 깡패들하고 싸울까요? 학생들을 밀어낼까요? 난 다 끝났어요, 다 끝났다고요……."

고진미는 그렇게 울고도 더 쏟을 눈물이 남았는지 손으로 얼굴을 감싸고 펑펑 울기 시작했다.

"울지 마세요. 진정하세요."

주민수는 가슴 주머니에서 손수건을 꺼내 손에 쥐어 주었다.

"아침에 모닝커피랑 샌드위치 먹고 출근할 때까지만 해도 미술관에서 전시 계획 짜고 작가들, 기자들 만나는 게 오늘 예정된 일과였어요. 퇴근 후에는 친구들과 영화를 볼까, 알아 둔 맛집에 갈까, 스포츠 센터에서 운동을 할까……. 그런데 이제 그런 내 생활은 다 깨졌어요. 아니지, 아니지, 그런 생활뿐만 아니라 일이 잘 해결돼도 다시 여기서 일할 수는 없을 거예요. 어쩌면 다른 미술관에서도……. 여기가 어떻게 얻은 직장인데……. 요즘 이런 직장 구하기 힘들어요. 정말 힘들다고요."

고진미는 이 황당하지만 심각한 사태를 앞에 놓고 다분히 사적인 신세타령을 늘어놓더니 다시 흐느끼기 시작했다.

주민수는 어이없었지만 뭐라고 나무랄 수도 그렇다고 위로할 수도 없었다. 가만 내버려 두는 게 상책 같았다.

얼굴을 파묻고 울던 그녀가 갑자기 고개를 쳐들고 눈을 동그랗게 떴다.

"주 과장님, 일단 이렇게 해요. 우리, 나가요. 지하 2층에 바깥 하수구로 연결된 통로가 있잖아요. 거기로 빠져나가자고요. 아니지, 우리가 뭐 하러…… 그래요, 지금 그냥 나가요. 밖으로 나가자고요."

"나가긴 어딜 나가요!"

주민수는 버럭 소리쳤다.

"미술관은 어떻게 하고요. 우리가 지켜야죠."

"우리가 왜 지켜요? 주 과장님이나 저나 미술관의 주인이 아니에요. 피차 월급 받고 일하는 직원일 뿐이라고요."

주민수는 신세타령에다 책임 회피까지, 이제 더는 그녀의 말을 못 들어주겠다는 듯 돌아서서 한숨을 푸푸 내쉬었다.

"주 과장님이 책임감이 강한 분인 건 알지만, 그건 평상시 하시는 일에서나 필요한 거지 지금은 아니에요. 그건, 그건 싸구려 영웅심일 뿐이라고요. 게다가 주 과장님은 부인과 귀여운 딸까지 있잖아요."

"고 실장님."

주민수는 다시 돌아서 차분한 목소리로 그녀를 불렀다.

"고 실장님, 지금 학생들은 은행강도처럼 총을 들고 들어와 우리를 인질로 붙잡고 돈을 내놓으라고 위협하고 있는 게 아니에요. 학생들은 미술관을 점거한 거고, 엄청난 가치가 있는 그림들을 볼모로 잡고 있는 거라고요. 무슨 말인지 아시겠어요? 우리는 인질이 아니라고요. 그건 조폭들도 마찬가지예요. 지금 이렇게 돼버린 상황에서 걔네들이 아까처럼 우리를 붙잡고 있을 이유가 없어요. 그런데 학생들로도 모자라 조폭들까지 설치고 있는 미술관을 나 몰라라 팽개쳐 버리고 나가면 사람들이 뭐라고 하겠어요?"

"……."

"우리가 자발적으로 나갔건 쫓겨났건, 일이 어떻게 끝나건 상관없이 겉으로는 어쩔 수 없었을 거라고 이해하는 척하겠지만, 속으로는 신변에 별 위험도 없었을 텐데 무책임한 행동이었다고 욕할 거예요. 잘못하면 미술관에서 벌어지는 일에 대한 책임을 우리가, 특히 관장님이 안 계신 상황에서 실질적인 주인인 고 실장님이 다 뒤집어쓸 수도 있어요."

"아무리 그렇다고 해도 목숨이 중요한 거잖아요! 우선은 살고 봐야죠."

고진미가 대들듯이 쏘아붙였다.

"자, 흥분하지 마시고, 지금 돌아가고 있는 상황을 냉정하게 판단해 보세요. 학생들과 조폭들, 둘은 같은 곳에 들어왔지만 목적은 완전히 달라요. 그러면서도 둘 다 오랫동안 철저하게 준비하고 치밀하게 계획을 짜서 들어온 게 분명해요. 아침에 벌어진 일들은 우리 미술관 직원들과 아르바이트생들의 출퇴근 시간을 정확히 파악하고 미술관 주변과 건물 동선에 부대시설, 경비 장치까지 샅샅이 파악하고 있지 않으면 불가능해요. 그만큼 목적이 뚜렷하고 절박하다는 거예요. 그렇기 때문에 시간이 가면 갈수록 둘의 이해관계가 복잡하고 미묘하게 얽히면서 서로가 서로에게 불편하고 부담스러운 존재가 될 게 분명해요. 그렇다면 그 상황에서 누가 가장 유리한 위치에 있을까요? 바로 우리예요. 둘 사이의 균형을 맞춰 주는 일은 우리밖에 할 수 없으니까요. 이럴 때!"

그는 잠깐 주위를 살피고는 그녀 쪽으로 몸을 바짝 당겼다.

"고 실장님과 제가 형식적으로라도 책임감 있는 모습을 보인다면 나중에 우리도 떳떳하고, 고 실장님의 이미지는 오히려 더 좋아질 수 있어요. 잘만 하면 우리 두 사람이 지금 벌어진 이 엄청난 일을 해결할 수도 있어요. 그러니까 전화위복의 계기가 될 수 있다고요."

그녀의 눈가 주름이 파르르 떨렸다.

"다시 한 번 말하지만 우리는 인질이 아니에요. 또 학생들이나 조폭들이 우리를 어떻게 하지 못하고요. 어떻게 하기는커녕 이제부터 우리한테 매달릴 거예요. 정 상황이 위험하게 돌아간다 싶으면, 그때는 그냥 나가면 돼요. 무슨 말인지 아시겠어요?"

그녀는 잠시 머릿속으로 계산하는 듯하더니, 천천히 고개를 끄덕였다.

"알았어요. 일단…… 주 과장님의 판단만 믿을 게요. 하지만 사태가 심상치 않게 흘러가면 바로 나가야 해요. 주 과장님이 안 나가면 저라도 혼자 나갈 거예요."

"당연하죠. 저야 어떻게 보면 고 실장님보다 부담 없는 입장인데, 고 실장님 말씀대로 월급 받고 일하는 이곳에 왜 목숨을 걸겠어요. 그런 상황이 닥치면 저도 그렇게 할 거예요. 아, 아까 비밀통로 이야기, 그 이야기는 학생들에게나 조폭들에게 절대로 해서는 안 돼요. 그건 우리의 히든카드예요. 특히 조폭들이 알면 진짜 우리의 목숨이 위험해질 수도 있어요."

목숨이라는 단어가 오늘 아침 일을 겪으면서 그 어느 때보다도 현실감 있게 들렸는지 그녀는 몸을 살짝 움찔했다.

"그렇게 할 게요……. 자, 이렇게 있지만 말고 일어나서 미술관을 한 바퀴 돌아보도록 해요. 학생들이 도대체 뭔 짓을 하고 있는지 불안해 죽겠어요. 학생 대표도 만나 봐야 할 것 같고요."

"그러죠. 몸은 좀 괜찮아졌어요?"

"네, 이젠 걱정 마세요."

둘은 기운을 좀 차리려는 듯 몸에 힘을 주며 동시에 일어났다. 휴게 공간을 벗어나 3층 전시실을 향해 걸어가는 발소리가 조금은 경쾌하게 들렸다.

고진미의 책상에 걸터앉아 김우진이 놓고 간 유인물을 읽던 양구오는 박이칠과 오공삼을 보고는, 버럭 소리를 질렀다.

"야! 너희들 미쳤어? 창가에서 안 떨어져!"

두 사람은 깜짝 놀라며 급히 창가에서 물러났다.

"블라인드 다 내려!"

그들은 얼른 블라인드를 내리고 양구오 앞으로 잽싸게 다가왔다.

"일이 아주 더럽게 됐다. 평생 오지도 않던 곳에 쳐들어 올 계획을 짤 때부터 느낌이 안 좋더니……. 애당초 홍콩 애들 일을 하는 게 아니었어. 다른 건보다 몇 십 배나 되는 커미션에 눈이 돌아가 일을 덥석 물어 버린 게 실수다."

양구오는 정말 후회의 빛이 역력한 표정으로 고개를 젓고는, 담배 한 대를 꺼내 입에 물었다. 박이칠이 다가와 얼른 담뱃불을 붙여 주었다.

"이칠이, 너 확실하게 들은 거지? 그걸 미술관에 숨겨 놓았다는 얘기."

"네, 분명히 그랬습니다. 그리고 어젯밤에 그것의 정체와 찾을 수 있는 방법을 이야기해 주겠다고 하다가 이 일을 아는 접선자 두 명이 갑자기 죽어 버린 겁니다."

"참 나, 도대체 무슨 일을 그 따위로 하는지……."

"그나마 만일의 사태를 대비해 여기에 온 서류에 표시를 해놓은 게 다행입니다. 걔네들이 일 하나는 치밀하게 하는 것 같습니다."

"다행? 치밀? 그렇게 치밀한 애들이 저희들끼리 총질하며 싸워? 또 왜 천억 원 대 달하는 물건을 하고많은 장소 중에 하필 미술관에 숨겨 놔."

"사실 저는 러시아 애들이 더 걱정됩니다. 그걸 오늘 건네주기로 했잖습니까?"

"그것도 큰일이다……. 하지만 지금 우리 사정을 알고 나면 이해해 줄 거다. 물론 그걸 아무 탈 없이 전해 주었을 때 해당하는 말이고."

"앞으로 어떡해야 할까요?"

오공삼이 물었다.

"후…… 일이 하나 더 늘었다. 그걸 찾는 일 그리고 빠져나갈 구멍을 찾는 일."

"양 옆이나 뒤로 빠져 나갈 방법을 찾아봐야 할 것 같습니다."

오공삼이 고개를 돌려 좌우를 가리키며 말했다.

"아니야. 학생들이 괜히 이곳을 점거한 게 아니다. 게다가 보이지 않아서 그렇지 그쪽에도 지금쯤 경찰들이 깔려 있을 거고. 우선 학생들과 평화협정부터 맺어야겠다."

"평화협정이요?"

"그래, 서로 건드리지 않기로. 서로 신경 완전히 끄자고 말해야 한다."

"학생들이 받아들일까요? 지금 유리한 패를 쥐고 있는 쪽은 학생들인데요."

박이칠이 눈치를 살피며 묻자 그는 고개를 저으며 의자에 몸을 파묻었다.

"꼭 그렇지만은 않지. 어떻게 보면 학생들 입장에서는 밖에 개떼같이 몰려온 경찰보다 우리가 더 신경 쓰일 테니까. 쟤네들 딴에는 목숨 걸고 벌이는 일을 우리가 아주 우습게 망쳐 놓을 수도 있거든."

양구오는 손가락으로 책상 위에 놓인 권총을 가리켰다.

"제가 가서 말하고 올까요?"

"이건 그렇게 말로 해서 될 일이 아니야. 여기 있는 동안 서로 팽팽한 관계를 유지하게 해야 해. 그러기 위해서는 그 두 사람이 필요하고."

"누구 말입니까?"

"아까 그 여자 그리고 관리실 직원."

"벌써 도망가지 않았을까요?"

오공삼이 턱을 긁으며 중얼거렸다.

양구오는 말없이 담배만 피웠다.

잠시 후, 담배를 비벼 끄며 말을 이었다.

"두 사람이 영리하다면 아직 여기 있고, 앞으로도 한동안은 나가지 않을 거다. 지금부터 내 말 잘 들어."

양구오는 의자에 파묻었던 몸을 천천히 일으켰다.

"일이 꼬이기는 했지만 절대로 당황해서도 기죽어서도 안 된다. 이런 일에는 우리가 쟤네들보다 경험이 많고 노련해. 단! 어떤 일이 있어도 경찰에 잡혀서는 안 돼. 우리 셋이 합하면 전과 30범이 넘는다. 나와 이칠이는 5개월 전 일로 수배 중이고. 지금 감방에 들어가면 당분간 나오기 힘들어. 게다가 이렇게 우스꽝스러운 일에 끼었다가 잡히면 쪽팔려서 얼굴도 못 들고 다닐 거다. 그렇기 때문에 우리한테는 저 학생들이 여기 오래 있으면 있을수록 좋아."

양구오는 제 사무실인 것처럼 익숙하게 학예연구실 안을 걷기 시작했다.

"우선, 그걸 찾는 일을 다시 시작한다. 그걸 찾은 다음, 아니 그걸 찾으면서 그 두 사람한테 나갈 방법을 물어야 할 거야. 밖으로 연결된 비밀통로 같은 게 있을지 모르니까."

"미술관에 그런 게 있을까요?"

박이칠이 간절한 심정으로 물었다.

"우리 아지트에 있는 그런 비밀통로를 말하는 게 아니라 자연스럽게 만들어진 연결 통로를 말하는 거다. 이 건물이야 그럴듯하게 생겼지만, 주변은 사실 오래된 동네다. 상가와 주택가, 옛날 건물과 신축한 건물이 뒤엉켜 있고 여기저기 땜질한 흔적투성이야. 이런 데는 저절로 생긴 그런 통로들이 많지."

"지금 당장 둘을 다시 끌고 와 조져 보죠."

"아니야. 이젠 그런 식으로 해서는 안 돼. 지금까지는 속공으로 나갔다면 이제부터는 지공으로 나가면서 어르고 달래야지. 비밀통로가 있다면 그 방법이 통할지 모르지만, 만약 없다면 그 뒤가 어려워져. 그런 방법보다는 우리한테 비밀통로나 나갈 방법을 알려주지 않으면 안 될 특별한 상황을 만들어야 할 거다. 그건 나한테 맡겨. 하지만! 이 모든 가정도 그걸 찾은 후의 얘기다. 그걸 찾고 여기서 못 나가도 문제고, 그걸 못 찾고 여기서 나가도 문제다. 그걸 찾고 여기서 못 나간다면 경찰에 그걸 들고 자수하는 꼴이고, 그걸 못 찾고 여기서 나가면…… 우리는 나가서 죽는다. 그게 뭔지 모르지만, 그걸 전해 준 놈들이 홍콩 마피아이고 무엇보다도 그걸 전해줘야 할 놈들이 러시아 마피아라는 점을 명심해라."

양구오는 학예연구실 빈 공간을 몇 바퀴째 돌며 침착하게 정리해 나갔다.

"형님, 너무 복잡합니다. 막내 이 자식, 밖에서 도대체 뭘 한 거야."
 오공삼은 골치 아픈 나머지 인상을 잔뜩 쓰며 말했다.
 "그런 생각은 하지 마라. 어차피 벌어진 일이다. 이 상황에 충실해지는 수밖에 없어."
 양구오는 창가로 가 블라인드를 살짝 들어 밖을 살펴보고는 조심스럽게 돌아왔다.
 "자, 잘 들어. 지금부터 핸드폰은 다 꺼놔라. 이 건물에서 나가는 모든 통화는 다 도청될 거고 전화가 오기만 해도 추적될 거다. 말할 때 목소리도 낮추도록 하고. 보나마나 감청도 시작될 거니까. 그리고 어떤 일이 있어도 지금 끼고 있는 장갑을 벗으면 안 돼. 우리는 이제 2층이나 3층으로 가 있을 거다. 이동할 때는 주로 엘리베이터를 쓰도록 하고, 1층에서 움직일 때는 출입문은 피해서 움직여라."
 "학생들과 섞이는 것보다 여기 있는 게 더 낫지 않을까요?"
 양구오는 어깨를 늘어트리며 가볍게 한숨을 터트렸다.
 "쯧쯧! 가방 끈이 짧다고 생각도 대놓고 짧은 거냐. 저 학생들이 여기를 왜 택해서 들어왔을 것 같나……. 지금부터 다시 미술관을 뒤진다. 지하뿐만 아니라 전체를 뒤져라. 너희 둘은 지하 2층부터 3층까지 맡고 내가 4층을 뒤져 보겠다. 이제는 여유를 갖고 천천히 꼼꼼하게 해. 아, 그 전에 아까 두 사람 여기로 다시 데리고 와. 평화협정을 먼저 해야 하니까."
 "네, 형님."

박이칠과 오공삼은 본연의 자세로 돌아와 특유의 씩씩한 목소리로 대답하고는 튀듯이 문을 박차고 나갔다.

3층 전시실을 둘러본 주민수와 고진미는 2층을 살펴보기 위해 계단을 내려오고 있었다.
"그렇게 소리치고 화를 내시면 어떡해요. 오히려 성질만 돋워 놓았잖아요."
주민수는 계단 중간쯤 멈춰서더니 짜증을 냈다.
"그럼 저걸 보고 화가 안 나요? 그림들을 다 떼어다가 바닥에 쌓아 놓고, 액자에는 기름 같은 걸 잔뜩 바르고. 액자야 나중에 바꿀 수도 있지만 그림은 저런 상태로 오래 두면 다 훼손된다고요. 쟤네들이 뭔데 여기서 이런 짓을 해요."
"고 실장님, 우리 처지를 냉정하게 생각해 보셔야 해요. 고 실장님이 지금 그러시는 건, 집에 물건 훔치러 들어온 도둑한테 왜 남의 집에 들어왔냐고 삿대질하며 따지는 거라고요. 우리는 둘 중 하나만 선택해야 해요. 도둑과 맞서 싸우든가 아니면 달래고 달래서 내보내든가. 우리 두 사람 힘으로 학생들을 밀어낼 수 없다면 달래야 해요. 아까 학생들을 보세요, 군기가 바짝 들어 있잖아요. 그런데……"
"야! 너희 둘."
그때 뒤에서 박이칠의 껄렁한 목소리가 들렸다.
두 사람은 동시에 뒤를 돌아다보았다. 박이칠과 오공삼이 몇 계단 위에서 자신들을 내려 보며 서 있었다.
"형님이 너희 둘, 올라오라고 하신다."
박이칠이 검지를 까닥였다.
"지금은 바빠서 못 가. 있다가 간다고 해."
주민수는 귀찮다는 듯이 대꾸하고는 계단을 내려가려고 했다.
"지금 올라오라고 했잖아!"
박이칠이 버럭 소리를 질렀다. 주민수가 절도 있게 몸을 돌려 박이칠을 똑바로 노려보았다.
"……너희들, 보니까 우리 두 사람보다 나이도 어린 것 같은데 반말하지 마. 주민수 과장님, 주 과장님이라고 불러. 이분은 고 실장님이라고 부르고."
"너 자꾸 까불래?"
박이칠은 허리춤에서 권총을 빼들었다.
다시 보게 되는 권총에 화들짝 놀라는 고진미와 달리 주민수는 눈 하나 깜짝 하지 않았다. 상대를 타이르듯 말하면서 목소리도 거의 떨리지 않았다.
"두목한테 가서 얘기해. 너희들 태도가 불량해서 못 가겠다고. 만나고 싶으면 위에서 혼자 폼 잡고 있지 말고 내려오라고 해. 고 실장님, 가시죠."
그는 뻣뻣해진 그녀의 팔을 잡고 계단을 내려갔다.

두 사람은 2층 전시실로 향했다.

전시실 안으로 들어가자마자 고진미는 주민수의 손을 뿌리치고 발을 동동 굴렀다.

"주 과장님 때문에 불안해 미치겠어요. 저 사람들한테 자꾸 그러지 마세요. 도대체 뭘 믿고 그러세요."

"훗, 저도 싸움이라면 할 만큼 해요."

"총을 갖고 있잖아요. 정말 쏘면 어떡할 뻔했어요."

"두목은 몰라도 쟤네 둘은 저거 폼으로 갖고 다니는 거예요."

"주 과장님이 그걸 어떻게 아세요?"

"제가 군에 있을 때 특등사수였어요. 아무튼 그런 문제는 걱정 마시고 저만 믿으세요."

두 사람은 2층 전시실 한복판으로 들어갔다.

조금 전에 확인한 3층 전시실에는 열다섯 점의 그림들이 두 덩어리로 나뉘어 쌓여 있었는데, 2층 전시실에는 열 점의 그림들이 두 덩어리로 포개져 있었다. 그림 주변에는 3층과 마찬가지로 학생 둘이 노트북 PC로 검색 중이었고, 다른 두 명은 의자에 앉아 이야기를 나누었다. 두 사람은 의자에 앉은 학생들에게 다가갔다.

"……저기, 김우진 학생이 지금 어디 있나요?"

고진미가 한 학생에게 물었다.

"아마 1층에 있을 거예요."

"미안한데, 내려가서 나 좀 보자고 해주겠어요? 여기 있을게요."

학생은 고분고분 자리에서 일어나 전시실 밖으로 나갔다.

김우진을 기다리는 동안 그녀는 바닥에 쌓아 놓은 그림들을 점검했고, 주민수는 전시실 안을 구석구석 살펴보았다. 그러는 사이 그가 전시실 안으로 들어왔다.

"고 실장님, 그렇지 않아도 저도 찾고 있었습니다. 이쪽으로 와서 앉으세요."

김우진은 전시실 한쪽 면에 모아 놓은 의자들을 가리키며 말했다.

"……두 분 다 괜찮으세요? 아까 학예연구실에서 심각한 일이 벌어지고 있던 것 같았는데."

김우진은 둘을 번갈아보며 진지하게 물었다.

"하!"

고진미는 기가 차다는 듯이 웃었다.

"괜찮냐고요? 지금 고양이가 쥐 걱정해요? 미술관을 이 모양으로 만들어 놓고 지금 내 걱정을 한단 말예요?"

"개인적으로는 아르스 미술관이나 고 실장님한테 아무런 감정도 없습니다. 그 점에 대해서는 사과드릴게요. 우리는 더 큰 뜻을 위해서 들어온 겁니다. 넓은 마음으로 이해해 주세요."

"더 큰 뜻…… 어이없어! 그 큰 뜻 때문에 관장님과 나 그리고 주 과장님과 여기서 일하는 모든 직원이 실업자가 되게 생겼어요. 정말 큰 뜻을 위한 거라면 우리 같은 사람을 희생시켜서는 안 돼요. 그게 학생으로서……."

"정말 경찰이 진압에 나서면 그림들을 다 태울 건가?"

고진미가 흥분할 조짐을 보이자 주민수가 말을 자르고 물었다.

김우진은 잠시 침묵하다가, 단호하게 대답했다.

"네."

"미쳤어! 아까 태운 그림, 그게 어떤 그림인지 알아요? 다른 사람도 아니고 예술을 한다는 사람들이 왜 그런 무모한 짓을 해요?"

"우리의 의지를 강하게 보여 줘야만 하니까요. 그렇지 않……."

"왜 하필 여기냐고요! 왜 하필 나고!"

고진미는 더 이상 참을 수 없었는지 빽 소리를 질렀다.

"고 실장님, 진정하세요."

주민수는 고진미의 손을 살짝 쥐었다.

김우진은 차분하게 제 할 말을 했다.

"여기만 한 데가 없었습니다. 여기는 다른 미술관에 비해 작고 단순한 구조로 되어 있어 적은 인원으로 통제하기가 쉬워요. 또 무슨 의도였는지 철벽 요새처럼 지은 건물이라 창 같은 창은 4층 학예연구실에만 있죠. 게다가 뒤로는 통로도 없고 양쪽으로는 다른 건물이 막고 있어 경찰이 접근하기도 쉽지 않습니다. 여기서 조지아 오키프의 전시회가 열린다고 했을 때 우리는 하늘이 주신 선물이라고 생각했어요."

"정말 이것들이! 하늘이 주신 선물? 그럼 하늘이 나를 실업자로 만든 거네요. 내가 이곳에 얼마나 힘들게 들어온지 알아요? 이런 곳에 취직하기 얼마나 힘든지 알아요!"

김우진은 아무 대꾸 없이 거품을 문 고진미의 얼굴을 빤히 쳐다보았다. 잠시 기다렸다 몸을 앞으로 숙이고 나직하게 말했다.

"고 실장님, 제가 이런 말은 안 하려고 했는데요, 아까 그 조폭들, 뒷골목에서 돈이나 뜯는 양아치들은 아닙니다. 아침부터, 다른 곳도 아니고 미술관에 총까지 들고 쳐들어올 정도면 프로페셔널 갱단일 가능성이 높아요. 특히 두 분을 총으로 위협하던 남자 보세요, 분위기 장난 아니었잖아요. 그런데 그 사람들은 복면도 안 하고 있었습니다. 제가 무슨 말을 하려는지 아세요? 그 사람들이 여기에 뭐 하러 왔는지는 몰라도 자기들의 목적을 다 달성하고 나면요…… 솔직히 두 분의 생존 확률은 그리 높지 않았을 겁니다. 염치없이, 우리 때문에 살게 됐으니 고맙다는 말이라도 하라고 하지는 않겠습니다. 그러니까 이 상황에서 그런 씨도 안 먹히는 말 두 번 다시 하지 마십시오."

전혀 생각지도 못했지만 충분히 가능성 있는 말이라는 걸 깨달은 고진미는 순식간에 얼굴이 창백하게 변했다.

"그런데 두 분, 안 나가시고 계속 계실 건가요? 나가고 싶으면 지금이라도 나가십시오."

주민수를 보며 차분한 말투로 물었다.

"아니야. 당분간은 상황을 지켜보기로 했어. 여기를 이렇게 놔두고 나갈 수는 없지."

"네……."

주민수는 저도 모르게 침을 꿀꺽 삼켰다. 아직 학생 신분인데도 김우진은 침착하고 상황을 넓게 보는 눈이 있었다. 미술학도가 캔버스를 버리고 미술관을 점거했을 때 그는 머리에 어떤 그림을 그린 것일까? 게다가 나이에 비해 상황을 자연스럽게 장악하는 태도, 정곡을 찌르는 절제된 말, 그것만으로도 그가 여간내기가 아님을 짐작했다.

김우진의 차분한 눈이 다시 주민수를 향했다.

"그럼 한 가지 부탁을 드려도 될까요? 수고스럽겠지만 저 조폭들한테요, 우리들 건드리지 말라고 전해 주시겠습니까? 우리도 그 사람들이 여기서 뭔 짓을 하건 신경 쓰지 않을 테니까, 아니 아예 없다고 생각할 테니까 우리 일에도 간섭하지 말아 달라고요. 그리고 앞으로 두 분이 여기 있는 동안은 그 사람들과 우리 사이에서 어떤 채널 역할을 해주셨으면 좋겠습니다."

"아니, 지금 나와 주 과장님을 공범으로 끌어들이는 거예요?"

고진미가 퉁명스럽게 쏘아붙였다.

"최소한 미술관 내에서 분란은 없어야 할 것 아닙니까. 잘못하면 밖의 경찰이 아니라 그 사람들하고 우리가 부딪치다가 미술관이 불바다가 돼요."

"좋아. 그렇게 하지. 역시 학생답군. 수 쓰지 않고 솔직하게 말하는 모습이 마음에 든다."

"주 과장님!"

고진미가 버럭 소리를 질렀다. 주민수는 김우진이 눈치 채지 못하게 구둣발로 그녀의 발을 툭 쳤다.

"고맙습니다. 아, 경찰한테도 직접 이야기해 두세요. 아무래도 두 분이 안전하다는 걸 알려 줘야 하고, 또 우리가 붙잡아서 있는 게 아니라는 것도 분명히 말해 주셔야 합니다."

"그러지."

"근데요…… 저 조폭들은 뭐 하는 사람들인가요? 여기는 왜 들어왔대요?"

"우리도 몰라. 여기서 뭘 찾는 것 같던데."

그때 전시실 안으로 박이칠과 오공삼이 들어서는 게 보였다. 그들은 곧장 주민수 앞으로 다가왔다.

"……어이, 주 과장님? 형님이 좀 보자고 하십니다."

박이칠이 이죽거리며 말했다.

"내가 만나고 싶으면 직접 내려오라고 하지 않았었나?"

그렇게 나오면 이렇게 하겠다고 준비한 것처럼 박이칠은 총을 오공삼에게 던져주고는 팔을 걷어붙였다.

고진미가 부랴부랴 주민수의 옆구리를 팔꿈치로 쳤다. 몇 번을 그렇게 치자, 주민수는 마지못해 자리에서 일어나 어깨를 으쓱거렸다. 곧 주민수는 박이칠과 오공삼을 따라 전시실을 빠져나갔다.

"오호, 대학생들이어서 그런지 역시 머리가 빨리 돌아가는군."

주민수의 이야기를 다 듣고 양구오는 반색을 했다.

담배를 꺼내 피우며 고진미의 책상 위에 걸터앉았다. 그리고 소파에 앉은 주민수를 내려 보며 빈정거렸다.

"너희 두 사람이야 모범사원 중의 모범사원이니까 당연히 여기를 지켜야겠지……. 좋다, 학생들한테 그렇게 하겠다고 말해 줘. 쟤네들뿐만 아니라 너와 그 여자도 우리가 뭘 하건 신경 쓰지 마. 물론 바보가 아니라면 우리가 여기 있다는 사실을 경찰에 알리지는 않을 거고."

"그건 너희들의 태도에 달렸어."

"쓸데없이 어깃장 놓지 마. 너도 잘 알 거다. 지금 우리가 갖고 있는 패가 그다지 좋지 않다는 걸. 도박할 때 말이다, 적당히 몰리면 그냥 욕 한 번 뱉고 나오고 말아. 하지만 너무 몰리면 판 뒤집고 다 죽여 버리지. 너무 구석으로 몰지 마. 그게 좋을 거야."

"아까 갖고 간 열쇠 내놔."

양구오가 박이칠에게 고갯짓을 했다.

박이칠은 주머니에서 열쇠뭉치를 꺼내 주민수 앞에 던졌다.

"여기저기 돌아다닐 거니까 문은 잠그지 마라. 단, 비상구는 잠가 놔야 할 거다."

"도대체 너희 같은 깡패들이 미술관에는 왜 들어온 거야? 여기서 뭘 찾고 있는 거야?"

"글쎄다……."

양구오는 고개를 슬쩍 기울여 주민수를 빤히 보며 담배연기를 내뿜었다. 그러다가 얼핏 무슨 생각이 들었는지 고개를 번쩍 쳐들었다.

"그래, 아주 모르는 것보다 대충이라도 알고 있는 게 낫겠군. 우리와 거래하는 홍콩 친구들이 여기에 뭔가를 숨겨 놓았다. 우리는 그걸 찾아야 하고. 그런데 그쪽에서 사고가 생겨 그게 여기에 있다는 것만 알 뿐, 그게 뭐고 어디에 있는지 알 수 없게 됐지. 그나마 다행인 건 그 친구들이 홍콩에 있는 미술관에서 이곳으로 보낸 서류에 표시를 해놨다고 하더군. 그래서 서류를 뒤져 본 거지. 그 정도까지만 알고 있어라. 그건 그렇고 너!"

양구오는 담배를 바닥에 던지고 책상에서 내려와 그에게 다가섰다.

주민수의 얼굴을 뚫어지게 쳐다보며 입을 반쯤 벌렸다. 무슨 할 말이 있는 듯했지만 곧 몸을 돌려 책상으로 가 앉았다.

"학생들 말 다 알아들었으니 그만 가봐."

주민수는 천천히 소파에서 일어나며 말했다.

"이제 너희들은 다른 데로 가. 여기는 고 실장님 사무실이야. 저 학생들이 언제까지 있을지 모르는데 여자 혼자 밖에서 헤매게 만들지 마."

"걱정 마라. 그렇지 않아도 나가려고 했다."

주민수는 문을 열고 나가려다 양구오를 돌아보았다.

"두목, 아까처럼 소리 버럭 지르면서 이야기해도 돼. 그렇게 일부러 모기 목소리를 낼 필요까지는 없어. 우리 미술관 관장님이 소음에 대해서는 아주 끔찍할 정도로 민감해 미술관에 방음 장치 하나는 제대로 해놨거든."

주민수는 딴에는 비웃는다며 한 말이었지만 세 사람은 아무도 신경 쓰지 않았다.

3

　김우진과 유한나는 미술관 출입문 앞에서 펜스 너머의 상황을 살폈다.
　정오가 가까워지는 시각, 밖은 점거 당시보다 훨씬 많은 경찰들과 기자들로 북적였다. 구경꾼들도 더 늘어났고 낯익은 시민단체 회원들 그리고 관련 공무원들로 보이는 사람들까지 가세했다. 그 안에서 확성기를 통해 날카로운 목소리들이 오가고, 뭔지 모를 기계음도 그치질 않고, 차량 소음, 심지어는 요란한 사이렌 소리까지 겹쳐 들렸다.
　일사불란하게 점거를 마무리하고 차분하게 추이를 지켜보는 학생들과는 너무도 대조적이어서, 실상은 양측이 첨예하게 대립하고 있는데도, 아무런 관련도 없는 것처럼 보일 정도였다. 학생 하나가 두 사람에게 달려왔다.

"형, 곧 뉴스가 시작돼요."

둘은 다시 미술관 안으로 들어갔다.

학생 두 명이 홀에 설치해 놓은 LCD TV로 방송을 보고 있었다. 곧 TV를 통해 정오 뉴스가 흘러나왔다.

앵커 먼저 속보 형식으로 계속 보도했던 대학생들의 아르스 미술관 점거에 관한 소식입니다.

오늘 오전 9시 반, 서울 아트 인스티튜트 한국문화재연구회 소속 학생 열여섯 명이 서울 평창동에 있는 아르스 미술관을 기습점거하고 농성을 벌이고 있습니다.

학생들은 1958년부터 1963년까지 주한미국대사관의 정무참사관으로 근무했던 그레고리 헨더슨이 수집한 한국 문화재들, 이른바 헨더슨 컬렉션의 즉각 반환을 주장하면서, 이를 반환하지 않을 경우 현재 미술관에 전시 중인 미국의 화가 조지아 오키프의 그림을 모두 불태우겠다며 경찰과 대치하고 있습니다. 이들은 미국이 헨더슨 컬렉션 이외에도 구한말부터 수많은 한국 문화재를 약탈해 갔다고 주장하고, 약탈 문화재의 반환협상에 적극적으로 나설 것을 요구하고 있습니다.

현장을 연결해 보겠습니다. 윤수철 기자!

기자 네, 윤수철입니다.

앵커 지금 현장 상황을 말씀해 주시죠.

기자 네, 오전 9시 반에 미술관을 점거한 학생들은 성명서 발표와 함께 조지아 오키프의 그림 한 점을 불태운 후, 미술관 마당에 일군의 학생들만 남겨 놓고 안으로 들어간 상태입니다(화면으로 구호를 외치는 학생들과 그림을 태우는 장면이 비친다). 이후 별다른 변화나 움직임은 포착되지 않고 있습니다.

앵커 경찰의 대응은 어떻습니까?

기자 경찰은 그림을 볼모로 잡고 점거농성을 벌이는 사상 초유의 사태에 상당히 당혹스러워하는 눈치입니다. 경찰은 현재 상부의 지시만 기다리고 있을 뿐 별다른 대응은 하지 않고 있습니다.

앵커 학생들이 볼모로 잡고 있는 조지아 오키프의 그림들은 어떤 것입니까?

기자 (화면으로 조지아 오키프의 사진과 그림들이 흐른다)1887년에 태어나 1986년, 아흔여덟의 나이로 사망한 조지아 오키프는, 자타가 공인하는 미국 최고의 현대 화가이자 미국인이 가장 사랑하는 화가로 미국의 예술적 자존심을 상징합니다.

이 조지아 오키프의 작품들 가운데 가장 뛰어난 작품성을 자랑하는 서른 점이 아시아 순회전시 일정으로 중국과 홍콩을 거쳐 한국에서 전시를 하게 된 것입니다. 이 그림들은 상징적 가치나 미술사적 가치 이외에 경제적 가치도 상당해, 아직 미술 시장에서 그녀의 그림 가격이 체계적으로 형성되어 있는 것은 아니지만, 미술 전문가들은 현재 학생들이 볼모로 잡고 있는 서른 점의 작품 가격을 적게는 4천억 원에서 많게는 육칠천억 원까지 평가하고 있고, 일부 전문가들은 그보다 훨씬 많이 내다보고 있습니다. 학생들이 오늘 아침 태운 그림인 *음악—분홍과 파랑*만 하더라도 최소한 2백억 원 상당의 경제적 가치가 있다고 합니다.

앵커 놀랍군요. 그럼 학생들은 그 그림들을 어떤 방법으로 볼모로 잡고 있습니까?

기자 (화면으로 학생들아 찍어 보낸 동영상 자료가 나온다)학생들이 언론사로 보낸 동영상을 보면, 학생들은 전시실의 그림을 다 떼어 내 미술관 앞마당과 2층 전시실 그리고 3층 전시실에 일고여덟 점씩 포개어 놓고 관리하고 있는 것을 알 수 있습니다. 학생들은 이렇게 포개 놓은 액자에 가연성 물질을 발라 놓았고, 만약 경찰이 진압을 시도할 시 모두 태우겠다는 겁니다.

앵커 사태가 생각보다 심각한 것 같습니다. 그런데요, 윤 기자. 학생들이 나눠 준 유인물을 보면 자신들의 행동을 1985년에 있었던 서울 미문화원 점거농성사건과 연관 지으려는 의도가 강한 것 같습니다. 이를 어떻게 받아들여야 할까요?

기자 네, 이는 자신들의 행위가 반미 학생운동의 시발점이 된 1985년의 서울 미문화원 점거농성사건의 맥을 잇고 있다는 것을 강조하면서, 2002년 효선·미선 양 사건 이후 또다시 불고 있는 현재의 반미 정서에 기대 그들의 주장을 설득력 있게 펼치려는 의도가 있는 것으로 보입니다.
앵커 그렇다면 상황이 상당히 복잡한 양상으로 전개될 수도 있겠습니다. 그런데 일부에서는 이번 사건이…….

미술관 2층 전시실에도 학생들이 모여 노트북 PC로 다른 채널의 뉴스를 보고 있었다.

앵커 ……비상 국무회의가 지금 진행 중이니까 곧 정부의 공식입장이 나오겠군요. 각 당에서는 이미 공식입장을 발표한 상태죠?
기자 네, 그렇습니다. 여당인 한민족당과 야당인 민주선진당은 모두 경악하는 분위기였습니다(화면으로 한민족당 대변인의 발표가 나온다/ **대변인** 상상도 할 수 없는 충격적인 사태에 말을 이을 수 없을 정도입니다. 미술품을 볼모로 잡고 불태우기까지 한 학생들의 행동은 도저히 용납할 수 없는 야만적 행위이고, 심각한 사회문제를 야기하는 반사회적 행위이며, 더 나아가 한미관계의 근본을 뒤흔드는 반국가적 행위입니다. 지금 당장 농성을 풀고 자진해산하기를 강력하게 촉구합니다. 이어 화면으로 민주선진당 대변인의 발표가 나온다/ **대변인** 미술품을 볼모로 잡고 벌이는 미증유의 점거농성사태에 충격과 경악을 금할 수 없습니다. 이는 어떠한 명분으로도 용납될 수 없는 비문화적, 반사회적 행위입니다. 학생들은 이유여하를 막론하고 속히 농성을 풀고 미술관에서 나와야 합니다).

화면을 통해 보셔서 아시겠지만, 이번 사태에 대해서는 여당과 야당이 모두 극히 부정적인 입장을 보이고 있습니다. 이는 이번 점거농성사태의 심각성을 단적으로 보여 주는 예라고도 할 수 있습니다. 단, 진보 정당인 노동사회당에서만 대변인의 발표를 통해, '미술관을 점거하고 그림을 볼모로 농성 중인 학생들의 행동은 극히 유감스럽지만, 이 학생들이 왜 이런 행동을 벌일 수밖에 없었는지 깊이 생각해 봐야 한다'며 다소 유연한 입장을 취했습니다.

앵커 하지만 무엇보다도 주목할 것은 주한미국대사관의 반응인 것 같습니다. 매우 이례적인 일로 보입니다만, 미대사관 측에서는 점거 농성이 시작된 지 1시간도 안 돼 대변인을 통해 아르스 미술관 점거사건에 대한 대사관 측의 입장을 밝혔습니다. 물론 공식적인 발표가 아니라 긴급 기자회견 형식으로 이루어진 것입니다만, 매우 중요한 의미를 지닌 것으로 보입니다. 이에 대해 말씀해 주시죠.

기자 이 부분이 상당히 중요합니다. 작년 주한미국대사의 불미스러운 발언 이후 번지기 시작한 반미 정서와 그와 관련된 일련의 사건에 대해서도 공식, 비공식적인 입장 표명이 없었던 주한미국대사관은, 이번에는 기자회견 형식으로 우리나라 정당보다 먼저 자신들의 입장을 밝혔습니다. 이는 이번 점거농성사건이 과거 주한미국대사관 정무참사관으로 근무했던 그레고리 헨더슨과 관련되어 있기 때문인 것으로 보입니다. 주한미국대사관의 프랭크 웨커 대변인은 기자회견에서 그레고리 헨더슨은 한국의 문화재를 약탈한 인물이 아니라는 점을 분명히 하면서, 학생들의 행동을 '명백한 테러이며, 우리는 결코 이번 사태를 좌시하지 않겠다' 며 강한 어조로 대사관 측의 입장을 표명했습니다.

앵커 기자회견의 형식이라고 해도 매우 강력한 메시지를 담고 있는 것으로 보입니다. 특히 학생들의 행위를 테러라고 언급한 부분에 상당히 많은 의미가 내포되어 있다고 보이는데요, 어떻습니까?

기자 그렇습니다. 좀 생소하지만 여기서 '아트 테러' 라는 용어를 소개하고 이에 대한 설명을 해드려야 할 것 같습니다. 아트 테러란······.

양구오는 미술관 3층 휴게 공간 소파에 퍼지듯 앉아 있었다. 박이칠, 오공삼과 함께 천장에 매달린 LCD TV로 뉴스를 보는 중이었다.

앵커 ……그래서 우리나라에서는 점거농성이라고 표현한 이번 사건을 주한미국대사관 측은 물론 해외 각 언론사에서는 테러라고 하는 거군요. 이 박사님, 그럼 그동안 있었던 아트 테러의 사례를 말씀해 주시겠습니까?

평론가 네, 1974년 정체불명의 인물이 영국의 켄우드 하우스에서 네덜란드의 화가 베르메르의 *기타를 치는 여인*이라는 그림을 훔친 후, 영국의 옛 식민지였던 서인도제도에 있는 그레나다에 경제적 원조와 식량을 공출하라는 요구를 한 사건이 있었습니다. 이 사건은 아트 테러의 개막을 알렸던 사례로 기록되고 있는데요, 후에 복잡한 양상으로 전개되다가 그림은 결국 원래의 자리에 돌아오게 되었습니다. 가장 유명한 것은 전설적인 여성 테러리스트로 알려진 브리짓 로즈 더그데일Bridget Rose Dugdale이 1974년 아일랜드 무장투쟁단체인 IRA 소속 테러리스트들과 함께 아일랜드의 러스보로 하우스에서 베르메르, 고야, 루벤스, 벨라스케스 등 유명 화가의 그림 열아홉 점을 훔친 후, 구금된 아일랜드 테러리스트를 석방하라는 요구를 한 사건도 있었습니다.

앵커 브리짓 로즈 더그데일이라면 얼마 전 영국에서 다시 기사화돼 화제를 불러일으킨 인물이 아닙니까?

평론가 맞습니다. 영국 최상류층 집안에서 태어난 그녀는 귀족 교육을 받으며 자라나 옥스퍼드 대학을 졸업하고 런던대학에서 경제학 박사학위를 받은 후, UN에서 경제전문가로 일하기도 했습니다. 그러다가 어느 순간부터 마르크스주의에 심취해 전형적인 부르주아 계급인 자신의 출신과 부모를 증오하고, 자신의 재산은 물론 몰래 빼돌린 부모의 재산까지 쏟아 부어 가며 혁명가의 길을 걸어간 인물입니다. 흥미로운 점은 아트 테러를 이미 몇 차례 경험한 영국에서는 벌써부터 브리짓 로즈 더그데일과 서울 아트 인스티튜트 학생들의 아르스 미술관 점거사건을 비교하고 있다는 것입니다. 그래서 영국 BBC 방송에서는 아르스 미술관 점거사건을 보도하면서, '한국의 학생들이 브리짓 로즈 더그데일의 전설을 단번에 동화로 만들어 버렸다'고 평하기도 했습니다.

앵커 그렇군요.

평론가 그밖에도 아트 테러를 거론할 때 아일랜드의 악명 높은 범죄자 마틴 카힐Martin Cahill도 빼놓을 수 없습니다. 마틴 카힐은 1986년에 또다시 러스보로 하우스의 그림들을 훔쳐 세상을 발칵 뒤집어 놓았습니다. 그는 어떤 정치적 신념을 갖고 있다기보다는 무정부주의적인 색채가 짙어 자본가, 정부, 경찰, 심지어는 테러리스트들까지 공격 대상으로 삼고 우롱한 인물이었습니다. 그의 일생과 범죄 행각은 너무도 유명해 존 부어맨 감독이 *제너럴*이라는 영화로 만들기도 했죠. 이후 아트 테러는 몇 건 더 발생하다가 1990년대부터 서서히 자취를 감추고 점차 금전을 노리는 범죄로 변질

되어 갔습니다.
앵커 그럼 이 박사님, 이런 아트 테러가 갖는 특징과, 또 한계가 있다면 어떤 것이 있을까요?
평론가 역사적, 예술적, 경제적 가치를 지닌 미술품을 볼모로 잡는 것은, 사람을 볼모로 잡는 것보다 관리도 쉽고 부담이 적으면서도, 사람을 볼모로 잡고 있는 것과 동일한 효과를 낼 수 있습니다.
앵커 잠시만요, 박사님. 여기서 부담이라는 건 어떤 부담을 말하는 건가요?
평론가 볼모를 대하는 테러리스트들의 태도겠죠. 만약 지금 학생들이 그림이 아니라 사람을 볼모로 잡고 있다는 가정을 해보면 됩니다. 경찰이 들어오면 다 죽이고, 요구 사항이 관철될 때까지 하루에 한 명씩 죽이겠다고 협박하고, 자신들의 강한 의지를 보이겠다고 시범 케이스로 경찰과 기자들이 보는 앞에서 인질 한 명을 죽이는 일, 과연 그런 짓을 할 수 있을까요? 그림이니까 가능한 일입니다.
앵커 계속 말씀해 주시죠.
평론가 그런데 아트 테러가 단순히 금전을 노리는 경우에는 이러한 원칙이 비교적 유용하게 적용되기도 합니다. 하지만 정치적인 목적으로 이용될 때, 이야기는 달라집니다. 아무리 미술품이 귀중한 것이라 해도, 미술품은 미술품일 뿐입니다. 이전에 발생했던 아트 테러가 대부분 실패로 돌아갔다는 사실에서도 알 수 있듯이, 미술품을 볼모로 잡고 벌이는 테러가 결코 사람을 인질로 잡고 있는 것과 같을 수는 없습니다. 더욱이 테러리스트와는 어떤 협상도 하지 않는다는 원칙이 전 세계적으로 공고해지고 있는 가운데, 그런 방법은 더 이상 설 자리가 없어지고 있습니다.

앵커 피해자 입장에서도 부담이 적다는 말인데, 이 박사님의 말씀대로라면 지금 학생들이 조지아 오키프의 그림을 볼모로 잡고 벌이는 아르스 미술관 점거농성사건의 운명도 그와 비슷하다고 볼 수 있을까요?

평론가 꼭 그렇지만은 않습니다. 미술관을 점거하고 그림을 통째로 볼모로 잡고 있었던 사례는 전무할 뿐만 아니라, 학생들의 요구사항이 정치적인 성격을 띠는 것은 분명하지만 핵심은 예술에 관한 것입니다. 그러니까 그림을 볼모로 주한미군 철수나 얼마 전 망언을 했던 주한미국대사의 사과와 같은 명백한 정치적 요구가 아니라, 그레고리 헨더슨이 불법으로 유출해 간 우리나라 미술품을 돌려 달라는 것입니다. 이를 이전에 다른 나라에서 발생한 아트 테러와 동일하게 봐야 할지는 좀 더 심도 있게 분석해 봐야 합니다. 또한 조금 전에 그림을 볼모로 잡는 것이 피해자 입장에서도 부담이 적다고 하셨는데요, 지금 상황에서는 학생들이 훨씬 부담이 적은 듯 보입니다. 오늘 150억 원에서 2백억 원에 달한다는 조지아 오키프의 그림 한 점을 아무런 망설임 없이 태운 것을 보면서 바로 그 점을 느꼈습니다.

앵커 저도 오늘 그 장면을 보고 깜짝 놀랐습니다. 그렇다면 이 박사님께서는 이번 사건의 성격을 어떻게 규정하십니까?

평론가 저는 이번 사건을 아트 테러의 연장선상에 올려놓고 싶지는 않습니다. 그보다는 학생들이 언급한 1985년의 서울 미문화원 점거농성사건의 연장선상에서, '미문화원 점거농성사건의 아트 버전'이라고 말하고 싶습니다. 그래서 이 사건이 결코 단순하지 않다는 겁니다. 아르스 미술관 점거농성사건은, 정치적 색채와 민족적 색채, 여기에 예술적 색채까지 뒤섞여 있는 상당히 복합적인 성격을 띠고 있다는 것이 그 이유입니다.

앵커 그런 이유 때문인지 우리나라 정부에서 앞으로 이 사태를 어떻게 해결할지 상당히 곤혹스러워하는 것 같습니다. 박사님께서는 향후 사태의 전개를 어떻게 예상하십니까?

평론가 지금 우리나라 정치계는 물론 각 분야 시민단체들까지 나서서 사태의 해결에 머리를 맞대고 고심하고 있습니다. 뿐만 아니라 이번에는 이례적으로 주한미국대사관에서도 적극적으로 나서고 있고 해외 언론사들의 관심도 상당합니다. 하지만 사태 해결의 키는 전적으로 미국 정부에 달려 있는 듯 보입니다. 이르면 오늘 저녁, 늦어도 내일 오전에 나올 미국 정부의 공식입장에 따라 모든 일이 진행될 겁니다. 지금 우리나라 정부와 경찰에서도 그 결정에 촉각을 곤두세우고 있을 게 분명합니다. 제 개인적으로는 학생들의 행동을 사실상 테러로 규정한 주한미국대사관 측의 반응이 이번 사건의 성격을 규정하고 향후 대처 방향을 잡는 데 결정적인 역할을 하지 않을까······.

"제길!"
양구오는 바닥에 담배를 지져 밟으며 욕을 내뱉었다.
"형님, 지금 도대체 무슨 이야기를 하는 겁니까?"
박이칠은 다 보고 나서도 저 요란한 속보들이 지금 이 미술관 때문이라는 게 실감나지 않았다.
"······판이 점점 커지고 있다."
"네?"
"저것들이 사고 한 번 크게 쳤어. 아주 제대로 뒤집어 놨어."
양구오는 TV 화면만 뚫어지게 쳐다보며 또 으르렁거렸다.

고진미와 주민수는 4층 학예연구실에서 미니 컴포넌트를 통해 흘러나오는 라디오 뉴스를 듣고 있었다.

앵커 오 기자, 현재 아르스 미술관 상황은 어떻습니까?
기자 학생들은 별다른 움직임이 없는 상태입니다. 하지만 미술관 정문 앞은 경찰과 전경들, 국내외 언론사 기자들,

관련 공무원들과 아르스 미술관의 모회사인 새턴 커뮤니케이션 관계자들, 여기에 농성지지 시위대와 농성반대 시위대까지 가세해 극도로 혼란스럽습니다.

앵커 미술관 안에는 지금 몇 사람이나 있나요?

기자 서울 아트 인스티튜트 학생 열여섯 명과 미술관 큐레이터 한 명 그리고 관리실 직원 한 명 등 총 열 여덟 명이 있습니다. 미술관 개관 시간 전에 점거했기 때문에 다행히 일반 관람객은 없었습니다.

앵커 미술관 직원 두 명도 인질로 잡혀 있는 건가요?

기자 아닙니다. 인질로 잡혀 있는 게 아니라 그림을 지키겠다면서 자발적으로 남아 있는 거라고 합니다.

앵커 그게 사실입니까?

기자 현재까지는 그렇게 알려졌는데, 자세한 상황은 좀 더 지켜봐야 알 수 있을 것 같습니다.

앵커 알겠습니다. 미술관 상황은 잠시 후에 다시 알려 주시기 바라고요, 오 기자, 그럼 이번 사태에 대한 시민들의 반응은 어떻던가요?

기자 시민들은 무척 혼란스럽고 어리둥절한 반응이었습니다. 그림을 볼모로 잡고 점거농성을 벌이는 상황도 생소할 뿐 아니라, 학생들의 요구가 해외로 불법 유출된 우리 문화재의 환수라는 점도 낯설게 받아들이는 듯합니다. 그렇지만 이번 사태가 작년 주한미국대사의 망언 이후 번진 반미 정서와 그로 인해 벌어진 일련의 사건들, 즉 클럽 미국인 살인사건, 미국인 관광객 폭행사건, 퍼시픽 아메리카 은행 노조원들의 미국인 은행장 감금사건, 미국 축구선수단 오물투척사건 등으로 악화될 대로 악화된 한미 관계에 또 어떤 영향을 미칠지 걱정하는 모습이 역력했습니다.

앵커 일부에서는 그러한 사회적, 정치적 문제를 떠나 미술관이 학생들에게 손쉽게 점거된 상황을 놓고, 미술관이나 박물관의 경비 문제를 지적하는 목소리도 나오고 있다면서요?

기자 그렇습니다. 잘 아시다시피 미술관이나 박물관에는 돈으로 환산할 수 없는 역사적이고 예술적인 가치를 지닌 미술품이나 문화재들이 전시되어 있습니다. 이미 보도된 것처럼 지금 아르스 미술관에 전시되고 있는 조지아 오키프의 그림만 하더라도 서른 점의 가격이 수천억 원에 이른다고 합니다. 하지만 숭례문 화재사건을 통해서도 보았듯이 그런 내형, 외형적 가치에 비해 경비는 어처구니없을 정도로 허술하다는 점을 해당 관계자들조차 인정하고 있는 실정입니다. 이는 우리나라 미술관이나 박물관에서 대규모 미술품 도난사건이나 이번 사태와 같은 불미스러운 일이 발생한 적이 거의 없어 방심하고 있었던 것으로 판단됩니다. 숭례문 화재사건을 통해 문화재의 방범 방화 시스템을 재점검하기 시작한 것처럼 이번 사태를 통해 미술관이나 박물관의 경비 문제를 더욱 철저히 점검해야 한다는 목소리가 나오고 있는 것도 그 때문입니다.

앵커 이번 사태가 몰고 올 엄청난 파장과 함께 이를 주도한 학생들에 대해서도 궁금합니다. 미술관을 점거한 대학생들은 모두 우리나라 최고의 명문 예술대학인 서울 아트 인스티튜트 학생들인데요, 이 학생들에 대해서 말씀해 주시겠습니까?

기자 네, 말씀하신 대로 이번 사태를 주도한 대학생들은 모두 서울 아트 인스티튜트 학생들로 학내 동아리 한국문화재연구회 소속 회원들입니다. 이들은 유인물에 자신들의 이름과 학과를 정확하게 밝혀 놓고 있습니다.

이를 먼저 소개하면, 이번 사태를 주도한 한국문화재연구회 회장인 서양화과 4학년 김우진, 부회장인 서양화과 4학년 유한나, 동양화과 3학년 김명호, 조각과 3학년 강나래, 그래픽디자인과 3학년 남궁 준, 의류디자인과 2학년 민진이……

소파에 동그랗게 몸을 말고 뉴스에 귀를 기울이던 고진미는 가슴이 철렁 내려앉았다. 깊은 나락으로 떨어지는 기분, 끝도 없이 추락하는 기분이란 게 이런 거구나, 알 것 같았다. 팔에 얼굴을 파묻었다. 온몸의 힘이 빠져나가 꼼짝도 할 수 없었다. 뉴스를 보고서야 사태가 얼마나 심각하지 깨달았다.

그녀는 한동안 꼼짝도 않다가 슬로우 모션을 흉내 내듯 천천히 일어나 미니 컴포넌트의 스위치를 껐다.
"주 과장님 말이 맞아요. 여기 남아 있길 잘했어요."
"네?"
"여기 그냥 남아 있길 잘했다고요. 밖에 있었다면 보나마나 경찰에, 기자에, 이리저리, 여기저기 사방으로 휘둘렸을 텐데, 그랬다면 진짜 미쳐 버렸을 거예요."
"관장님도 소식을 들으셨겠죠?"
"지금쯤 세미나고 뭐고 다 때려치우고 벌써 귀국길에 오르셨을 거예요."
"아까 뉴스를 들어 보니까 새턴 커뮤니케이션도 난리가 났다고 하던데."
"사장님이 정말 순수한 뜻으로 만든 미술관인데 개관하자마자 이런 일이 터져 버리고……. 미술관도 미술관이지만 회사도 엄청난 타격을 받을 거예요. 하……."
고진미는 이제 걱정을 넘어 허탈해졌다.
"생각보다 일이 커지고 있어요."
"주 과장님, 이젠 어떡하죠?"
"후……."
이번에는 주민수가 무거운 한숨을 내쉬었다.
"……이렇게 하죠. 우선 아까 김우진이 말한 대로 경찰에 고 실장님과 제가 남아 있는 이유를 설명하고 안전하다는 걸 알려야 해요."

"어떻게요. 좀 전까지만 해도 어떻게든지 밖으로 나가려고 했지만, 이젠 정문 앞까지 가기도 겁나요. 그 앞으로 나가는 순간 전 세계로 우리 모습이 중계될 텐데, 그러고 싶지는 않아요."

"그건 저도 마찬가지예요. 아! 경찰서장한테 전화를 하죠. 학생들한테 핸드폰을 빌려 통화하도록 해요."

"그래요, 주 과장님이 김우진이나 유한나 학생한테 빌리세요. 그 둘만 핸드폰을 갖고 들어왔대요."

"네."

당장 움직여서 실행에 옮길 것 같던 두 사람은 그러나 한동안 학예연구실 안에 그대로 남아 있었다. 주민수는 맥 빠진 얼굴을 한 채 소파에서 일어날 줄 몰랐고, 고진미는 안절부절 못하고 학예연구실 안을 맴돌았다.

오후 3시, 김우진과 유한나는 지하 1층 세미나실에 있었다.

두 사람의 목소리에는 아직 패기가 여전했다. 크게 잃은 것도 없고, 계획을 급작스럽게 변경할 위급한 사태도 아직 발생하지 않았다. 썩 만족스럽지는 않아도 이 정도면 괜찮았다. 미술관 펜스를 넘는 순간, 이미 어마어마한 위험을 껴안은 것이다. 그러니 '승리' 라는 확신이 들기 전까지는 이렇게 스스로를 위로하는 말을 되풀이 하게 될지도 몰랐다. 지금까지는 괜찮았어. 그래, 괜찮은 거야……

 그것은 사실 어떤 불안의 반어적 표현일 수도 있었다. 그러다보니 리더인 김우진의 얼굴에는 어쩔 수 없이 어두운 그림자가 엷게 지고 있었다.

 "시작이 반이라는 말이 있잖아. 전 세계를 확실하게 뒤집어 놓은 것만 본다면 우리의 목적은 반쯤 달성한 거야. 하지만 이제부터가 문제야. 나는 야당도 우리에게 냉담한 게 마음에 걸려. 정치권은 여야 없이 대놓고 비판하고 있잖아."

 김우진이 종이컵에 담긴 커피를 마시며 말했다.

 "걔네들은 신경 쓰지 말자. 우리나라 야당이 언제 야당 역할 제대로 한 적이나 있었어? 무늬만 다르지 어차피 여당과 한패거리잖아. 우리의 상대는 미국이야. 미국만 신경 쓰면 돼."

 "시민단체 반응은 확인해 봤니?"

 "응, 야당하고 다를 게 없어."

 "우리가 자기들 자존심을 건드렸으니까 그렇겠지. 그 사람들도 이번 기회에 반성 많이 해야 해. 초심은 다 내팽개치고 점점 실속 없는 깜짝쇼에만 열 올리는 걸 보면 정치인들과 다를 게 하나도 없어."

 "제일 중요한 건 미국 정부의 공식입장이야. 여당이고 야당이고, 비상 국무회의의 결정이고 뭐고 다 소용없어. 미국 정부의 결정에 따라 앞으로 모든 일이 진행될 거니까."

 "어떻게 결정 날까?"

"……모르지."

유한나는 자신 없어 하며 말을 흐렸다.

"나는 주한미국대사관이 숨도 한 번 안 쉬고 우리 일을 단번에 테러라고 한 게 놀라웠어. 사실 우리가 거기까지 예상하지 않은 건 아니지만 너무 빨리, 아니 빠른 정도가 아니라 마치 기다리고 있었다는 듯이 말했잖아."

"우리는 우리 일에만 집중하자. 대학생들의 치기 어린 장난으로 보건 테러로 보건 간에, 어떤 일이 벌어지더라도 우리의 목적은 반드시 달성한다는 생각만 하자고."

"그래……"

김우진의 대답에는 힘이 없었다. 불안한 그림자가 한 겹 더 덮씌워지는 것 같았다.

유한나가 조심스럽게 입을 열었다.

"우진아, 네 마음 잘 알아. 아마 너도 지금 나와 똑같은 심정일 거야. 우리가 오랜 심사숙고 끝에 이 일을 결정하고 실행하기는 했어도, 막상 일이 벌어지고 보니까 이게 과연 잘한 일인지 또 앞으로 잘 될지 불안하기만 해. 하지만 우리는 이미 선을 넘었어. 되돌아갈 수도 없고 되돌아가서도 안 돼. 그러니까 자신감을 갖고 밀어붙여야 해. 너하고 내가 불안한 모습을 보이면 후배들이 흔들려. 자신을 갖자, 확신을 갖자. 응?"

그는 억지로 미소를 지으려고 애썼다.

"알았어. 네 말대로 어차피 일은 벌어졌어. 뛰기 시작했으면 자신을 갖고 끝까지 뛰어야지. 아, 근데 조폭들은 지금 어디서 뭘 하고 있는지 아니?"

"어딘가에 있겠지. 주 과장님이 잘 말해 놓았다고 했으니까 걱정 마. 그 사람들은 없는 거라고 생각해."

"좋아, 나가자. 오후 시위를 시작해야지. 각 층에 한 명만 남겨두고 다 데리고 나와. 나는 나가서 준비하고 있을게."

유한나는 고개를 주억거렸다. 두 사람은 평소 걸음보다 보폭을 넓게 걸어 세미나실을 빠져나갔다.

미술관 3층 휴게 공간의 양구오는, 이후에도 한참 동안 아르스 미술관 점거사건과 관련된 TV 보도에서 눈을 떼지 않았다. 몇 시간이 순식간에 흐른 것 같았다. 같은 속보에 질려 버린 박이칠과 오공삼은 벌써 3층을 몇 번이나 돌았는지 모른다.

둘이 건들거리며 서성이는 모습을 보던 양구오가 두 사람을 손짓으로 불렀다.

"자, 내 말 잘 들어라. 일이 생각보다 커지고 게다가 복잡해지고 있다. 하지만 신경 쓸 것 없어. 우리는 우리 일만 잘 끝내면 돼. 이제부터 다시 미술관을 뒤진다. 이칠이, 너는 미술관 지하 2층부터 3층까지 다시 뒤져. 의심스러운 곳이 있으면 뜯거나 부숴도 돼. 연장은 있지?"

"네."

"공삼이, 너는 빈집털이를 많이 해봤으니까 비상구부터 시작해서 건물 구석구석을 돌며 빠져나갈 구멍을 찾아봐라."

"알겠습니다, 형님."

"나는 4층으로 올라가 다른 곳을 뒤져 보겠다. 직원들이 근무하는 4층까지 기어 올라와 그걸 숨겨 놨을 가능성은 낮아도 뭐가 있는지는 봐야 할 것 같다. 이젠 아침에 쳐들어 왔을 때와는 상황이 달라. 서두르지 말고 시간을 갖고 천천히 찾아봐야 한다. 몇 번을 강조하지만, 어떤 일이 있어도 장갑을 벗어서는 안 되고, 밖에서 볼 수 있는 곳, 그러니까 1층 출입문과 4층 창가 쪽은 피해서 움직여라. 또 학생들이나 직원들과 쓸데없이 부딪치지 말고. 특히 그 잘난 척하는 관리실 직원하고 괜한 시비 붙지 않도록 해."

"네, 형님."

"상황이 안 좋고 주위가 어수선하다고 해서 부화뇌동을 하거나 결코 평정심을 잃어서는 안 된다. 만약 그런 모습을 보일 때는 내가 너희들을 먼저 죽일 거다. 알았나!"

"네!"

"움직이자."

양구오의 입에서 죽인다는 말이 그 어느 때보다도 묵직하게 튀어나왔다. 양구오는 4층으로, 박이칠은 엘리베이터로, 오공삼은 계단으로 기민하게 흩어졌다.

미술관 앞마당에는 김우진의 리드로 학생들이 구호를 외치고 있었다. 1미터 50센티미터 높이의 펜스 하나를 사이에 두고 건너편에서는 난리법석이 난 상태였다. 취재 경쟁에 열을 올리느라 기자들은 난장판을 벌였고, 경찰은 혼잡한 주변을 갈무리하지 못하면서 군중과 마구 뒤섞이기도 했다. 거기에다 방송국 취재 차량들과 경찰 차량들, 전경 버스들, 소방차 몇 대가 제멋대로 자리 잡아 현장을 더욱 무질서하게 만들었다. 좀 떨어진 곳에서는 간단한 요깃거리를 파는 가판 수레들까지 모여들어 아수라장의 마침표를 찍었다.

고진미는 주민수와 함께 미술관 1층 출입문을 열고 나왔다. 핸드폰을 귀에 댄 채 한쪽 손을 흔들자 펜스 너머에서도 누군가 손을 들었다. 종로경찰서 서장이었다.

주변이 워낙 시끄러워 고진미는 한쪽 귀를 손가락으로 막고 거의 고함을 질러댔다.

"어후, 서장님. 몇 번을 말씀드려야 믿으시겠어요. 우리가 자발적으로 있는 거라니까요. 지금 우리 보고 계시잖아요. 협박하는 사람 아무도 없어요. 우리는 인질이 아니에요. 학생들은 이미 어마어마한 인질들을 붙잡고 있는데, 우리 따위는 오히려 거치적거린다며 제발 나가달라고 하고 있어요."

"그런데 왜 안 나오고 있냐 말이오."

경찰서장은 이해할 수 없다는 반응이었다.

"서장님, 저, 책임감 강한 여자입니다. 관장님이 안 계신 상황에서는 제가 책임자예요. 미술관은 여느 장소하고 달라요. 서장님도 소식을 들으셔서 아시잖아요. 여기에는 수천억 대의 그림들이 있어요. 이걸 두고 어떻게 밖으로 나가요."

"그럼 거기서 뭘 하시려고 하는 거요? 학생들을 설득하거나 말릴 수 있는 것도 아니잖소."

"하……"

고진미는 생각해 둔 말을 정리하려고 숨을 길게 내쉬며 뜸을 들였다.

"저도 오늘 학생들이 그림을 불태우는 걸 봤어요. 하지만 여기 있는 그림들이 모두 불타 버리는 최악의 상황은 조금도 생각하고 있지 않아요. 서장님 말씀이 맞아요. 지금 설득은커녕 학생들 근처에도 가기가 겁나요. 하지만 그림들이 결국은 아무 일 없이 남아 있을 거라는 생각으로 지켜보고 관리해야 해요. 학생들을 말릴 수는 없어도 그 정도는 할 수 있다고요."

"두 사람의 신변도 신변이지만 나중에 우리가 작전을 실행할 때 혹시 불미스러운 일이라도 있을까 봐 그래요."

"걱정하지 마세요. 학생들이 우리보고 나가고 싶으면 언제든지 나가라고 했어요. 그런 상황이 오면 알아서 나갈 거예요. 하지만 그 전까지는 그림들을 지켜야죠. 그게 바로 제 일이니까요."

고진미는 그게 바로 자신의 일이라는 말에 특히 힘을 주었다.

"도대체 이게 무슨…… 아, 잠깐만요. 아까 말한 주민수 씨 집 사람이 왔소. 잠시 두 사람이 통화하게 한 다음에 다시 얘기합시다. 이 번호로 전화 드리면 되겠소?"

"안 돼요. 이건 김우진 학생의 핸드폰이에요. 오는 전화는 안 받는다고 하더라고요."

"두 사람의 핸드폰은요? 미술관으로는 아예 전화가 안 되던데."

"……미술관 전화선은 학생들이 다 끊어 놨어요. 저하고 주 과장님 건…… 배터리가 다 나갔고요. 제가 다시 연락드릴게요. 그 방법밖에는 없어요."

"참 나! 일단 주민수 씨 좀 바꿔요."

고진미는 옆에 있는 주민수에게 핸드폰을 건넸다.

"통화해 보세요. 부인이에요."

주민수는 핸드폰을 받아들자마자 다급히 아내를 불렀다.

"여보, 당신이야?"

하지만 바로 응답이 없자 목소리를 높였다.

"당신이야? 들려?"

"……네. 당신 괜찮죠? 괜찮은 거죠?"

아내의 목소리가 어린아이처럼 떨렸다.

"걱정하지 마. 아무 일 없어."

"뭐가 아무 일 없어요. 난리가 난 것 같은데."

"그렇지 않아. 미술관이 점거되기는 했지만 나하고 고 실장님은 그 일과 아무 상관없이……."

4

 오후 6시, 미술관 3층 전시실에 대부분 모였다. 주동 학생 네 명과 다른 학생들 그리고 고진미와 주민수가 의자와 바닥에 흩어져 앉아 저녁을 먹고 있었다. 학생들은 미리 준비해 온 컵라면과 빵으로, 고진미와 주민수는 미술관 카페에서 가지고 나온 케이크와 빵으로 저녁을 대신했다.
 "미술관 카페에서 파는 케이크가 맛없다고 늘 투덜거렸는데, 이게 이렇게 요긴할 줄은 몰랐어요."
 그녀는 케이크 한 조각을 입에 넣고 우물거렸다.
 "카페 창고와 냉장고에 쌀도 두 포대나 있고 반찬도 잔뜩 있더라고요. 밥을 드시고 싶으시면 드세요."
 "아니에요, 지금 그런 것 넘어가지도 않아요. 그리고 그건 아마 학생들이 갖다 놓은 걸 거예요."

"……그런가?"

"마실 건 좀 있던가요?"

"생수는 여유 있게 있어요. 그리고 2층에 있는 자판기를 오픈하려고 해요. 그냥 누르기만 하면 뺄 수 있게요."

"후…… 그러세요."

고진미는 맥없이 대답했다. 그러다 주민수 쪽으로 바짝 몸을 기울이고 속삭였다.

"주 과장님, 있다가 김우진 학생을 만나 잘 설득해 보세요. 가능하면 최악의 상황까지는 가지 말자고요. 애들 기세를 보니까 아까보다는 많이 차분해진 것 같아요. 제가 말하면 오히려 역효과만 날 거니까 주 과장님이 잘 말해 보세요."

주민수는 고개를 끄덕였다.

그때 전시실 밖 계단으로 양구오와 박이칠, 오공삼이 올라오는 게 보였다.

주민수가 소리쳤다.

"어이! 빵 좀 갖고 가지. 너희들도 쫄딱 굶었을 텐데."

그 말에 세 사람은 잠시 걸음을 멈췄다. 양구오는 같잖다는 듯이 피식 웃고는 휴게 공간 쪽으로 향했다. 그런데 얼마 가지 않고 돌아와 전시실 안으로 들어왔다.

양구오는 컵라면을 먹는 학생들을 천천히 훑어보며 전시실 한복판으로 걸어갔다. 거기 쌓아 둔 그림들을 살펴보고 나서 빈정거렸다.

"이 친구들이 다른 나라도 아니고 미국과 맞장 뜨려고 한 투사들인가? 근데, 왜 이렇게 어색하게 보이지? 투사가 아니라 카페에 죽치고 앉아 하루 종일 연예인 얘기나 하며 수다 떠는 게 딱 어울릴 애들인데."

 양구오는 전시실 한쪽 구석에 단정하게 앉은 여학생 앞으로 가 쪼그리고 앉았다. 그리고 느닷없이 여학생의 한쪽 손을 잡더니 앞뒤로 뒤집어 보았다. 여학생이 뿌리치려고 했지만 양구오의 손아귀에서 빠져나갈 수는 없었다.

 "에휴, 이 손으로 어떻게 양키들과 싸우려고 해. 손으로 바퀴벌레라도 죽여 봤나?"

 양구오는 여학생의 손을 내던지듯 놓고는 다시 쌓아 놓은 그림들 앞으로 갔다.

 "그래, 볼모로 잡으려면 이런 걸 잡아야 해. 경찰들이 꼼짝도 못하잖아."

 양구오는 그림들을 발로 톡톡 차며 말했다. 학생들은 슬쩍슬쩍 양구오와 김우진의 눈치를 보면서도 젓가락질은 멈추지 않았다. 양구오는 노골적으로 비웃었다.

 "어느 때나 너희 같은 애들이 있었어. 흔히 몽상가라고 하지. 그런데 내가 보기에 너희들은 헛꿈을 꾸는 정도가 아니라 아예 실성해 버린 것 같아. 완전히 정신 놓은 상태야. 지금 밖에 있어야 할 사람은 경찰이 아니라 의사들인 것 같은데, 너희들 생각은 어때?"

그때 유한나가 분에 겨워 벌떡 일어나며 소리쳤다.

"말이 너무 심한 것 아니에요?"

"한나야!"

김우진이 그녀의 팔을 잡으며 말리려 했다. 하지만 그의 손을 뿌리치고 양구오를 마주 노려보았다.

"오호, 유관순 열사가 여기 숨어 있었군. 왜, 내 말이 틀린 것 같나?"

"아니오!"

아니라는 말을 하도 크게 대답해서 그게 부정인지 긍정인지 분간이 안 갔다.

"그럼 눈에 힘 빼고 말해."

"틀린 건 아닌데요, 그래도 우리가 집에서 자는 시간보다 교도소에서 자는 시간이 더 많았을 당신들보다는 낫다고 생각하는데, 당신 생각은 어때요?"

그녀의 말이 양구오라는 사람 자체를 부정하고 경멸하는 대답이라는 건 분명하게 느껴졌다. 양구오의 얼굴은 한 방 먹은 걸 감추지 못할 만큼 굳어졌다.

"……너희 같은 애들, 밖에서 만났으면 그 자리에서 병신 만들어 놨어."

"생각이 왜 이렇게 단순할까. 여기가 밖이라면 우리, 당신들이 노는 구정물 근처에는 가지도 않았어요."

유한나는 지지 않고 받아쳤다. 한 번씩 네트를 넘어갈 때마다 다들 가슴이 철렁 내려앉을 만큼 불안한 랠리였다. 못 견딘 건 양구오 뒤에 서 있던 박이칠이었다. 그의 입에서 욕설이 튀어나왔다.

"너 이 쌍년!"

유한나는 박이칠을 째려보며 말했다.

"탯줄 끊고 배운 말이 그것밖에 없지?"

"너 뒈질래!"

"우리 꼴 보기 싫어 미치겠지? 당신들 소원 들어줄까? 오늘 벌인 일, 깊이 뉘우치고 있으니까 한 번만 선처해 달라고 하고, 백기 들고 밖으로 나가 투항할까? 당신들과 노는 물은 달라도 우리도 사람 볼 줄은 알아. 당신들, 돈 갚으라고 생떼 부리는 양아치들은 아니야. 빨리 철거하라고 행패 부리는 건달들도 아니고. 어때, 정말 우리 밖으로 나가 버릴까? 모르긴 몰라도 꽤 오랜 시간 동안 파란색 유니폼을 입고 있어야 할 것 같은데. 안 그래?"

너무 거침없이 쏟아져 나오는 말에 박이칠과 오공삼은 당황한 기색이 역력했다. 다시 양구오의 눈치만 보게 되었다.

"그러니까 약속한 대로 우리 건드리지 마. 우리도 당신들이 여기서 뭔 짓을 하건 관심 없으니까……."

그녀가 독설을 퍼붓는 사이 양구오의 눈빛이 어느새 텅 비어 버렸다. 그녀는 무심결에 그 눈을 보고 말았다. 무슨 짓을 할지 좀처럼 모르겠네! 그런 불안이 갑자기 뒷골을 서늘하게 타고 내려가는 걸 느꼈다.

그는 천천히 담배를 꺼내 물고 불을 붙였다. 담배 연기를 시원하게 공중으로 내뿜으며 말했다.

"⋯⋯쥐방울만 한 아가씨가 배짱 한번 두둑한데? 한자리에서 남자 몇은 찜 쪄 먹겠어. 잘못하면 홀딱 반해 버리겠는걸."

양구오는 쌓아 놓은 그림들 앞으로 바짝 다가갔다.

"아까 너희들이 그랬나? 성냥개비 하나면 이 그림들, 10초면 다 탄다고. 그럼 이 담뱃불로도 쉽게 불붙겠네?"

그는 불붙은 담배를 손가락 사이에서 이리저리 굴리며 그림에 가까이 대려 했다. 속내를 알 수 없는 그의 검은색 눈에서 이미 활활 타오르는 불길이 보이는 듯했다.

"너희들의 말이 구라인지 진짜인지 한 번 해볼까? 이쪽 덩어리에 불을 붙인 다음 바로 옆에 있는 덩어리로 던지면, 금세 3층이 불바다가 되겠지? 어때, 너희들도 그림이 정말 잘 타는지 보고 싶지 않아? 불구경 많이 안 해봤지?"

양구오는 담뱃불을 점점 더 가까이 갖다 댔다. 단번에 전시실 분위기가 롤러코스터의 맨 위까지 올라갔다. 누구도 입을 열거나 움직이지 못했다. 김우진과 유한나 그리고 고진미와 주민수는 한 가지를 동시에 깨달았다. 미술관 안에 형성된 각각의 세계가 한순간에 간단히 무너질 수도 있다는 것을. 그렇게 된다면 와르르 무너뜨릴 그 주춧돌 카드의 당사자는 분명 양구오가 될 거라는 걸.

"가자!"

양구오는 담배를 다시 입에 물고는 산책이라도 나온 사람처럼 휘적휘적 걸어 전시실 밖으로 나갔다. 박이칠과 오공삼 역시 얼어붙었다가 두목의 한마디에 마법에서 깨어난 것처럼 움찔하고는 서둘러 따라 나갔다.

서녘에서 몰려온 어둠이 완전히 내려앉은 밤이지만 미술관에서는 그 위력을 제대로 행세하지 못했다. 본관 건물은 물론이고 앞마당까지 불이란 불이 다 켜진 상태였다. 펜스 너머에도 취재 차량의 불빛과 경찰이 설치한 대형 보조등까지 밝혀져 미술관 주변은 한낮처럼 환했다.

그래도 어둠이 삼킨 부분은 많았다. 소음이야말로 어둠이 가장 많이 삼킨 것이었다. 앞마당에 모여 쌓아 놓은 그림들을 지키는 학생들이 안정감을 느끼는 것도 어둠 덕분이었다. 여전히 분주해 보이지만 기자와 경찰들이 조금은 평온해진 듯한 분위기도 어둠 탓이었다.

그 시각, 미술관 지하 1층 세미나실에서는 김우진과 유한나 그리고 김명호와 강나래, 네 명의 지도부 학생들이 모여 회의 중이었다. 그들의 얼굴은 자못 심각했다.

"사람들의 반응을 너무 빨리 속단하지 마. 이제 밤 열한 시야. 아직 하루도 안 지났어."

김우진은 김명호가 걱정이었다. 얼굴에 쓰여 있었다. 초조하기만 한 게 아니라 어쩌면 벌써 후회하고 있는 건 아닐까 의심스런 표정이었다. 김우진은 동요하지 않게 하려고 낙관적으로 말했다. 그러나 고스란히 반사되어 나오는 말끝이 꽤 날카로웠다.

"야당과 시민단체에서 즉각적으로 우리 일에 부정적인 시각을 보이고, 여론도 그쪽으로 기우니까 갑자기 고립됐다는 느낌을 받게 돼요. 물론 우리가 그 사람들까지 비판의 도마 위에 올려놓았지만, 그건 사실 우리의 색깔을 분명히 하자는 의도가 강했지 정말 그 사람들의 도움이 필요하지 않기 때문이 아니었잖아요. 하지만 지금 돌아가는 상황을 보면 마치 너희가 그러면 우리도 그런다는 식의 감정적인 대응을 한다는 인상까지 받아요."

이번에는 옆에 있던 강나래가 말했다.

"저는 명호 말에는 동의하지 않지만 감정적인 무언가가 있는 게 확실해요. 제가 보기에는 기자회견이 엄청난 효과가 있었다고 생각해요. 다른 곳도 아닌 대사관이 처음부터 그렇게 강하게 나오니까 다 그쪽으로 몰려가는 느낌이에요. 인터넷으로 국내외 기사들을 검색해 보면, 사람들이 처음에는 우리 일을 신기하게 여기며 아트 테러라고 하다가 점차 주한미국대사관이 언급한 것처럼 테러라는 용어로 표기하며 보도하고 있어요. 아트 테러와 테러는 명백히 다르잖아요. 또 우리 정서로는 점거농성과 테러는 엄연히 다른 것인데, 그걸 그렇게 보지 않는 것 같아요. 그러다 보니 우리를 동조해 준다는 건 테러 행위를 지지해 주는 일이 되어 버리는 건데, 그게 부담스러운 거죠."

"벌써부터 너무 그렇게 비관적으로만 생각하지 마. 너희 둘이 그렇게 성급하게 판단해 버리고 초조한 기색을 보이면 후배들이 우리를 어떻게 보겠니?"

김우진은 언성을 높이지 않으려고 최대한 자제하며 말을 이었다.

"내가 보기에 지금 사람들은 우리 방법이 너무나 낯설어 당황하는 것뿐이야. 이제부터 우리의 주장을 강하게 펼치면서 한편으로는 차근차근 설득해 나가면 그런 생각은 바뀔 수 있어. 그리고 해외 언론에는 아직 민감하게 반응할 단계가 아니야. 그건 국내 상황에 따라 언제든지 변해."

"여론은 어때?"

유한나가 김명호에게 물었다.

"네티즌들은 대강 반반으로 나뉘고 있어요. 이런 식으로까지 해서 해외로 유출된 문화재를 돌려받는 게 무슨 의미가 있냐는 네티즌들과 '한국 현대사에 남을 기념비적인 사건'이라거나 '신민족주의 부활'이라며 지지해 주는 네티즌들이 명확히 갈려요. 아까 정문 앞까지 접근해 지지 시위를 벌이다가 쫓겨난 친구들을 보면 나름 행동으로도 표현하려고 해요. 하지만 그런 시위나 인터넷 댓글, 블로그에 올라온 글들만 갖고 판단할 수는 없어요. 각 신문사와 방송국에서 조사기관을 통해 실시한 앙케트 조사결과를 보면 여론의 반응은 싸늘하다는 걸 알 수 있어요. 그래도 객관적인 시각을 견지한다는 교양일보에서 실시한 앙케트 조사에서도 80퍼센트 이상 우리의 일이 잘못된 선택이라 하고 있어요. 국민방송의 조사결과도 70퍼센트 이상이 같은 의견이었고요. 정부는 물론 여당,

야당, 시민단체 할 것 없이 부정적으로 보고 있고, 거기에 힘입어 언론도 점차 부정적인 시각으로 흐르는데, 여론이 그런 반응을 따라가는 건 당연한 것 같아요."

강나래가 김명호의 말을 이었다.

"제 생각에는 문제의 근원은 우리 일의 성격에 있는 것 같아요. 우리가 정말 원한 건 헨더슨 컬렉션을 돌려받는 거잖아요. 이 일은 문화적인 성격의 것이라고요. 그런데 사람들은 이걸 정치적인 것으로 보고 있어요. 미국과의 관계라든가, 요즘 일고 있는 반미 정서와 관련된 걸로요."

"……우리가 자충수를 둔 것일 수도 있어."

두 사람의 말을 듣고만 있던 유한나가 입을 열었다.

"자충수요?"

"우리가 오래 전부터 이 일을 계획하다가 본격적으로 불을 댕긴 게, 작년에 그 빌어먹을 주한미국대사의 망언 이후 퍼지기 시작한 반미 정서 때문이었어. 그 분위기를 타면 우리의 주장이 더 잘 먹혀 들어갈 거라고 생각한 거잖아. 그 분위기를 탄 것까지는 좋았는데, 사람들이 우리가 주장하는 본질은 안 보고 자꾸 그 분위기만 보고 있다는 느낌이야. 그러니까 우리 일을 정치적인 것으로 해석하려고 하는 거지."

"무슨 말인지 알겠어."

김우진은 고개를 끄덕이며 수긍했다. 유한나가 계속 말했다.

"정치적으로 해석하는 것 자체는 문제가 안 돼. 어차피 문화재 환수문제는 정치적일 수밖에 없어. 진짜 문제는…… 나는 아까 명호가 말한 신문사와 방송국에서 실시한 앙케트 조사결과가 중요하다고 생각해. 그게 사실상 일반 여론이거든. 그런데 그 반응을 보면 우리나라 사람들이 이젠 겁을 먹고 움츠러들고 있다는 걸 알게 돼. 정부나 여야나 시민단체나 우리의 일을 부정적으로 보고 있는 것도 근본적으로는 다 그 때문이야."

"그게 무슨 말이에요?"

강나래는 의자에 기댄 몸을 바로 하면서 물었다.

"예를 들면…… 아이를 별다른 이유 없이 때리는 부모가 있었어. 그 부모 밑에서 아이는 처음에는 맞고만 있다가 점점 대들기 시작해. 그러자 부모가 어느 날 인연을 끊을 테니까 아이보고 집에서 나가라고 말하는 거야. 아이는 당황하기 시작했지. 부모가 문제가 있기는 했지만 공부시켜 주고 먹여 주고 틈틈이 용돈도 줬거든. 아이는 부모가 나아지기를 바란 거지 그런 게 아니었어. 지금 우리나라 사람들이 딱 그런 심정인 것 같아. 잘못하면 이젠 미국이 집에서 나가랄까 봐, 아니면 집에서 떠날까 봐 겁먹고 있는 거라고."

"한나의 말대로 상황이 정말 그렇다면 일은 점점 복잡하고 어려워져. 잘못하면 우리가 오히려 미국에 이용당할 수도 있어. 그동안 미국이 계속 밀리기만 했는데, 이 일이 호재가 되어 반격을 할지도 몰라."

김우진은 미간을 살짝 찡그리고는, 손으로 눈썹을 문질렀다.

"좀 더 두고 봐야겠지만, 내가 걱정하는 것도 바로 그 점이야."

"그러고 보면 지금 나라 전체가 미국의 눈치를 본다는 인상이 짙어. 네 시간 동안이나 했다던 비상 국무회의에서 나온 정부의 공식입장이라는 게 너무 형식적이었잖아. 그러니 밖에 있는 경찰들도 아무런 움직임이 없을 수밖에. 문제는 우리나라와 미국의 입장이 묘하게 맞물려 있다는 점이야. 우리가 미국의 눈치를 보는 것처럼 미국도 우리의 눈치를 보고 있는 게 분명해. 다른 때 같았으면 벌써 공식입장이 나왔을 텐데, 미술관을 점거한 지 열두 시간이 넘었는데도 아직 아무 말도 없잖아? 아마 우리나라 여론의 동향을 살핀 후에 해결의 수위를 결정하려는 것 같아."

"내 생각도 그래."

유한나는 그의 의견에 고개를 끄덕였다.

"일단 이렇게 하자!"

김우진은 세 사람과 눈을 맞추며 앞으로의 계획을 정리했다.

"명호 말대로 우리의 일은 근본적으로 문화적인 성격의 것이라는 점을 분명히 해야 해. 나래야, 네가 있다가 CNN 한국지사에 연락해 내일 오전에 미술관에서 단독 기자회견을 하겠다고 해. 그렇게 하면 단순히 성명서를 낭독하는 것보다 훨씬 구체적으로 우리의 의사를 전달할 수 있을 거야. 그런 다음 다른 국내외 언론사들을 선별해 따로따로 개별 접촉 형식으로 기자회견을 갖도록 하자고. 이제부터는 보다 세밀하게 접근해 들어가자. 그럼 뭔가 변화가 있을 거야. 무엇보다도 너희 둘!"

김명호와 강나래를 손가락으로 짚으며 당부했다.

"후배들을 관리하는 너희 둘이 아까처럼 흔들리는 모습을 보여서는 안 돼. 최악의 상황이 와도 우리 네 사람은 이 일을 밀고 나가야만 해. 지금 정체불명의 조폭들이나 냉담한 여론의 반응이나 모두 전혀 예상치도 못한 일들이야. 하지만 임기응변도 작전의 일부라는 점을 명심해야 돼. 계획에 조금 차질이 생겼다고 해서 그런 모습 두 번 다시 보이지 마. 당황하지도 말고 서두르지도 말고. 상황에 슬기롭게 대처하면 아무 문제도 없을 거니까."

"네."

"자, 그럼 올라가서 순번대로 자두도록 하자. 힘내자! 내가 어제 마지막 결의를 다지면서 말했잖아. 이 일은, 하늘이 우리를 돕는 일이 아니라 우리가 하늘을 돕는 일이라고. 그만큼 어렵지만 대단한 일이야. 그러니까 자신을 갖고 계속 밀어붙여 보자!"

세 사람은 고개를 끄덕이는 것으로 대답을 대신했다. 슬기로운 대처라는 말이 도덕 교과서에나 나오는 것처럼 현실감 없이 들리는 건 어쩔 수 없었다. 다들 몸이 무겁게 느껴졌다. 피로가 급작스러운 지진으로 만들어진 해일처럼 무섭게 밀려 왔다.

밤이 늦었지만 고진미는 자야 한다는 생각이 조금도 들지 않았다.

미술관 4층 학예연구실 안을 왔다 갔다 하며 미니 컴포넌트에서 흘러나오는 라디오 뉴스를 듣고 있었다.

앵커 ……김 기자, 이번 사태를 보도하는 미국 언론과 유럽 언론의 시각차가 적지 않은 것 같은데, 이를 어떻게 분석하면 될까요?
기자 네, 우선 유럽의 경우 이번 사태에 조심스럽게 반응하는 이유는, 그 여파가 자국의 문화재까지 미치지 않을까 하는 우려 때문입니다. 잘 아시다시피 현재 프랑스, 영국과 같은 유럽 문화 선진국들이 소장하거나 전시하고 있는 미술품 가운데 상당수가, 과거 유럽 국가들이 침략의 역사 속에서 약탈한 것들입니다. 그들은 그것의 합법성을 줄기차게 변호하고, 2002년에는 *인류 보편의 박물관 선언*[3]이라는 것까지 만들어 그 미술품들이 국가라는 차원을 떠나 이미 인류 전체의 문화유산이라고까지 주장하기에 이르렀지만, 도

---

3) 2002년 10월 독일 뮌헨에서 세계적인 박물관 대표들이 모여 '인류 보편 박물관의 중요성과 가치Declaration on the Importance and Value of Universal Museum'라는 제목으로 발표한 선언. 이 선언에는 전 세계 18개 박물관이 참여했는데, 여기에는 소위 '빅 5'인 대영 박물관, 루브르 박물관, 베를린 박물관, 뉴욕 메트로폴리탄 박물관, 상트페테르부르크의 에르미타주 박물관이 포함되었다.
이 선언문의 골자는 한마디로, 자기들이 다른 나라에서 약탈한 문화재는 지금은 사실상 전 인류의 문화재가 되었기 때문에 소유권을 주장하는 일이 별 의미가 없고 따라서 돌려줄 필요가 없다는 내용이다. 이 어처구니없는 선언문은 문화재를 약탈당한 국가들에게는 물론이고 선언문을 발표한 당사국에서조차 비난을 받았다. 그럼에도 현재 전 세계적으로 통용되며 유효하게 활용되고 있다.

덕성이라는 측면에서 비난을 면하기는 어려운 게 현실입니다. 그렇기 때문에 헨더슨 컬렉션을 반환하라고 주장하는 우리 대학생들의 미술관 점거농성사태를 신중하게 지켜보는 입장이고 언론의 반응도 조심스러운 것입니다. 그러나 미국은 다릅니다. 미국은 유럽과 역사적 배경이 다르고, 그 때문에 유럽처럼 노골적으로 다른 나라의 문화재를 약탈한 전력이 거의 없었습니다.

앵커 전력이 없다기보다는 기회가 없었겠죠.

기자 정확히 지적하자면 그렇게도 말할 수 있을 겁니다. 이런 이유로 이번 사태를 대하는 미국인들의 분노가 예상 외로 큰 것입니다. 여기에다 그동안 한국에서 일고 있었던 반미 정서에 대한 반감이 시너지 효과로 작용해, 워싱턴 포스트는 '친구의 가슴에 비수를 꽂았다' 는 자극적인 제목의 기사를 통해 이번 사태를 맹비난했고, 로스앤젤레스 타임스 인터넷 판 역시 '우리가 한국이라는 나라에게 테러를 당할 줄은 몰랐다' 는 제목의 기사에서 패닉 상태에 빠진 미국인들의 정서를 생생하게 보도하기도 했습니다.

앵커 그런데 김 기자, 미국의 반응을 보면 이번 사태를 상당히 정치적으로 해석한다는 인상을 받습니다. 물론 헨더슨 컬렉션에 대한 나름의 분석을 하는 기사들도 눈에 띄지만, 그보다는 아트 테러라는 말을 강조하며 이 사태를 정치적으로 끌고 가려는 의도가 노골적으로 엿보입니다.

기자 그렇습니다. 앞서 말한 대로 문화재 약탈이라는 측면을 놓고 본다면 미국은 유럽 국가들에 비해 훨씬 자유롭습니다. 그래서 자신들이 왜 이런 일을 당해야 하는지 그 이유 자체를 잘 이해 못하고 있고, 이 때문에 이번 사태를 문화적 차원을 벗어난, 아니 그것과 함께 어떤 정치적 차원의 사태로 보고 있는 것으로 풀이됩니다.

앵커 사실 저는 세간에 화두가 되고 있는 아트 테러라는 말이 상당히 거슬립니다. 아트 테러라는 말은 일종의 조어(造語)일 뿐인데, 미국인들은 이를 우리가 알고 있는 기존의 테러와 동일한 개념으로 연결시키려는 것 같습니다. 오늘 아침 기자회견 형식으로 언급한 주한미국대사관의 반응을 봐도, 사실상 이번 사태를 테러로 규정한 것이나 마찬가지이지 않습니까?

기자 그건 참 애매한 부분입니다. 이번에 학생들이 벌인 미술관 점거사건과 그림을 불태운 행위를, 대사관을 폭격하고 무역센터 빌딩을 폭파하고 사람을 납치해 죽이는 테러와 똑같이 볼 수는 없습니다. 그렇다고 그 본질적인 면까지 완전히 다르다고 확실하게 말할 수도 없습니다. 특히 학생들은 이번 점거농성사건을 1985년 서울 미문화원 점거농성 사건과 연관 짓고 있는데, 미국인들이 그 사건을 '초보적인 테러'로 보고 있다는 점을 감안하면, 학생들 스스로 자신의 행위를 테러로 규정한 것일 수도 있습니다. 제가 보기에는 그런 용어상의 정의보다는 이번 사태를 최근 한국과 미국의 정치적 관계 속에서 융통성 있게 살펴보는 것이 더 바람직하다고 판단합니다.

앵커 좀 더 구체적으로 말씀해 주시죠.

기자 작년 주한미국대사의 망언 이후 미국은 줄곧 궁지에 몰렸습니다. 클럽 미국인 피살사건이나 미국인 관광객 폭행사건, 또 미국인 은행장 감금사건 때도 미국 측은 의외로 소극적인 반응을 보였습니다. 그런데 비록 비공식적인 입장이지만 아르스 미술관 점거사건을 즉각 테러로 보는 것은 이번 사태를 일종의 호기로…….

바로 그때 양구오가 문을 열고 들어왔다. 고진미는 화들짝 놀라 뒷걸음쳤다.

"소파에 앉아."

양구오가 손짓을 하며 말했다.

"……여기는 웬일이세요?"

고진미는 급히 미니 컴포넌트의 스위치를 끄고 떨리는 목소리로 물었다.

"할 이야기가 있어. 앉으라니까."

양구오가 먼저 소파에 가 털썩 앉았다. 고진미는 머뭇거리다 양구오가 한 번 눈을 부라리자마자 얼른 그의 건너편 소파에 앉았다.

"너도 걱정이 많겠다."

"……주 과장님과 같이 이야기할게요."

고진미는 손을 떨며 테이블 위 전화기 수화기를 들었다.

"훗, 전화선 다 끊어 놨는데, 그게 되냐? 둘이서만 이야기하려고 걔 떼어 놓고 온 거야. 어떻게 하려고 온 거 아니니까 맘 편히 앉아 있어."

양구오는 담배를 꺼내 입에 물고 불을 붙였다. 한동안 아무 말 없이 고진미를 빤히 쳐다보면서 담배만 빨아댔다.

그녀는 늑대 앞에 몰린 양이 이런 기분이겠구나 싶었다. 잡아먹힐지도 모르는 어린 양을 떠올리자 또 눈물이 나올 것 같았다.

"……무, 무슨 일 때문에 오셨어요?"

고진미가 간신히 입을 열었다. 자신의 귀에는 그 말이 메에, 하는 소리로 들렸다.

양구오가 느긋하게 소파에 등을 댔다.

"네가 보기에는 내가 마냥 나쁜 짓만 하는 깡패새끼로 보이겠지만 나도 대학물은 먹은 사람이다. 너도 이런 데서 일하려면 대학도 나오고 유학도 갔다 왔겠지. 우리 서로 인텔리인데, 허심탄회하게 이야기해 보자고."

"무슨 이야기요……."

양구오는 담배를 바닥에 버리고 구둣발로 비볐다.

"너도 잘 알 거다. 저 철딱서니 없는 애들이 엄청난 사고 쳤다는 걸. 지금 쟤네들은 자기들이 어떤 사고를 쳤는지도 몰라. 뉴스를 들어서 알겠지만 상황이 심각하다. 쟤네들은 우리나라나 미국에서 곧 협상에 나설 걸로 생각하나 본데, 내가 보기에는 협상은커 녕 말 상대도 안 해줄 거다. 그리고 초전박살 낼 가능성이 커. 너도 그렇게 생각하지?"

고진미는 말없이 고개만 끄덕였다.

"나는 너 같이 똑똑하고 공부도 많이 한 애가 왜 고등학교나 간신히 졸업하고 이 일 저 일 하다 굴러 왔을 주 과장인지 뭔지 하는 그 '잘난 척' 한테 휘둘리고 있는지 모르겠다. 그 잘난 척은 보나 마나 이이제이(以夷制夷)를 이야기했겠지."

"네?"

"이이제이 몰라? 오랑캐를 이용해 오랑캐를 무찌른다는 말. 아마 그 잘난 척은 우리와 학생들을 잘만 붙여 놓으면 그림도 살고 미술관도 살 수 있을 거라고 했을 거다. 그래서 고졸이라는 거야. 생각하는 게 여기저기서 주워들은 싸구려 잡학상식 수준이지."

"……무슨 말씀을 하시는지 잘 모르겠어요."

고진미는 여전히 겁먹은 양처럼 움츠려 있었지만 그때야 비로소 그를 똑바로 쳐다보았다. 양구오는 그녀와 눈이 마주치자 위협적인 어조로 말했다.

"여기서 빠져나갈 통로나 길이 있으면 말해. 비밀통로 말이야."

"그, 그런 것 없어요. 진짜예요."

"당장 알려 줄 필요는 없다. 지금은 안다고 해도 못 나가. 이 상황에서 어떤 게 가장 현명한 선택과 판단인지 곰곰이 생각한 후에 말해 주면 돼. 빠르면 빠를수록 좋아. 너는 곱게만 자라서 지금 벌어진 상황이 두렵기만 할 거다. 그래서 미술관에서 잡일이나 하는 일개 고졸 직원한테 질질 끌려 다닐 만큼 판단력도 흐려졌고. 하지만 곧 마음이 진정되고 머리도 맑아지고 나면 생각이 달라질 거야. 그때 은밀하게 나를 찾아. 알았어?"

"……"

"대답해 봐."

고진미는 다시 시선을 떨구고 손가락만 만지작거렸다. 양구오가 버럭 소리를 질렀다.

"대답해 보라니까!"

"……그런 거, 그런 거 정말 없어요."

고진미는 기어이 울먹이고 말았다.

"네, 아니오로만 대답해. 알았어?"

"……네."

"좋아. 그 이야기는 거기서 끝내고…… 아침에 보다 말았던 서류 갖고 와."

"어떤 거요."

"홍콩에서 그림이 올 때 같이 온 서류들 말이야."

"그건 왜요?"

양구오는 대답대신 날카롭게 노려보기만 했다. 그것만으로 충분했다. 고진미는 자리에서 겨우 일어나 서류함에서 서류철 한 개를 꺼내 그에게 건네주었다.

양구오는 서류철을 대충 훑어보더니 그대로 들고 문으로 걸어갔다.

"그거 갖고 나가시면 안 돼요."

양구오는 문 앞에서 걸음을 멈추고 그녀를 돌아보았다.

"그럼 나란히 앉아서 너랑 같이 볼까?"

양구오는 같잖다는 듯이 한마디를 던지고는 밖으로 나갔다.

주민수는 미술관 2층 휴게 공간 소파에 앉아 있었다. 다소 지쳐 보였다. 고개가 약간 들리면서 입이 저절로 벌어지니 꼭 배부른 곰이 졸음에 겨워할 때와 닮았다. 천장에 걸린 LCD TV를 보다 보니 자연스럽게 그런 자세가 되고 말았다. 한 방송국에서 긴급 편성한 심야 토론 프로그램이 진행되고 있었다.

토론자1 ……서울문화박물관의 관장님까지 그렇게 말씀하시면 안 되죠. 헨더슨 컬렉션은 명백히 그레고리 헨더슨이란 사람이 우리나라에서 약탈해 간 문화재입니다. 우리나라 국민 대부분은 그 사실을 이번 일을 통해서 처음 알게 되었다고 합니다만, 잘 아시잖습니까, 우리 같이 이 일에 종사하는 사람들은 이전부터 꾸준히 문제를 제기해 왔고 반환을 요구했습니다.

토론자2 박 교수님 말씀을 이해 못하는 건 아닙니다. 제가 말씀드린 것은 약탈이라는 개념을 어느 선에서 시작해 어느 선에서 끝을 내는가 하는 문제였습니다. 헨더슨 컬렉션을, 과거 유럽 제국들과 일본이 약탈해 간 셀 수 없이 많은 한국 문화재들과 동일하게 보는 것은 다소 무리가 있습니다. 헨더슨 컬렉션은 쉽게 말해, 우리나라가 너무나 가난해 미국 사람들에게 초콜릿 하나만 달라고 손을 벌렸던 시기에, 주한미국대사관에서 권력을 행사하던 한 미국인이 거저 얻다시피 한 문화재입니다. 우리의 아픈 과거사의 한 흔적일 뿐이라고요.

더구나 수집 방법에 대해서도 박 교수님이 뭔가 잘못 알고 있는 듯합니다. 헨더슨은 우리나라 문화재가 탐이 나 직접 움직이면서 도굴하거나 강제로 뺏은 사람이 아닙니다. 실상은 그와 정반대입니다. 헨더슨의 부인 마리아 헨더슨의 말에 의하면, 당시 가만 앉아만 있어도 한국 사람들이 미술품과 골동품들을 들고 왔다고 했습니다. 헨더슨은 그걸 말도 안 되는 헐값에 구입한 겁니다. 그 시기 우리나라 사람들을 비난하는 것은 아닙니다. 그때는 문화재 관련법도 제대로 세워지지 않았고 문화재에 대한 개념도 희박했으며, 문화재보다는 쌀이 더 소중했던 시기였기 때문입니다. 그뿐만이 아닙니다. 심지어는 우리나라 정치인들이 헨더슨에게 골동품을 뇌물로 주기까지 했습니다. 그렇게 모은 문화재들을 헨더슨이 한국을 떠날 때 갖고 간 겁니다. 그렇기 때문에 헨더슨 컬렉션은 사실상 그레고리 헨더슨의 사유재산으로 보는 겁니다.

토론자1 사유재산이요? 정말 어이가 없군요. 이젠 화도 안 납니다. 헨더슨이 가만히 앉아 있는데 우리나라 사람들이 골동품을 들고 왔다고요? 헨더슨 컬렉션의 문화재들을 보고도 그런 말씀을 하십니까? 헨더슨은 결코 가만히 앉아 있지 않았습니다. 오히려 치밀하게 계획을 짜서 조직적이고 체계적로 움직였고, 법망을 요리조리 피해 가며 우리나라 사람들이 제 발로 골동품을 들고 오도록 자신의 권력을 최대한 이용했습니다. 그 증거도 계속 나오고 있습니다. 그리고 참 나…… 그것들을 한국을 떠날 때 갖고 간 거라고요? 헨더슨이 마치 이삿짐을 나른 것처럼 말씀하시는데, 당시 아무리 문화재 관련법이 허술했다고는 해도 남의 나라 문화재를 그렇게 쉽게 반출할 수는 없었습니다.

관장님의 그런 오해는 헨더슨이 어떤 인간이었는지 잘 모르기 때문에 나온 겁니다. 헨더슨은 기본적으로 아주 악질적이고 비열한 사람이었습니다. 헨더슨이 우리나라를 비하하며 했던 망언들을 한번 생각해 보십시오. 작년 주한미국대사가 했던 '한국인은 쥐새끼 같다'는 말이 오히려 신사적으로 느껴질 정도입니다. 그뿐 아니라…….

사회자 저기 박 교수님, 말씀 중에 죄송합니다만 지나치게 자극적인 표현은 삼가 주시기 바랍니다. 그리고 여기 계신 분 모두 헨더슨 컬렉션에 대한 토론을 정치보다는 문화적인 주제에 집중해서 해주셨으면 합니다.

토론자2 제가 한 말씀 덧붙이겠습니다. 헨더슨 컬렉션의 나쁜 점만 봐서는 안 됩니다. 우리는 헨더슨 컬렉션 가운데 도자기 컬렉션을 소장한 하버드 대학의 아더 새클러 박물관 Arthur M. Sackler Museum에서 1992년에 연 **헨더슨 컬렉션 전**First under Heaven: Henderson Collection of Korean Ceramics을 상기할 필요가 있습니다. 우리나라 문화계 관계자들도 모두 인정하는 것처럼, 그 전시는 우리 문화를 세계로 알리는 결정적인 계기가 된 매우 의미 있는 전시회였습니다. 그 이외에도 해외로 유출된 문화재들이 그 나라 국력의 힘을 빌려 오히려 우리 문화 홍보대사 역할을 톡톡히 하는 경우를 많이 봤습니다. 그건 다른 나라도 마찬가지입니다. 프랑스와 영국을 대표적인 문화재 약탈 국가라고 손가락질하지만, 그 나라가 아니었으면 이집트 문화나 그리스 문화, 또 인도나 중국 문화가 체계적으로 정리되고 지금처럼 전 세계에 알려지지는 못했을 겁니다. 한마디로 전화위복의 계기로도 볼 수 있다는 겁니다.

토론자1 그럼 관장님, 제가 이런 제안을 하나 할까요? 우리나라 국립중앙박물관의 분관(分館)을 파리와 뉴욕에 만들면 어떨까요? 거기다 국립중앙박물관에서 소장하고 있는 유물을 3분의 1씩 떼어 주는 겁니다. 얼마나 좋습니까, 파리와 뉴욕이라면 전 세계 사람들이 몰리는 곳인데, 홍보 효과가 만점이지 않겠습니까……. 말이 되는 소리를 하십시오. 헨더슨 컬렉션이 우리나라 문화를 세계로 알리는 데 큰 기여를 했다고요? 그런 식으로 우리나라 문화를 홍보하는 게 무슨 의미가 있습니까?

토론자3 토론이 격해지는 것 같은데 여기서 제가 한 말씀 드리겠습니다.

사회자 그러시죠. 이쯤에서 문화예술부 쪽 견해도 들어 봐야 할 것 같습니다.

토론자3 오늘 학생들이 뿌린 유인물을 보면 이런 내용이 나옵니다. '미국은 헨더슨 컬렉션 이외에도 구한말부터 경복궁 박물관에서 1,200여 점, 덕수궁 미술관에서 6,000여 점의 국보급 문화재를 포함한 14,500여 점의 각종 유물들을 약탈해 갔다.' 그런데 이 숫자는 우리 문화예술부가 파악하고 있는 것과 적잖은 차이가 있었습니다. 그래서 나름대로 조사와 공부를 많이 한 것 같은 학생들이 왜 그런 잘못된 통계 자료를 갖고 있을까 하는 의구심이 들었는데, 오후에 매우 뜻밖의 사실을 발견했습니다. 놀랍게도 그 숫자는 북한이 주장하는 숫자와 정확히 일치하는 것이었습니다.

토론자1 여기서 북한 이야기가 왜 나옵니까! 왜요, 이젠 학생들을 북한의 사주를 받은 좌파 빨갱이들로 몰 작정입니까!

토론자3 아니, 왜 그렇게 흥분하십니까? 사실이 그렇다는 겁니다. 그리고 또 한 가지…….

한창 TV 토론회에 빠져 있는데 2층 엘리베이터가 열리더니 고진미가 걸어 나왔다.

"웬일이세요? 좀 주무시지."

주민수는 몸을 추스르며 말했다. 고진미는 건너편 소파에 털썩 주저앉았다.

"조금만 신경 쓰이는 일이 있어도 밤새 뒤척이는데, 이런 분위기에서 잠이 올 리가 없죠."

"……저도 실장님과 마찬가지예요. 몸은 피곤한데 신경이 곤두서서 그런지 잠이 안 와요."

"주 과장님이 보시기에도 상황이 점점 심각해지는 것 같죠?"

그는 말없이 고개를 끄덕였다.

"후……."

그녀가 한숨을 내쉬었다. 거기엔 허탈감이 반, 절망감이 반쯤 섞여 있었다.

"학생들도 학생들이지만…… 아까는 그 사람이 올라와서 한바탕 속을 뒤집어 놓고 갔어요."

"누구요?"

"있잖아요, 깡패 두목."

"아니, 그 자식이 왜 올라갔어요?"

"아침에 봤던 서류철 다시 달라고요. 생각 같아서는 지금 당장 뒷길로 내보내고 싶어요. 너무 신경 쓰이고 무서워요."

"그 자식들, 자기들이 찾는 것을 손에 넣기 전에는 나갈려야 나갈 수도 없어요. 그냥 덤덤하게 대하세요. 특히 그 두목은 제법 머리 좀 굴리는 것 같던데, 괜한 신경전에 말리면 피곤해져요."

"좀 굴리는 정도가 아니라 보통이 아니에요. 자기도 대학까지 나왔다나 어쨌다나……"

고진미는 양구오의 얼굴이 떠오르자 확 짜증이 치밀었다. 주민수는 헛웃음을 쳤다.

"하! 한쪽에서는 대학까지 나와 깡패 짓이나 하고, 한쪽에서는 대학에 다니면서 사고치고. 웃어야 할지 화를 내야 할지……"

"주 과장님이야말로 좀 주무셔야 하지 않겠어요? 오늘 하루 종일 피곤하셨을 텐데요. 벌써 한 시예요."

"미술관 한 바퀴 돌아보고 눈 좀 부치려고요. 아, 가만있어 봐. 그게 아직 있나?"

주민수는 갑자기 무슨 생각이 났는지 점퍼 안주머니를 뒤적였다. 곧 쌀알 크기의 파란색 알약이 가득 든 작고 투명한 약봉투를 꺼냈다.

"이걸 한번 드셔 보세요."

주민수가 약봉투를 내밀었다.

"그게 뭐예요?"

"수면제요. 어제 제 아내와 딸내미가 미술관을 구경하러 왔을 때 살짝 말씀드렸잖아요. 아내가 지난달까지 정신과 치료를 받았다고요."

"아, 친정어머니 사고로…… 이젠 괜찮다면서요."

"네, 근데 아직도 잠이 잘 안 온다고 이렇게 수면제를 잔뜩 처방받아 먹고 있어요. 요 작은 것 한 알만 먹어도 기절한 것처럼 자더라고요. 몸에도 안 좋은 것 같고 너무 습관적으로 먹어 더 이상 먹지 말라고 했는데, 어제 올 때 또 사왔더라고요. 그래서 뺏어 버린 거예요."

고진미는 그의 손에 들린 약봉투를 착잡한 눈길로 보다 슬며시 집어 들었다.

"자, 여기서 시간 보내지 말고 올라가 주무세요. 그래야 맑은 정신으로 견딜 수 있어요. 저는 지하부터 살펴보면서 올라올게요."

"그래요."

둘은 소파에서 일어났다. 문득 이렇게 늦은 시각까지 얼굴을 보고 있던 적이 한 번도 없었다는 생각이 둘의 머리에 동시에 떠올랐다.

"한 번 살펴보시고 주 과장님도 주무세요. 믿을 사람은 주 과장님밖에 없는데 주 과장님이 힘들면 안 돼요."

두 사람은 곧바로 엘리베이터로 향했다. 주민수는 고진미가 엘리베이터를 타는 것까지 본 다음, 천천히 계단으로 내려갔다.

주민수는 미술관 지하 2층 기계실 문을 열었다.

불을 켜자 한숨이 절로 쏟아졌다. 기계실은 이미 양구오 일당이 엉망으로 만들어 놓은 상태였다. 안으로 들어가 내부를 살펴보았다. 기계실은 PLC를 제어하는 종합방재실 직원이 관리하는 곳이라

자세한 부분까지는 알 수 없었지만, 전기 설비만 온전하게 작동되고 있을 뿐 안팎으로 연결된 전화선과 인터넷 선은 죄다 끊어진 채였다.

더 들여다보니 화재, 방범 장치, 온습도 제어기, 정전, 침수, 가스, 먼지 탐지 장치까지 모두 파손된 것을 확인할 수 있었다. 파손된 상태도 매우 거칠었다. 주민수는 갑자기 화가 치밀어 올랐다. 전문가라는 자식들이 깔끔하지 못하게! 미술관 내부는 물론 외부로 연결된 모든 설비는 다 차단해 놔야겠다고 작심하고 마구잡이로 망가트려 놓은 게 분명했다.

뿐만 아니라 다양한 용도의 각종 설비들과 설비들이 연결되어 이어지는 파이프 몇 군데는 완전 분해된 상태였다. 심지어는 바닥까지도 군데군데 파헤쳐져 있었다. 양구오 일당이 찾으려는 게 무언지 이 난장판을 보니 더더욱 궁금해졌다. 주민수는 번뜩 떠오르는 생각이 있어 기계실 한쪽 구석에 설치된 전기 절감기 쪽으로 향했다.

전기 절감기 앞에서 잠시 망설였다. 주변을 조심스럽게 둘러본 다음, 캐비닛 형태의 외함 바닥을 점검했다. 아무런 흔적도 없는 것을 확인하고 안도했다. 전기 절감기 밑에는 어른 몸 하나가 간신히 들어갈 수 있을 정도의 구멍이 뚫려 있었다. 그 구멍은 곧장 하수구로 이어졌다.

이 구멍은 미술관을 완공할 때까지만 해도 없었는데, 나중에 기계 설비를 하면서 그 부분의 허술한 지반이 뚫리며 만들어진 것이다. 급한 대로 전기 절감기의 외함으로 살짝 가려 놓고 나중에 메운다 메운다 하며 차일피일 미뤄 둔 이 구멍이 바로 주민수와 고진미가 말한 비밀통로였다.

주민수는 기계실은 더 이상 볼 것도 없겠다 싶었는지 다시 밖으로 나와 지하 1층으로 올라갔다. 학생들이 회의를 할 때 이용한다는 세미나실부터 들어갔다.

역시 한숨이 쏟아졌다. 불이 훤히 켜진 세미나실은 썰렁했다. 학생들이 의자 몇 개만 달랑 남기고 나머지 집기들을 전시실로 죄다 옮겨 놓은 탓이다. 폭격 맞은 것 같은 지하 2층에 비할 바는 아니어도 텅 빈 세미나실 역시 마음이 아팠다.

주민수는 차가운 벽을 쓸어내렸다. 미술관에도 마음이 있다면 혈관이 다 뜯기고 파괴되어 너무 아프고, 미술품이 뜯겨지고 타버려서 너무 괴로울 것이라고 생각했다. 그가 세미나실에서 할 수 있는 건 학생들이 남기고 간 음료수 캔과 빵 봉지와 휴지들을 주워 쓰레기통에 버리고, 흩어진 의자들을 정리하는 게 고작이었다. 주민수는 불을 끄고 나오기 전에 다시 한 번 벽을 쓰다듬었다.

세미나실 옆에 수장고와 창고도 살펴보았다. 아직 아무것도 보관하고 있지 않은 수장고는 문제될 게 없었다. 창고도 잡동사니들만 어지럽게 흩어져 있을 뿐이다. 마지막으로 남녀 화장실을 잠깐 살펴보고는, 1층으로 올라갔다.

1층에는 소전시실부터 가보려고 했다. 홀을 가로질러 걸어가다 문득 카페 쪽으로 눈이 돌아갔다. 미술관 카페에 혼자 앉아 있는 사람이 있었다. 김우진이었다. 미술관 점거사건의 주동자. 그가 세상의 모든 고민을 혼자 다 짊어진 사람처럼 쓸쓸히 앉아 있었다. 주민수는 소전시실 쪽을 한번 쳐다보고는 발길을 돌려 미술관 카페로 향했다.

새벽 2시가 가까워지는 시각, 아무도 없을 텐데 인기척을 느낀 김우진은 그를 보고는 몸을 움찔했다.

"잠이 안 오지?"

김우진은 주민수를 올려다보며, 다소 의아스러운 생각마저 들었다. 그는 어쩐지 미소를 짓고 있는 것 같았다. 이 모든 곤란한 상황을 초래한 당사자를 향해서. 김우진은 초췌해진 얼굴을 손으로 쓸어내리며 힘없이 따라 웃었다.

"앉아도 돼?"

"……네."

주민수는 바지 주머니에 손을 찔러 넣은 채 맞은편에 털썩 앉았다. 고 실장의 말이 떠올랐다. 주 과장님, 김우진 학생을 만나 잘 설득해 보세요. 가능하면 최악의 상황까지는 가지 말자고요.

그러기 위해서는 이렇게 차분한 자리가 필요했다. 지금은 작아 보이지만 나중엔 더 중요할 것에 대해 생각할 기회. 이런 기회가 생기면 그를 잘 설득해 사태를 원만하게 해결해 보자고 마음먹고 있었다. 하지만 막상 그런 기회가 와서 마주하고 보니까 오히려 그런 마음이 사라져 버렸다. 정말 모를 일이었다.

그러다 보니 무슨 말을 어떻게 꺼내야 할지 몰라 어색했다.

김우진도 마찬가지였다. 무슨 말을 어떻게 꺼내야 할지 그 역시 모르고 있는 것이다. 이 뚱뚱한 관리실 직원 앞에서 그는 정말 할 말이 없었다. 자신은 가혹한 가해자였다. 이제 그는 결과가 어떻게 되더라도 직장을 잃게 될 것이다. 아내가 있고 자식이 있을지도 몰랐다. 이런 몸으로 가질 수 있는 직업이 몇 개나 될까 하는 생각까지 떠오르자 그는 자연히 시선을 피하게 되었다. 어둠이 구석구석 잠겨든 홀을 망연히 쳐다보는 게 차라리 편했다.

서먹한 시간이 한동안 흘렀다.

김우진이 먼저 입을 열었다.

"……우리 때문에 많이 힘드시죠?"

"허허, 실컷 때려 놓고 미안하다고 하네."

주민수는 꼭 동물원의 둔한 곰이 씨익 웃는 것 같았다. 김우진은 새벽에 낯설고 고요한 곳에서 커다란 곰 한 마리와 마주앉아 있게 된다면 그건 꿈속 말고는 없을 거라고 생각했다.

그가 입을 열었다.

"난 너희들 때문에 헨더슨 컬렉션인지 뭔지를 떠나 내 팔자에 대해 다시 한 번 생각하게 됐어."

난데없는 말이었다. 그리고 난처했다. 자신들의 일이 엉뚱하게도 피해자 중 한 사람에게 예기치 못한 영향을 미쳤다니.

"그게 무슨 말이에요?"

주민수는 고백하듯 말했다.

"나는 고등학교 졸업 후 지금까지 안 해본 일이 없을 정도로 많은 일들을 해왔거든. 근데 다 6개월 이상을 못 넘겼어. 내가 이상이 있는 게 아니라 일을 할 만하면 부도나고, 도산하고, 파업하고, 폐업하고, 불이 나기도 하더라고. 우리 미술관도 들어온 지 2개월 만에 이런 사고가 난 거야."

김우진은 멋쩍은 듯이 웃어 보이며 머리를 긁적였다. 피해자도 웃고 가해자도 웃는 게 누가 봐도 이성적으로 납득되지는 않을 것 같았다. 어쩌면 이 시간엔 이렇게 꿈같은 대화가 더 잘 어울리는지도 몰랐다.

"특히 미술 쪽하고는 꼭 이런 악연이야."

"이전에도 미술관에서 근무하셨어요?"

"아니……. 혹시 중국 심천과 하문에 있는 유화 시장 아나? 세계 최대의 상업화 시장인데."

"알죠. 그거 원래 우리나라 삼각지에서 다 하던 일인데, 중국으로 넘어간 거예요."

"잘 아는군. 거기서 한국인이 운영하는 그림 가게에 한 5개월 있었어. 그림들을 잘 포장해서 전 세계로 보내는 일을 했지. 그 일까지는 재미있었는데, 사장이 딴짓하고 있다는 걸 알게 된 거야."

"무슨 일이요?"

"가짜 그림을 만들어서 비밀리에 팔지를 않나, 그림 도둑들과도 연결돼 그림을 훔쳐 내지를 않나, 거기에 그림 도박, 그림 바꿔치기…… 아무튼 그림에 관련된 나쁜 짓이란 나쁜 짓은 다 하고 있더라고. 그래서 당장 그만 뒀지."

"별의 별 일들이 다 있네요."

"그렇다고 나쁜 경험만 한 건 아니었어. 그림을 보는 일이 재미있다는 걸 알게 됐거든. 그래서 우리 미술관에서 관리 직원을 뽑는다고 했을 때 선뜻 지원을 하게 된 거야. 하지만 결국 또 이렇게 됐지."

"여기 계신 분들한테 개인적인 감정은 없어요. 아침에도 말씀드렸듯이 그 점에 대해서는 죄송하게 생각하고 있어요."

분위기는 이미 서로가 많이 동조되어 슬며시 섞이는 듯했다. 다시 침묵. 또 얼마의 시간이 흐르고 김우진이 입을 열었다.

"우리 일을 이해해 주세요."

주민수는 김우진을 찬찬히 보았다.

그냥 보는 게 아니었다. 주민수는 꼭 눈으로 만지고 쓰다듬는 기분이 들었다. 지친 얼굴과 처진 어깨와 마른 머릿결과 맑은 두 눈을. 그 눈은 학생들을 이끌고 미술관을 점거하고 그림을 불태우기까지 하며 전 세계를 발칵 뒤집어 놓은 용감하기도 하고 무모하기도 한 투사의 눈이 아니었다. 엊그저께까지만 해도 장래를 걱정하고, 여자 친구와 놀기도 하고, 교정 벤치에 앉아 책을 읽고 있었을 평범한 대학생의 눈이었다.

"이해라……. 이해하기도 하고 못하기도 해. 너희들이 구구절절 늘어놓는 이야기들이나 TV에서 나오는 약탈문화재에 관한 소식을 들으면 이해가 가지만, 꼭 이런 방법밖엔 없는 걸까 하는 생각이 들어. 나라와 나라끼리 대화로 풀어 나갈 수도 있을 것 같은데 말이야."

"대화가 통했으면 우리가 왜 이런 일을 벌였겠어요. 영국, 프랑스, 독일…… 미국, 일본, 이런 문화재 도둑 국가에서 대화는 둘째 치고 협상 자체를 피해요."

"그 나라들이 뭐가 아쉬워서 훔친 문화재들을 갖고 있는 것일까?"

"별의 별 이유를 다 갖다 붙이고 있죠. 전리품이라느니 합법적으로 구입했다느니 심지어는 선물로 받았다느니, 그 핑계로 자기들이 꽉 움켜쥐고 있는 거예요. 하지만 진짜 이유는…… 돈이에요."

"돈?"

"가령 이런 거예요. 영국이나 프랑스에서 약탈한 문화재를 원래의 소유국에 돌려주고 나면 영국의 대영 박물관이나 프랑스의 루브르 박물관은 박물관이 아니라 텅 빈 창고가 돼요. 그게 싫은 거죠. 대영 박물관이 없으면 영국을 찾는 관광객이 40퍼센트 정도 줄어들 것이라는 통계가 있어요. 프랑스가 루브르 박물관 때문에 얻는 유형 무형의 수익은 우리나라 일 년 관광 수입과 맞먹어요. 유럽이 옛날에나 대단했지 지금은 먹고 살기 빠듯한 실정이에요. 그러니까 국가의 주 수입원이자 제 나라 사람들 먹여 살리는 약탈 문화재들을 순순히 돌려줄 리 없죠."

"다른 나라라면 몰라도 프랑스라면 예술의 나라라고 하는데 이해가 안 가."

"하하!"

김우진은 환하게 웃었다. 주민수는 그가 적어도 이 순간 무거운 짐을 잠깐 내려놓고 홀가분해지고 있다는 걸 느낄 수 있었다.

"그 말은 세계 몇 대 거짓말 가운데 하나예요. 프랑스 사람들이 관광 수입 올리려고 저희들끼리 작당해서 만든 말이죠. 걔네들은 문화재에 대해서라면 거의 조폭이나 마찬가지예요. 나폴레옹이 바로 최악의 문화재 조폭 두목으로 기록될 거고요."

"그렇다고 하더라도 그 나라들은 힘이 세. 유럽 나라들이 그 정도인데 지금 너희들이 싸우고 있는 미국은 더 말할 필요도 없겠지. 그런데 이런 방법으로 이길 수 있을 것 같아?"

"……우리는 다윗이에요."

김우진은 잠시 뜸을 들이다가 이렇게 말하고는 겸연쩍게 웃었다.

주민수는 막냇동생이 있다면 꼭 이런 기분일 거라고 느꼈다. 뭐든지 해주고 싶은. 그게 무엇이든.

"그래, 너희도 생각이 있으니까 이런 일을 벌이는 거겠지……. 뭐 좀 먹을래? 야참 먹기 딱 좋은 시간인데."

"네."

주민수가 자리에서 일어나 카페 주방으로 들어갔다. 잠시 후, 조각 케이크와 캔 주스가 담긴 쟁반을 들고 와 테이블 위에 올려놓았다.

"너희들 아예 여기서 살 작정을 했구나. 냉장고에 뭘 저렇게 잔뜩 넣어 놨어?"

막냇동생 같은 김우진은 빙긋 웃기만 했다.

"먹어. 배고플 텐데."

둘은 한동안 말없이 케이크를 먹는 데만 열중했다. 두 사람 모두 출출했는지 조각 케이크 네 개를 순식간에 먹어 치웠다. 포크를 내려놓자 김우진의 표정에 다시 어두운 그림자가 파고들었다. 주민수는 캔 주스를 따서 단숨에 마시고는, 침울해진 그를 보며 조심스럽게 물었다.

"······두렵니?"

"뭐가요?"

"앞으로 전개될 일들 말이야. 너희들의 계획이 성공할지 실패할지, 또 그 후의 벌어질 상황들······. 일이 어떻게 결론이 나건 간에 더 이상 평범한 생활은 못할 것 아니야. 앞으로 대학 생활은커녕 전부는 아니더라도 너와 주동 학생 몇 명은 교도소로 갈 텐데."

"앞으로 일이 어떻게 전개될지는 저는 물론이고 그 누구도 모를 거예요. 일어날 수 있는 모든 일들을 가정하고 잘 대처하는 수밖에 없다고 생각해요. 대학 생활은······ 퇴학은 이미 각오하고 들어온 거고, 교도소 가는 것도 두렵지 않아요."

"그랬겠지······. 너희들 보면서 솔직히 나도 생각하는 게 많아."

"주 과장님이 왜요? 무슨 생각이요?"

주민수는 의자에 몸을 편하게 묻었다.

"나도 미술관에 있다 보니 주워듣는 게 있어. 너희들은 전부 서울 아트에 다니는 학생들이잖아. 모두 이삼십 대 일이 넘는 경쟁률을 뚫고 힘들게 들어갔을 테고, 졸업하고 나오면 우리나라 미술계에서 고개 뻣뻣이 들고 활동할 수 있을 텐데, 그걸 다 포기하고 왜 이런 일을 하는지 잘 이해가 안 돼. 아니, 이해가 안 된다기보다는 솔직히…… 부러워."

"하하하, 부럽긴 뭐가 부러워요."

"난 고등학교만 졸업하고 줄곧 직장 생활을 했어. 내가 생각해도 아주 열심히 일했지. 하지만 주어진 일만 열심히 했을 뿐이지 어떤 의지와 목표를 갖고 한 건 아니야. 너희들을 보면서, 나도 과연 내가 갖고 있는 모든 걸 포기하고 옳다고 판단한 어떤 일을 할 수 있을까, 그런 생각을 해. 살아가면서 정말 필요한 건 단순히 열심히 한다는 것보다는 무슨 일을 열심히 하느냐는 걸 수도 있는데 말이야."

"저는…… 아직 저희들이 젊기 때문에 할 수 있다고 생각해요. 칠팔십 년 대 선배들도 그랬잖아요. 그때는 더 열정적이었죠. 생사를 넘나들며 투쟁했고, 목숨까지 버려야 했으니까요. 이번 일은 우리가 오랜 시간 동안 신중하게 계획한 거지만, 결심이 선 다음부터는 모두가 하나가 되어 일사천리로 진행됐어요. 함께 했던 열정이 이렇게 폭발적인 에너지가 된 것 같아요."

"정말 이렇게 극단적인 방법밖에는 생각할 수 없었니?"

"우리라고 퇴학당하고 교도소에 가는 걸 아무렇지 않게 여겨서 이렇게 하겠어요? 말이 안 통했어요, 말이. 그동안 수차례 문화예술부 관계자들을 만나 이야기를 해봤는데, 다 한 귀로 듣고 한 귀로 흘리더라고요. 국회의원도 만나 봤고, 시민단체 사람들도 많이 만나 봤어요. 겉으로는 충분히 이해하고 적극적으로 나서겠다고 해놓고 문 열고 나가면 다 잊어버려요. 현재 해외로 유출된 문화재가 거의 14만여 점에 가까워요. 그런데 그걸 관리하는 공무원이 몇 명인지 아세요? 두 명이에요, 두 명. 한 마디로 관심 없다는 얘기죠. 그러니까 약탈해 간 나라들도 다리 쭉 뻗고 편히 자고 있는 거고요. 이런 방법이 아니면 꿈쩍도 안 해요."

그때 학생 두 명이 계단을 내려와 1층 홀을 가로질러 가고 있었다.

그들은 카페의 김우진을 발견하고 가볍게 인사를 하고는, 출입문 밖으로 나갔다. 주민수는 그들이 교대조일 거라고 생각했다.

"너도 너희들이 벌인 일이 생각보다 훨씬 커지고 있는 것 알지?"

"네, 미국 애들이 대놓고 테러리스트라고 말하더라고요. 자신들이 한 짓은 전혀 반성도 안 하고."

"어떡할 거야? 정말 테러리스트가 되면."

"주 과장님은 저희들이 정말 테러리스트로 보여요?"

김우진이 짐짓 반 농담조로 물었다. 주민수는 대답 없이 피식 웃기만 했다.

"한 번 말씀해 보세요. 저희가 테러리스트로 보이는지."

"……내가 보기에는 무모하기도 하고 철딱서니 없어 보이기도 하고……. 그러면서도 아까 말한 것처럼 용기와 열정은 부러울 만큼 대단하기도 해. 하지만 테러리스트는 아니야, 하하하!"

주민수는 모처럼 호탕하게 웃었다.

"우리는 우리나라 문화재를 사랑하는 학생들일 뿐이에요."

주민수는 가볍게 고개를 저었다.

"그건 있잖아, 나나 네가 결정할 문제가 아닐 거야. 여기서 벌어지고 있는 일은, 지금 여기 있는 사람들이 아니라 밖에 있는 사람들이 판단하고 결정할 일이 되어 버렸어. 모든 문제는 이미 여기를 떠난 것처럼 보여."

김우진은 순순히 고개를 끄덕였다.

"자, 너도 좀 자야지?"

주민수가 의자를 뒤로 빼며 일어섰다.

"한두 시간이라도 자둬. 앞으로 점점 힘들어질 텐데."

"그럴게요."

"나는 올라갈게. 미술관을 좀 돌아다녀 봐야 해."

"네, 전 여기에 조금 더 있다가 갈게요."

주민수는 자리에서 일어나 카페 밖으로 걸어 나갔다. 그때 김우진이 그를 불러 세웠다.

"주 과장님!"

발걸음을 멈추고 뒤돌아보았다.

"고마워요."

"고마워? 뭐가?"

"그냥…… 고마워요. 고맙다고 하고 싶어요."

주민수는 무표정한 얼굴로 그를 바라보았다.

주민수는 2층으로 올라가 휴게 공간과 전시실을 둘러본 후 3층으로 향했다.

3층으로 올라가자 휴게 공간 소파에 앉아 있는 양구오와 마주쳤다. 양구오는 담배를 피우며 고진미한테 받은 서류를 살펴보고 있었고, 그 옆에서 박이칠과 오공삼은 머리를 맞대고 드러누워 자고 있었다. 그들을 지나쳐 3층 전시실 안으로 들어갔다.

네 명의 학생 모두 잠을 이루지 못하고 있던 2층 전시실과 달리, 3층에서는 여학생 한 명만 빼고 나머지 학생들은 바닥에 침낭을 펴놓고 잠이 들었다. 아직 깨어 있는 여학생은 혼자 힘겹게 전시실 한가운데 있는 그림들을 바닥에 펼쳐 놓던 중이었다.

주민수는 여학생에게 다가가 물었다.

"뭐하니?"

"흔들거리는 것 같아서 다시 쌓아 놓으려고요. 작은 그림 하나가 밑으로 가 있어 균형이 안 맞나 봐요."

여학생은 혼자 들기에 버거운 그림을 요령 있게 옮기면서 말했다. 그때 주민수는 여학생의 팔목과 팔뚝에 대형 파스가 붙어 있는 것을 보았다.

"어디 다쳤어?"

주민수는 파스가 붙어 있는 팔을 가리키며 물었다.

"어제 펜스를 넘다가요."

여학생은 멋쩍은 듯이 웃으며 대수롭지 않게 말했다.

"비켜 봐. 내가 해줄게. 왜 그렇게 낑낑거리나 했네."

"……고마워요. 아!"

여학생은 끼고 있던 목장갑을 빼 주민수에게 건네주었다.

"이것 끼고 하세요. 액자에 약품이 발라져 있어 끈적거려요."

주민수는 목장갑을 끼고 여학생이 옮기다 만 그림들을 바닥에 펼쳐 놓았다. 전시 디스플레이에는 관여하지 않아 그림을 직접 만지고 옮기는 일은 처음이었다.

그림은 모두 일곱 점이었는데, 바닥에 다 펼쳐 놓은 다음 여학생의 지시대로 큰 그림부터 바닥에 쌓아 올리기 시작했다. 그림끼리 닿지 않고 액자끼리 접촉하도록 해야 해서 무턱대고 포개 놓을 수는 없었다. 액자 크기를 잘 파악하며 신중히 했다.

그런 식으로 쌓아 올리고 마지막으로 품안에 딱 들어올 만한 크기의 작은 그림을 맨 위에 올려놓을 참이었다. 그런데 바닥에서 그림을 들어 올리는 순간, 주민수는 무언가 이상하다는 느낌을 받았다.

다른 그림보다 무게가 무겁거나 가볍거나 한 것은 아닌데, 분명히 달랐다. 잠시 그림을 들고 상하좌우를 살펴보았지만, 눈으로만 봐서 뭘 알 수 있는 일도 아니었다. 그는 한동안 그림만 뚫어지게 보다가 더 이상 깊이 생각하지 않고 조심스럽게 맨 위에 올려놓았다.

5

 다음 날 오전 9시, 학생들은 미술관 앞마당에 모여 전날과 마찬가지로 성명서를 낭독하고 구호를 외쳤다.
 전날과 달라진 건 펜스의 긴장감이 조금 떨어졌다는 것이다. 어제만 해도 펜스는 어떤 충동적인 힘이 툭 치면 금방이라도 허물어질 것처럼 불안해 보였다. 언제라도 경찰이 침투하고, 학생들이 체포되고, 기자들이 쏟아져 들어오는 광경은 눈앞의 현실이었다.
 하지만 하룻밤 사이에 인정해야 할 것들이 좀 더 견고해졌다는 걸 양측 모두 느끼고 있는 것 같았다. 미술관 펜스가 이제는 단순한 물리적인 힘으로 허물기는 어렵게 되었다는 것을. 그래서인지 학생들의 구호에는 좀 더 기백이 들어 있었고, 경찰과 기자들도 태연하게 지켜보는 편이었다.

주민수와 고진미는 출입문 앞에서 이런 전경을 훑어보고 있었다.

"김우진과 유한나 학생이 조금 있다 CNN과 인터뷰한다고 하더라고요."

주민수가 시선을 떼지 않은 채 말했다.

"이야기 들었어요. 슬슬 협상단을 끌어들이려고 작전을 펴는 것 같아요. 하지만 그런 기자회견은 별 도움이 안 될 거예요. 제일 중요한 건 미국 정부의 공식입장이에요."

고진미의 입술이 하룻밤 사이에 바짝 말라 버렸다.

"왜 이렇게 늦는 걸까요? 24시간이나 지났는데요. 단순한 코멘트 하나 없잖아요."

"제 생각에는 뭔가 중대한 결정을 내리려고 하는 것 같아요."

"그게 뭘까요? 감이 잡히는 거라도 있어요?"

"……제가 뭘 알겠어요. 하지만 만의 하나, 정말 상상도 하고 싶지 않지만 미국 정부에서도 학생들의 행동을 테러로 규정한다면 협상이고 뭐고 없어요. 여기에 그림이 아니라 미국인들이 인질로 잡혀 있다고 하더라도 진압할 거고, 그때는 저 학생들과 우리 미술관은 아마 가루가 될 거예요."

"만의 하나가 아니라 거의 그렇게 될 거라고 생각하시죠?"

주민수는 고진미를 보며 조심스럽게 물었다. 그녀는 말없이 고개만 끄덕였다.

"김우진 학생과 이야기는 좀 해봤어요?"

"네."

"어떻든가요?"

"뭐라고 할까, 의지도 있고 용기도 있는데, 어쩔 수 없이 학생은 학생이라는 느낌이었어요. 재작년에 제가 일하던 공장에서 파업을 하고 한 일주일간 농성을 한 적이 있었어요. 그 상황에서 몇몇 노조 지도부 사람들하고 말을 나눌 기회가 있었는데, 그때 받았던 느낌과 많이 달랐어요."

"지금 이 학생들은 머리로 느끼고 행동하는 거고 그때 노동자들은 몸으로 느끼고 행동했을 거예요. 그게 같을 리 없죠."

"제 말이 그 말이에요."

"오늘은 제가 유한나 학생을 만나 볼게요. 어찌되었건, 전망이 그리 좋지 않아요."

"여론이 완전히 등을 돌린 것 같죠?"

"네, 거기에 지금 뭔가…… 그러니까 어떤 꿍꿍이가 꾸며지고 있다는 생각이 들어요. 미국에서 여기에 있는 조지아 오키프 그림들에 대해 계속 숨기고 있는 게 있어요. 그리고 그 이유가 미국 정부의 공식발표가 늦어지는 이유와 맞물려 있다는 느낌이 들고요."

"그게 무슨 말이에요?"

주민수가 놀란 표정으로 물었다. 고진미는 슬쩍 말을 돌렸다.

"자세한 건 나중에 말씀드릴게요. 그나저나 학생들이 오늘은 오후에 그림을 태운다고 했다죠?"

"네, 오늘부터는 우리나라나 미국 정부의 반응을 보고, 거기에 맞춰 수위를 조절해 가며 행동할 거라고 하더라고요."

"만약 또 태우려고 하면 저와 주 과장님이 결사적으로 말려야 해요. 이젠 학생들을 위해서 그렇게 해야 해요."

"네."

주민수는 고개를 끄덕이며 대답하고는, 하품을 했다.

"어제 많이 못 주무셨나 봐요?"

그녀는 측은한 눈길로 그의 얼굴을 보며 물었다.

"좀 눈을 붙이기는 했어요. 제 걱정은 하지 마세요. 그래도 고 실장님이 푹 주무셨다니 다행이에요. 확실히 어제보다 많이 또렷해지고 냉정을 되찾으신 것 같아요."

"그건 그런데요, 어제 주신 약, 정말 먹을 게 못 되더라고요. 말씀하신 대로 기절하듯이 잠든 것까지는 좋은데, 일어나서 이렇게 기운이 하나도 없어요."

"그 약이 원래 그래요. 더 이상 먹지 마세요."

학생들의 구호 소리는 미술관과 그 주변까지 휘감아 돌며 점점 더 우렁차게 울렸다. 하지만 그런 기세가 그들의 자신감과 비례해 보이는 건 아니었다. 오히려 구호 소리가 쩌렁쩌렁할수록 학생들은 위태롭게 보였다. 더 이상 말할 힘도 없는 두 사람은 입을 굳게 닫은 채 착잡한 시선으로 그들을 바라보았다.

미술관 지하 1층 수장고에서는 양구오가 지켜보는 가운데 박이칠과 오공삼이 설비 시설들을 분해하고 군데군데 바닥까지 뜯어내고 있었다.

양구오가 고개를 저었다. 이렇게는 안 되겠다는 표정이었다. 피우던 담배를 바닥에 껐다.

"그만해라. 더 이상 할 필요 없다."

"형님, 도대체 여기는 뭐하는 곳입니까?"

오공삼이 이마의 땀을 훔쳐내며 물었다. 양구오는 뭐 이런 게 다 있느냐는 눈길로 그의 얼굴을 빤히 쳐다보았다.

"지금까지 그것도 모르고 뒤진 거냐? 여기는 미술관에서 갖고 있는 미술품을 보관하는 창고다."

"근데 왜 아무것도 없을까요?"

박이칠 역시 계속된 수색에 지친 기색이 역력했다.

"미술관을 연 지 얼마 안 됐으니 보관할 게 없었겠지. 자, 이리 와 앉아라."

세 사람은 수장고에 놓인 나무 박스에 걸터앉았다.

"이제 더 이상의 수색은 없다. 이 정도로 뒤져서 안 나오는 장소에 그걸 숨겨 놨을 리가 없지. 아니, 숨겨 둘 수가 없었을 거야."

"그럼 이대로 끝내는 겁니까?"

박이칠이 놀라며 물었다.

"아니다. 우리가 일을 지나치게 단순하게 생각한 게 아닌가 싶다. 어제 홍콩에서 그림들과 함께 왔다는 서류를 살펴보다가 떠오른 생각이야. 홍콩 애들이 말한 그게 우리가 예상한 것과는 완전히 다른 물건이고, 또 전혀 예상치 못한 곳에 숨겨져 있을 가능성이 높다. 발상의 전환이 필요해."

"발상의 전환이요?"

양구오는 턱을 긁적이며 생각했다.

"이칠이."

"네."

"너는 지금부터 핸드폰을 켜고 밖에서 헤매고 있을 막내와 연락을 취해라. 단, 통화는 절대로 안 돼. 문자로만 해야 한다."

"뭐라고 할까요?"

"홍콩 애들이나 러시아 애들도 분명 여기서 벌어지는 일을 다 알고 있을 거다. 막내에게 네가 맡았던 홍콩 쪽 사람한테 연락하라고 해. 연락해서 먼저 겉으로 보기와는 달리 우리는 아무 문제없다고 전하라고 해라. 그리고 너한테 무슨 말을 하다 말고 곧바로 뒈진 그 팔푼이 얘기는 더 이상 하지 말고, 러시아 마피아에게 전달할 물건에 대한 다른 정보가 있으면 알려달라고 해."

"막내가 통화할 수 있을까요? 한국말을 하는 애들이 죽어 버려 영어로 해야 하는데."

"어디서 영어 하는 애 하나 잡아다가 통화하라고 해! 중요한 일이니까."

양구오는 이런 것까지 지시하는 게 짜증스럽다는 말투였다.

"또 부산에 들어와 있다는 러시아 마피아 똘마니한테도 연락해 안심시키고 삼사 일만 여유를 달란다고 해라. 그렇게 전한 다음에 핸드폰은 곧바로 꺼야 한다."

"네."

"그리고 공삼이."

"네."

"너는 4층으로 올라가라. 거기서 밖으로 나갈 방법을 궁리해. 이 미술관에서 창문 같은 창문은 4층밖에는 없다. 여자가 있는 곳 말고, 관장실과 도서관 쪽 창문을 살펴봐야 한다."

"창으로 나갈 계획입니까?"

"현재로는 그 길밖에 없을 듯싶다. 옥상이나 비상구로 나가다가는 밖에 그대로 노출된다. 뒤쪽으로는 창이 나 있지도 않고 그곳에도 보나마나 경찰들이 쫙 깔렸을 거고. 미술관 양쪽에 있는 건물로 빠져나가는 방법이 가장 유력하다. 공삼이, 네가 4층에서 창문을 타고 내려가 양쪽 건물로 빠져나가는 방법을 궁리해 봐. 하지만! 지금 그 건물에도 경찰들이 깔려 있다는 점을 잊어서는 안 돼."

"4층에서 줄을 타고 내려간다는 건 좀 위험하지 않을까요?"

"도리가 없어. 마지막 승부수야. 저 학생들이 이 미술관에서 조지아 오키프인지 스카프인지 그림 전시회를 한다고 했을 때 아마 쾌재를 불렀을 거다. 지금 미술관 앞마당에 있는 학생들이 밖은 물론 이 건물 전체를 보며 통제를 하고 있다. 학생들을 봐라. 미술관 양쪽 건물과 뒤쪽 그리고 비상구와 4층은 아예 신경도 안 쓰고 있다. 여기에 열여섯 명의 학생들이 들어왔지만, 저렇게 확실한 볼모를 잡고 있는 상태라면 이곳은 서너 명만으로도 충분히 통제가 되는 아주 특이한 장소다. 그러니까 공삼이 너는, 저 학생들이 경찰이라고 생각하고, 저 학생들이 지금 보고 있는 걸 역으로 보고 생각하면서 궁리를 해야 한다."

오공삼은 잘 이해가 안 되는지 아무 대답 없이 양구오를 보며 눈만 껌벅였다. 양구오는 가볍게 한숨을 내쉬었다.

"……그냥 평소 네가 하던 대로 생각해서 해라. 평상복은 갖고 왔나?"

"네."

"그럼 평상복으로 갈아입고 움직이도록."

"네, 형님."

"잘 들어라. 저 학생들은 여기에 최소 일주일에서 최대 한 달은 있을 계산으로 들어왔을 거다. 어림없는 소리지. 내 생각에는 쟤네들이 벌인 일, 이삼 일 내로 다 끝난다. 우리에게 시간이 얼마 없다는 걸 명심해라."

"형님께서는 경찰이 진압할 걸로 보십니까? 학생들의 기세를 보면, 미술관이 불바다가 될 텐데요."

박이칠이 정말 걱정스럽다는 얼굴로 물었다.

"불바다? 하! 불바다가 아니라 아마 피바다가 될 거다."

"형님께서는 어디 계실 겁니까?"

"나는 서류를 좀 더 살펴본 다음 4층에서 그 여자를 본격적으로 조질 거다. 걔가 뭔가 알고 있을 가능성이 커."

"형님, 그 일이라면 제게 맡겨 주십시오. 당장 불게 하겠습니다."

 박이칠이 제 전공이라는 듯 말하자 양구오는 말없이 고개를 저었다. 그는 잠시 무언가를 생각하다 자리에서 일어났다.

 "자, 움직이자."

 세 사람은 그 어느 때보다도 의욕이 넘치는 모습으로 수장고를 나섰다.

 마스크를 착용한 학생 두 명이 미술관 정문 앞으로 걸어갔다.

 문에 가까이 갈수록 펜스 너머의 속도가 빨라졌다. 초원을 느긋하게 어슬렁거리다 막 협공을 시작한 사자들처럼 기자들의 몸싸움은 격렬했다. 럭비 선수들이 다들 카메라를 하나씩 들고 돌진해 오는 것 같았다. 카메라 셔터 소리가 총격음처럼 요란하게 들렸다. 거기에 찌르듯 들이미는 마이크들과 무슨 말인지 알아들을 수 없는 질문들.

 학생들은 이 정도는 예상했는지 동요하는 기색은 없었다. 그들 중 하나가 열쇠를 꺼내 침착하게 문을 열었다. 작은 틈 사이로 CNN 기자증을 목에 건 여기자 한 명과 카메라맨 한 명이 재빨리 안으로 들어왔다.

 그들은 학생들의 안내를 따라 미술관 앞마당 휴게 공간의 테이블로 향했다.

 테이블에는 김우진과 유한나가 기자들을 기다리고 있었다.

두 사람은 기자가 들어서는 걸 보면서 자리에서 일어났다.

간단한 인사와 악수를 나누고 곧바로 자리에 앉았다. 카메라맨은 미국인이었지만, 인터뷰를 할 여기자는 한국계 미국인인지 다소 어눌한 한국어를 구사했다. 인터뷰는 곧바로 시작되었다.

여기자와 김우진은 먼저 미술관을 점거한 목적과 의미 그리고 앞으로의 투쟁 방향에 대해 간단한 질문과 답변을 주고받았다. 그런 다음 민감한 부분을 짚어 가며 이야기를 본격적으로 나누기 시작했다.

"······그것이 바로 우리가 불법적이고 심지어 폭력적인 방법으로 약탈되어 전 세계에 퍼져 있는 수많은 우리 문화재 중에서 헨더슨 컬렉션을 주요 타깃으로 잡은 이유 가운데 하나입니다. 우리나라 사람들은 해외로 불법 유출된 우리 문화재의 대부분을 일본이 약탈해 간 것으로 알고 있습니다. 물론 일본인들이 가장 많이 약탈해 갔습니다. 일본은 문화재라는 세 글자 가운데 한 글자를 떼어 간 나라니까요. 그 다음으로는 프랑스를 생각합니다. 외규장각 도서 반환 문제로 한동안 뉴스에서 많이 다뤘기 때문입니다. 하지만 미국이 우리나라 문화재를 약탈해 갔다는 사실은 잘 모르고 있습니다. 미국은 일본 다음으로 많은 우리 문화재를 약탈해 간 나라입니다. 쉽게 설명을 드리자면, 약탈된 우리나라 문화재가 열 점이라고 하면, 일본이 다섯 점, 미국이 세 점, 나머지를 프랑스나 독일 등 십

여 개국에서 약탈해 갔습니다.[4]

미국의 행태는 아주 비열했습니다. 미국은 겉으로는 선심이라는 선심은 다 쓰는 척하면서 뒤로는 문화재들을 약탈했습니다. 그들은 우리나라에서 미국이 갖는 특권적 위치를 최대한 악용하였고, 우리는 경제적으로 도움의 손길이 절실하다는 이유 때문에, 도둑이 물건을 훔쳐 가는 걸 빤히 보면서도 손 하나 까닥할 수 없었던

---

4) 해외 유출 문화재 소재 현황 (단위: 점)

소장국	현황	주요소장처
일본	6만5,331	동경국립박물관 등
미국	3만7,972	메트로폴리탄박물관 등
영국	3,628	영국박물관 등
독일	1만770	쾰른동아시아박물관 등
러시아	4,008	모스크바국립동양박물관 등
프랑스	2,093	국립기메박물관 등
중국	7,930	북경고궁박물원 등
덴마크	1,278	국립박물관
캐나다	2,187	로얄온타리오박물관 등
네덜란드	42	리이덴국립민속박물관 등
스웨덴	50	동아시아박물관 등
오스트리아	743	비엔나민속박물관 등
바티칸	298	민족박물관
스위스	18	민족학박물관 등
벨기에	56	왕립예술역사박물관 등
호주	40	뉴사우스웨일즈박물관 등
이탈리아	17	국립동양도자박물관
카자흐스탄	1,024	국립도서관
대만	2,872	국립고궁박물원 등
헝가리	203	훼렌쯔호프동양미술박물관

자료: 국립문화재연구소(2011년 2월 현재)

이 자료의 수치는 약탈 문화재와 1900년대를 전후한 시기에 정상적인 수집활동을 통해 반출된 유물 등이 모두 포함된 것이다.

겁니다. 더 큰 문제는 의외로 많은 우리나라의 문화예술 관련 인사들이, 미국이 약탈해 간 문화재에 대해서는 놀라울 정도로 관대하다는 사실입니다. 그래서 앞서 말한 사실을 빤히 알면서도, 그럴 수도 있다, 어쩔 수 없었다, 한미 관계의 특수성 때문에 발생한 부득의한 일이었다, 심지어는 미국이 약탈해 간 덕분에 우리 문화가 전 세계에 많이 홍보됐다는 기막힌 말까지 하고 있습니다. 저는 이번 일을 통해 미국의 만행을 우리나라는 물론 전 세계에 알리고, 작게는 헨더슨 컬렉션을 돌려받고, 크게는 약탈문화재 환수운동이 전 세계적으로 더욱 활발하게 일어나기를 바라고 있습니다."

"미국을 계속 문화재 도둑 국가로 몰고 가시는데요, 미국이 2차 세계대전 이후 문화재 약탈의 범죄성을 법적으로 확고히 수립한 국가라는 사실을 알고 있습니까?"

"다 쇼입니다. 이제 모든 사람들이 진실을 꿰뚫어 봐야만 합니다. 19세기까지 유럽 제국들이 중심이 되어 진행된 문화재 약탈의 역사를, 20세기 들어 미국이 이어가고 있습니다. 문화재 약탈의 범죄성을 법적으로 확고히 수립했다고요? 그렇다면 왜 2002년도에 선언된 인류 보편의 박물관 선언이라는 말도 안 되는 선언문에 침묵하고 있습니까? 침묵 정도가 아니죠. 그 선언문을 보면 미국의 주요 미술관이 다 참여하고 있습니다. 미국인들이 자본의 힘을 내세워 전 세계에 퍼져 있는 약탈문화재들을 경매를 통해 싹쓸이하듯 구입하고 있다는 사실은 이젠 비밀도 아닙니다. 지금 미국은 약탈문화재들의 집결지이자 그 자체가 하나의 약탈문화재 박물관입니다."

"미국인은 물론이고 한국인들조차, 또 다른 나라에서도 미술관을 점거하고 그림을 태우기까지 한 당신들의 행동에 등을 돌리고 있습니다. 특히 한국인들의 반응이 싸늘하다는 점은 기자들도 놀랄 정도입니다. 이에 대해서 어떻게 생각하십니까?"

"이 일은 하루 이틀에 끝을 볼 성질의 것이 아닙니다. 이제 시작일 뿐입니다. 우리나라 사람들의 경우, 이런 시위 방식을 낯설어하고 또 문화재 약탈에 대한 문제의식이 그다지 높지 않기 때문에 그런 거라고 생각합니다. 하지만 곧 이를 인지하고 우리의 행동에 적극적으로 호응할 것으로 봅니다."

"공식적인 입장은 아닙니다만, 주한미국대사관 측에서는 유례없이 신속하게 당신들의 행동을 사실상 테러로 규정했습니다. 지금 계속 미뤄지고 있는데요, 만약 미국 정부에서도 같은 시각을 견지한다면 협상 자체가 이루어지지 않을 겁니다. 이에 대한 대책은 마련돼 있습니까?"

"우리는 테러리스트가 아닙니다. 우리는 예술과 문화를 사랑하고, 특히 우리나라 문화와 문화재를 사랑하는 학생들일 뿐입니다. 우리는 전문가가 아닙니다. 그렇기 때문에 우리의 생각과 행동은 단순합니다. 만약 미국이 우리를 테러리스트로 규정하고 협상 자체를 거부한다면 하루에 한 점씩 조지아 오키프의 그림은 불탈 것입니다. 진압을 시도한다면 한순간에 다 탈 수도 있습니다. 우리는 감옥에 가면 그만입니다. 하지만 그 후에 미국에게는 뭐가 남고, 무엇을 얻을 수 있을까요? 그레고리 헨더슨이라는 파렴치한 도둑이 우리나라 문화재를 약탈해 갔다는 이유 하나로, 미국인들이 가장 좋아하고 존경하는 화가의 작품이 모두 불에 타버릴 겁니다. 미국은 실리적인 이득을 추구하는 나라로 알고 있습니다. 잘 생각해 봐야 할 겁니다. 미국 문화의 대표적인 아이콘을 희생하면서까지 남의 나라 문화재를 소장할 만큼 미국이 멍청한 나라라고 생각하지는 않습니다……."

특별히 시간 제약이 없었기 때문에 인터뷰는 세밀한 부분까지 더듬으며 깊이 있게 진행되었다. CNN 여기자는 어눌하게 말하면서도 당황할 정도로 날카로운 질문을 던졌고, 김우진은 틈틈이 유한나의 도움을 받으며 차분하게 때로는 의식적으로 흥분하며 거의 막힘없이 대답했다.

김우진과 기자 사이에 가벼운 농담이 오가기 시작할 때쯤 양쪽 모두 더 이상 나눌 이야기가 없다고 판단했는지, 서로 인사를 나누고 인터뷰를 마무리했다.

양구오는 서류철을 들고 미술관 4층 학예연구실 안으로 들어갔다.

고진미 혼자 있었는데, 사람이 들어온 것도 모른 채 소파에 앉아 졸고 있었다.

양구오는 한심스럽게 쳐다보고는, 소파로 가 들고 있던 서류철을 테이블 위에 쾅 내리쳤다. 그 소리에 화들짝 놀라 눈을 떴고, 앞에 양구오를 발견하자 또 한 번 놀라며 급히 옷매무새를 매만졌다.

양구오는 건너편 소파에 앉았다. 테이블 위에 놓인 수면제 봉투가 눈에 들어왔다.

"이런 거나 먹고 있으니 그렇게 병든 병아리처럼 졸고 있지."

아직 정신이 덜 들어 눈만 멀뚱멀뚱한 그녀를 잔뜩 노려보았다.

"……여기는……여기에 왜 오셨어요?"

"네가 준 서류에 대해 물어 볼 게 있어. 찬물 한 잔 마시고 와. 말짱한 정신으로 대답해야 할 거야."

"괜, 괜찮아요."

"괜찮겠어?"

"네."

"그럼 이것 좀 설명해 봐."

양구오는 서류철을 넘기다가 접어둔 부분에서 멈췄다. 그리고 서류철을 돌려 고진미가 바로 볼 수 있게 했다. 그녀는 몸을 살짝 앞으로 당겨 양구오가 펼친 부분을 보았다.

"이게 아마 여기에 전시 중인 그림 목록일 거다. 맞지?"

"네."

"그런데 말이다…… 여기를 좀 봐."

그는 제목, 크기, 소장처 순으로 이어지는 각각의 그림 설명을 손가락으로 짚었다. 손가락이 선을 그으며 오른쪽으로 움직이더니 비고란에서 멈췄다.

"여기 비고란을 보면 어떤 그림에는 아무런 표시도 없는데 어떤 그림에는 동그라미 표시가 되어 있어. 한 일고여덟 개쯤 되는데…… 이게 뭐야?"

그녀의 얼굴이 순간적으로 굳어졌다. 하지만 곧바로 아무렇지도 않게 페이지를 넘겨 가며 찬찬히 서류를 살폈다.

"저도 잘 모르……."

서류에서 시선을 떼고 대답을 하려다 몸이 저도 모르게 움찔했다. 같이 서류를 보는 줄 알았던 양구오가 소파에 몸을 묻고 자신의 얼굴만 빤히 지켜보고 있었던 것이다.

"……저도 잘 모르겠어요."

양구오는 한동안 말없이 그녀를 노려보기만 했다. 그녀는 그의 눈빛이 또 오싹하게 바뀔까 봐 조마조마했다. 그 눈빛을 아무도 없는 여기서 혼자 감당할 자신이 없었다.

"네가 모르는 게 있으면 어떡해?"

양구오는 그게 말이 되냐는 투로 물었다.

"저라고 여기 있는 내용을 다 아는 게 아니에요. 미국에서 중국으로, 중국에서 홍콩으로, 홍콩에서 우리나라로 오면서 많은 사람들이 이런저런 표시를……."

"너, 거짓말하면 죽는다."

양구오는 어떻게 그럴 수 있는지는 몰라도 말을 영하의 온도에서 꺼내 쓰는 것 같았다. 간담이 서늘한 말투에 고진미의 몸은 바짝 오그라들었다.

"……정말이에요. 보세요, 이 표시들만 볼펜으로 돼 있잖아요.

아마 그림이 움직이면서 통관이나 관리상의 일로 누군가 표시해 놓은 것 같아요."

"그게 뭔지 묻지도 않았어?"

"네, 별 문제없이 그림이 잘 도착했기 때문에 이상할 게 없었어요. 저도 잘 모르는 표시는 다른 데도 많이 있어요. 이런 걸 일일이 다 알아야 할 필요는 없어요."

"후……."

양구오는 천천히 몸을 소파의 등에서 건져내 그녀 쪽으로 기울였다.

"좋다. 그건 그렇고, 내가 말한 비밀통로는 생각해 봤어?"

"그런 거 없어요. 정말이에요."

"그래?"

양구오의 눈빛이 조금 전보다 더 흐려지기 시작했다. 이대로 조금만 더 탁해지다가는 어느 순간 변해 버릴 것만 같았다. 그의 손이 양복 주머니에 쑥 들어가더니 무언가를 꺼냈다. 그녀는 으악, 비명을 지를 뻔했다. 그의 품에서 나오는 거라면 손수건이라도 거기엔 클로로포름이 잔뜩 묻어 있을 것 같았다. 엉뚱하게도 그것은 손톱깎이였다. 그는 침을 꿀꺽 삼키는 그녀를 흘깃 쳐다보고는 손톱을 깎기 시작했다.

"재미있는 이야기 하나 해줄게."

양구오는 손톱 깎는 데 열중하며 느릿하게 말했다.

"야쿠자 친구한테 들은 이야기인데…… 너, 일본 야쿠자가 조직을 배반한 애들한테 어떤 식으로 보복하는지 알아? 죽이는 건 당연해. 근데 죽이기 전에 그 애 부인이나 애인을 붙잡아 온다는 거야. 그리고 의자에 꽁꽁 묶어 놓고 그 애가 보는 앞에서 손톱깎이로 얼굴 살점을 뜯는데. 참 놀랍더라고……. 조그만 사람 얼굴에서 살점을 천 조각이나 뜯어낼 수 있다고 하더라. 그런 다음 둘 다 죽이는 거야. 나하고 같이 들어온 동생들 알지? 동생들이 그 얘기를 듣고 자기들도 언젠가는 그걸 꼭 해보겠다고 얼마나 벼르고 있는지 몰라."

그는 고개를 슬쩍 들어 그녀를 매섭게 쏘아보았다. 하필 이럴 때 눈으로도 사람을 죽일 수 있다는 말이 떠올랐다. 그러나 그녀는 그의 눈빛이 어떤 상태인지 알 수 없었다. 에라 모르겠다는 심정으로 질끈 눈을 감아 버렸기 때문이다.

"너, 분명히 숨기는 게 있어. 나는 알아. 네 얼굴에 그렇게 쓰여 있거든. 그리고 너도 이젠 눈치 챘을 거다. 내가 그 비밀에 조금씩 다가가고 있다는 걸. 너나 나나, 피차 시간이 얼마 없어. 그동안 네 수준을 봐서 신사적으로 상대해 주었다. 하지만 그것도 이번이 마지막이라는 걸 명심해라."

그의 말이 막 따온 고드름으로 맨살을 쿡쿡 찌르는 것처럼 아팠다. 한계에 다다른 고진미는 결국 왈칵 눈물을 쏟아 내며 흐느끼기 시작했다.

"……도대체 저한테 왜 그러세요."

아이, 씨 하며 양구오가 갑자기 소리를 쳤다.

"야!"

고진미는 깜짝 놀라며 울음을 뚝 그쳤다.

"너, 내가 얘기했지. 여자들 질질 짜는 거 제일 싫어한다고."

그래도 그녀는 울음을 완전히 그치는 데 시간이 좀 필요했다. 양구오는 인내심을 가지고 훌쩍거리는 게 순해질 때까지 기다려 주었다.

"내가 다음에 다시 올 때는 홍콩에서 온 서류들 가운데 너만 알고 있는 사실이 있으면 다 말해야 할 거다. 그리고 비밀통로도. 없으면 만들기라도 해야 할 거야. 그 잘난 척이 신경 쓰이면 나한테 은밀하게 와서 얘기해도 되고. 알았어?"

고진미는 곧바로 대답하지 않았다. 그러자 또다시 버럭 소리를 질렀다.

"알았어!"

"……네."

"그 예쁜 얼굴이 피로 떡이 되고 싶지 않으면 반드시 그래야 해."

그는 손톱깎이를 다시 주머니에 넣고 서류를 챙겼다.

"아, 지금 전시하고 있는 그림 안내서 같은 것 있어?"

"안내서요?"

"그걸 뭐라고 하나…… 카탈로그 같은 것 말이야."

"네."

"하나 갖고 와."

고진미는 자리에서 벌떡 일어나 책장으로 향했다. 그리고 카탈로그를 하나 꺼내 와 양구오에게 얼른 건넸다.

양구오는 서류철과 함께 챙겨들고 자리에서 일어났다. 손수건으로 눈물을 닦는 고진미를 잠깐 쳐다보고는 아무 말 없이 그대로 학예연구실을 나왔다.

양구오는 방금 건네받은 카탈로그를 훑어보면서 계단을 내려갔다.

3층으로 내려와 휴게 공간의 소파로 향하다 갑자기 발걸음을 전시실 쪽으로 돌렸다.

그는 안으로는 들어가지 않고 입구에 서서 전시실을 둘러보았다.

학생들이 그와 눈이 마주쳤지만 무심한 표정으로 피했다. 그 역시 학생들한테는 아무런 관심도 없었다.

양구오는 담배 한 대를 꺼내 입에 물었다. 문틀에 비스듬히 기대고 서서 전시실에 두 덩어리로 나눠 쌓은 그림들을 뚫어지게 응시하다, 천천히 불을 붙였다.

주민수는 미술관 지하 2층 기계실을 다시 점검해 보고 지하 1층으로 올라왔다.

특별히 점검할 만한 사항이 없어 1층으로 올라가려고 하는데, 세미나실에서 학생들의 목소리가 들렸다.

그는 살짝 열려 있는 문으로 안을 들여다보았다. 김우진과 유한나 그리고 다른 학생 네다섯 명이 앉아 있었다. 점심을 먹고 있나 보다 싶었다. 돌아서려는데 누가 언성을 높였다. 그 목소리가 귀를 잡아끌었다. 이어서 흥분한 목소리들이 튀어나왔다. 분위기가 심상치 않다는 생각이 들었다.

"학생들이 사람들의 냉담한 반응에 굉장히 당황하는 눈치예요. 적지 않은 네티즌들이 동조하는 듯하지만, 여론 조사기관의 결과가 시종일관 부정적인 걸 보면 그 진실성이 의심스럽고, 그 존재가 다 모래알 같기만 해요. 그 모래알을 뭉치는 게 정치인이나 언론이나 시민단체인데, 그 사람들이 등을 돌려 버리니까 소리만 요란했지 결집이 안 되는 것 같아요. 지금 밖에서 지지 시위를 하는 친구들을 보세요. 어딘지 모르게 초라하게만 보여요."

"지도부가 점거 계획만 치밀하게 세웠지 사회 분위기를 파악하는 데 실패했다고 노골적으로 불만을 표시하고 있어요. 형들은 지금이 민족주의 정서가 정점에 올라왔다고 판단해 일을 벌였지만, 정점이 아니라 오히려 냉정을 되찾아 가는 시점이라는 거죠."

"아무리 차별성이 중요하다고는 해도 시민단체들을 전략적으로 끌어들였어야 했다는 지적이 많아요. 또 해외의 약탈문화재 환수운동 단체들과 사전에 의견 조율을 하지 않은 걸 실수였다고도 하고요. 전 세계에서 약탈문화재 환수운동을 가장 활발하게 벌이고 있는 그리스나 이집트, 남미 국가들이 아직까지도 침묵하고 있잖아요. 특히 환수운동의 수장격인 이집트에서 아직까지 아무 말을 안 하고 있는 데는 거의 경악하는 분위기예요."

"도대체 왜 그렇게 성급한 거니?"

유한나가 의도적으로 대화의 흐름을 끊었다.

"이제 하루밖에 안 지났어. 만약 여건만 된다면, 계획대로 미술관을 성공적으로 점거하고 전 세계의 주목을 받으며 우리 주장을 펼쳐 보였다는 것만으로도 자축 파티를 해야 할 판이야. 그런데 뭐가 그렇게 급해서 단 하루 동안 쏟아져 나온 여론의 반응을 갖고 우리가 한 이 엄청나고 의미 있는 일을 재단하려고 하는지 이해가 안 가. 미술관을 점거하자마자 온 국민이 우리를 애국자로 받들어 모실 거라고 생각했어? 온 국민이 거리로 나와 지지 시위라도 벌일 거라고 생각했대? 우리는 페루 주재 일본대사관 점거사건처럼 몇 달 씩 있을 건 아니지만 최소한 한 달은 머물 것을 각오하고 들어왔어. 여기서 실패하면 또 할 거고, 또 할 거고, 또 할 거야. 학생 때도 할 거고 나중에 사회인이 돼서도 계속할 거야. 문화재 환수운동, 이번 일로 끝내고 더 이상 안 할 거 아니잖아? 이 일은 인내와 끈기가 필요한 거야. 좀 길게 보라고 해."

"한나 형, 지금 그런 말이 먹혀들어 가기에는 상황이 너무 안 좋아요."

"이럴 때일수록 이성적이어야지. 시민단체가 우리를 비난하는 건 우리가 그 사람들을 비난해서가 아니야. 어제도 말했듯이 지금 우리나라 사람들 전체가 겁을 먹고 있어서 그래. 또 해외 관련 단체들이 침묵하는 것은 우리나라 사람들이 우리 일을 부정적인 시선으로 보고 있는 상태에서 사태를 좀 관망하려고 하는 것일 뿐이고. 이런 문제는 시간이 흐르면 차근차근 해결돼."

"근본적인 부분에 문제가 있어."

김우진이 담담한 목소리로 입을 열었다. 근본적인 부분을 언급하는 데 가장 적절한 톤이었는지 다들 그의 입을 주목했다.

"내가 제일 걱정했던 건 한국 정부도 미국 정부도 경찰도 아니었어. 그동안 늘 불안했던 건, 후배들이 이 일을 어떤 의지와 사명감으로 하기보다 좋게 말하면 열정만 갖고, 나쁘게 말하면 재미와 멋으로 하려고 한다는 느낌을 받았어. 내가 지난 달 엠티 때도 이야기했잖아. 2002년 월드컵 거리 응원과 2008년 광우병 촛불 시위의 차이점은 하나는 축구공을 갖고 놀았는데 다른 하나는 미친 소를 갖고 논 것뿐이라고. 우리 선배들이 군사독재 시절에 목숨 걸고 벌였던 학생운동과 같은 진지함과 치열함까지는 기대하지 않았어. 그때와 지금은 시대도 다르고 상황도 많이 다르니까. 하지만 근본적인 것만은 잃지 말았어야 해. 그건 어떤 일이 있더라도 싸우고 승리를 쟁취해야겠다는 투쟁심이야. 그런데 그동안 불안하기는 했지만 막상 일이 벌어지고 나면 강해질 거라고 생각한 그 투쟁심이, 오히려 약해져 버렸어. 내가 예측하지 못한 건 언론이나 여론의 반응이 아니라 바로 그거야."

"형, 지금 그런 원론적인 이야기는 아무 소용없어요. 우선 급한 불을 꺼야 한다고요."

"그래요, 모든 일이 아주 급박하게 돌아가고 있어요. 후배들이 가장 우려하는 건 지금 주한미국대사관과 몇몇 나라 그리고 국내외 언론이 우리를 테러리스트로 몰고 가고 있다는 점이에요. 우리를 테러리스트로 보건 정신 나간 대학생으로 보건 아무 상관없어요. 하지만 테러리스트로 규정하면 사태가 완전히 달라지잖아요. 협상은 없고 무력진압이 시도될 텐데, 그렇다면 초전박살 태세로 이어질 거고 우리의 계획은 뒤틀리는 거예요. 그 자체로 이미 실패라고요."

"왜 벌써부터 실패라는 말을 입에 올려?"

유한나가 한 손을 허리춤에 가져다대며 목소리를 높였다.

"현실이 그렇잖아요."

"아니, 그럼 너희들은 우리 일이 이 미술관을 점거한 걸로 다 끝날 거라고 생각하고 있었니? 오랫동안 계획을 했던 것처럼 여기 있으면서도 계속 작전을 짜고 계획해야 해. 우리의 계획은 현재 진행형이라고. 협상을 안 한다면 협상하게끔 만들어야 하고, 무력진압을 한다면 무력진압을 못하게 만들어야지, 왜 손놓을 생각부터 먼저 해. 게다가 우리는 그림들을 볼모로 잡고 있다는 사실을 명심해. 경찰이 펜스를 넘어오는 순간, 여기 있는 오키프의 그림들은 잿더미가 될 거야. 사람을 붙잡고 있는 인질극처럼 총격전 같은 건 없어. 그게 우리의 이점이라고. 그걸 절대로 잊지 마."

"어떤 학생은 심지어, 하루에 한 점씩 그림을 태워 한 달을 버틴 후에도 우리의 요구가 관철되지 않아 무기력하게 체포되어 버린다면, 나중에 천문학적인 그림 값을 부모님이 모두 변상해야 하는 게 아니냐고 묻기까지 했어요."

"하하!"

유한나는 기가 차다는 듯이 웃었다.
그때 김우진이 더 담담해진 어조로 말하기 시작했다.
"자, 이렇게 하자. 더 이상 긴 논의는 시간 낭비일 뿐이야. 태경이 말대로 현 상황에서는 원론적인 얘기보다는 우선 급한 불을 끄는 게 중요한 일일지도 몰라. 단순히 좀 더 기다려 보자고만 하는 것보다 어떤 구체적인 비전을 제시하는 게 효과적일 거야. 태경아, 네가 후배들한테 이렇게 말해. 앞으로 3일간만 더 한국과 미국 정부의 반응 그리고 국내외 언론과 여론의 동향을 살펴본 후에 두 번째 작전에 들어가겠다고. 우리가 벌인 일의 충격은 미술관 밖 사람들만 받은 게 아니야. 우리 모두 우리가 벌인 일에 감격하고 자랑스러워하면서도, 놀라고 당황하고 또 두려워하고 있어. 지금 벌어지고 있는 내부의 문제는 어떻게 보면 그런 충격일 수가 있어. 시간을 좀 벌면서 우리 스스로 진정되기를 기다리고, 또 내가 말한 두 번째 작전을 신중하게 짜보도록 하자."

"그래요, 형. 그게 나을 것 같아요……"

"……그렇게 해요."

이후 학생들 사이에서는 긴 시간 침묵만이 흘렀다. 그 침묵이 밖에서 지켜보는 주민수에게는 어색하게만 느껴졌다.

"아, 우진아. 서양화과 학과장님이 너와 면담하겠다는 말은 뭐야?"

잊고 있던 게 떠올랐는지 유한나가 누그러진 목소리로 물었다.

"CNN과 인터뷰를 한 후에 경찰서장한테 연락이 왔어. 문화예술부 장관과 국립유물박물관 관장 그리고 서양화과 학과장님이 나와 이야기를 하고 싶대. 면담 시간은 오후 네 시로 잡았어. 나 혼자 할게. 보나마나 뻔한 얘기들이나 나올 텐데."

"문화예술부 장관까지 온대? 그 인간은 왜 와? 참 나! 아무튼 그 사람들 말에 말려들어 가지 말고 잘해……. 그럼 이제부터 오후 시위 준비하자."

"네."

학생들이 회의를 마쳤다. 몰래 엿듣던 주민수는 들킬세라 얼른 몸을 뒤로 뺐다.

우르르 나올 것 같았는데 아무런 소리도 들리지 않았다. 다시 살짝 들여다보니 학생들은 여전히 자기 자리에 앉아 있었다. 말없이. 어제만큼의 확신, 어제만큼의 열의, 어제만큼의 신념이 더 이상 아닌 것일까? 이번에는 그 침묵이 무척 힘들게만 느껴졌다.

주민수는 천천히 세미나실을 떠났다. 계단으로 향하는 그의 발걸음도 무겁기만 했다.

양구오는 미술관 3층 휴게 공간 소파에 있었다.

오공삼이 갖고 온 빵과 우유로 간단하게 점심을 때우며 TV를 보는 중이었다. 지상파 방송국에서는 어제부터 정규방송을 대폭 조정해 아르스 미술관 점거사건에 관련된 뉴스와 특집방송을 수시로 내보냈다. 어느 채널을 돌리더라도 한 곳은 아르스 미술관이 비춰지고 있었다. TV에 몰두하던 그는 다 마신 우유팩을 확 구기더니, 있는 힘껏 바닥에 팽개쳤다. 그때 계단으로 박이칠이 올라오는 게 보였다.

"어떻게 됐어?"

박이칠은 소파에 슬그머니 앉으며 입을 뗐다.

"막내를 통해 홍콩 애들과 연락을 주고받았습니다. 먼저…… 예상대로 홍콩에서는 난리가 났다고 합니다. 그쪽에서도 여기 일을 뉴스로 보고 있는데, 우리한테 연락이 없어서 일이 다 틀어진 걸로 알고 있었답니다. 그래서 말씀하신 대로 우리는 아무 문제없으니 걱정하지 말라고 했습니다. 또 넓은 미술관에서 아무도 모르는 은밀한 장소에 숨어 기회를 엿보고 있고, 지금의 상황이 오히려 훨씬 유리하다고 잘 둘러댔습니다."

"좋아. 러시아 마피아 똘마니는?"

"홍콩 애들보다는 훨씬 여유 있고 느긋한 것 같습니다. 이야기를 다 듣더니 우리보고 신변을 잘 살피며 일을 성공적으로 마무리하라고 격려까지 하고, 삼사 일 정도 늦는 건 아무 상관없다고 했답니다."

"다행이군. 그것에 관해서는 뭐래?"

"거의 같은 말이었는데, 한 가지 중요한 사실을 알아냈습니다."

"뭐야?"

"홍콩 쪽 말에 의하면 그게 열 개라는 겁니다."

"열 개? 구체적으로 말해 봐. 어떻게 열 개라는 거야?"

"네?"

"열 조각이야, 열 장이야, 열 뭉치야, 열 덩어리야, 어떻게 열 개야?"

"그게…… 막내가 잡아 온 통역이 그대로 한 말이라서."

"이런 병신 같은…… 다시 물어 봐!"

양구오가 버럭 소리를 질렀다.

"……형님, 다시 물어 볼 수가 없습니다."

"왜!"

"홍콩 쪽에서 더 이상 연락을 하지 말라고, 아니 연락을 끊었습니다. 자기들까지 추적당할까 봐 겁먹고 있는 듯합니다."

양구오는 그 말이 끝나기 무섭게 주먹을 들어 박이칠의 얼굴을 치려다, 순간적으로 멈췄다. 그는 주먹을 쥔 손을 바르르 떨며 무기를 내려놓듯 팔을 내렸다. 그리고 소파에 몸을 깊이 묻고는, 눈을 지그시 감고 흥분으로 가빠 오른 숨을 골랐다.

양구오의 주먹을 피하려 바짝 움츠렸던 박이칠은 그 틈에 살그머니 몸을 뒤로 물렸다.

"……죄송합니다, 형님."

"올라가 봐."

양구오는 눈을 감은 채 평정을 되찾은 목소리로 말했다.

"네?"

"4층으로 올라가 공삼이 일을 거들어."

"네……."

박이칠은 도망치듯 얼른 자리를 벗어나 계단을 뛰어 올라갔다.

양구오는 한참 동안 소파에 앉아 있었다. 뉴스에서 나오는 소리만이 텅 빈 공간에서 저 홀로 춤을 췄다.

얼마나 시간이 더 흘렀는지 모른다. 양구오는 지금 찾아야 하는 게 무엇인지 모른다는 것만큼 혼란스러운 게 하나 더 있었다. 시간이었다. 바깥의 시간은 단 일초가 아깝다는 듯이 빛의 속도로 움직였다. 그러나 그 모든 움직임이 에워싸고 있는 이 미술관 안의 시간은 완전히 멈춰 있었다. 이럴 수가 있을까?

그는 눈을 뜨고 서서히 일어났다. 담배를 꺼내려다 말고 계단으로 몸을 틀었다. 잠시 망설이다 2층으로 내려갔다.

2층으로 내려 온 양구오는 휴게 공간 구석의 자판기로 향했다.

자판기 앞 소파에는 김우진이 대리석으로 만든 조각상처럼 무겁게 앉아 있었다. 둘은 잠깐 눈이 마주쳤지만, 약속이라도 한 듯 무심히 시선을 피했다.

양구오는 자판기에서 커피를 빼내 다시 발걸음을 놓았다. 두어 걸음 가다 돌연 멈춰 서더니, 김우진을 내려다보았다.

발소리가 그치자 김우진은 자연스럽게 눈을 들었고 양구오가 자신을 쳐다보고 있다는 걸 알았다. 양구오는 툭 내뱉듯 말을 걸었다.

"너도 참 수고가 많다."

김우진은 흘려들었다.

"애들 세 명 데리고 다니는 나도 이렇게 힘든데, 열댓 명 우르르 끌고 다니는 너는 오죽 힘들겠냐?"

김우진은 계속 못 들은 척했다.

"손자병법에 이런 말이 나온다. 울고 싶어 하는 사람 뺨 때리지 말라고."

그 말에 김우진은 결국 그를 올려다보았다. 양구오는 자신을 봐줘서 좋다는 듯 씩 웃었다.

"나는 너희 같이 잘나고 똑똑한 애들이 왜 이런 바보 같은 짓을 하는지 도무지 이해가 안 가. 싸움 상대도 잘못 골랐고, 싸움 걸 타이밍도 잘못 잡았고, 싸우는 방법도 잘못 택했고. 왜 우리한테 미리 와 상의하지 않았냐? 그런 건 우리가 전문가인데. 정말 이해가 안 가."

"당신 같은 사람들이 우리의 일을 이해한다면 그거야말로 정말 이해할 수 없는 일이겠죠."

양구오는 다시 다가와 그의 정면에 서서 말했다.

"그래? 그럼 누가 너희들이 한 짓을 이해해야 하지? 내가 보기에는 지금 여기 있는 애들 말고는 아무도 이해하지 못하는 것 같은데. 아니지, 아마 이젠 뒤늦게 정신 든 몇몇 녀석들도 자기가 왜 이런 바보 같은 짓을 했는지 이해하지 못하고 있을걸?"

"우리는 당장 나타나는 결과에 연연하지 않아요. 지금은 사람들이 당황하고 혼란스럽겠지만, 시간이 지나면 충분히 공감하고 이해할 거예요. 늘 그랬듯이, 의미는 사람들이 아니라 역사가 만들어 주는 거니까요."

양구오는 순간 웃음이 터졌고 커피까지 출렁여 바닥에 조금 쏟아졌다.

"……역사? 의미? 하하하!"

양구오는 가소로워 참을 수 없다는 듯이 웃었다.

"얘가 사람 웃기는 재주도 있네. 야, 그게 너희들하고 무슨 상관이 있어?"

"우리가 바로 그 의미를 만들고 있으니까요. 어느 시대나 우리 같은 사람들이 역사를 앞으로 나아가게 했어요. 당신 같은 사람도 그 정도는 알잖아요?"

양구오는 또 하나의 시간이 기둥을 세운 듯한 착각이 들었다. 미술관 바깥의 분주한 시간과 미술관 안의 멈춰버린 시간 그리고 이 머리에 피도 안 마른 녀석들의 시간. 미술관은 멈춰 있었지만 그 안에서 터무니없는 미래라는 시간을 얘기하는 인간들이 있다니. 양구오는 충고를 하듯 말을 꺼냈다.

"……나를 마치 학교도 제대로 못 다니고 뒷골목에서나 굴러먹으며 엄한 사람들 괴롭히는 걸로 사는 깡패 정도로 아나 본데, 나도 대학은 나온 사람이다. 그래, 이 이야기를 해주지. 내가 대학 다닐 때도 너희 같은 애들이 있었어. 사회니 역사니 투쟁이니 진보니 하며 허구한 날 데모를 했지. 나중에 보니까 걔네들이 졸업하고 나서도 정치판 여기저기로 진출해 계속 그 짓을 하더니, 결국 정권을 잡더라고. 솔직히 마음에 들지는 않았지만, 이런 생각은 했지. 걔네들이 목숨 걸고 싸운 대로 이젠 세상이 좀 바뀌겠구나, 나아지겠구나. 근데 웬 걸? 나아지기는 개뿔. 걔네들도 다 비리에 얽혀 깜방 가더라. 의미? 웃기려면 제대로 웃겨. 너희들이 지금 하는 짓, 방구석에서 딸딸이 치는 것만큼의 가치도 없는 일이야. 역사? 역사라고 했나? 농담이지? 역사는 너희 같은 애들이 움직이는 게 아니야."

양구오는 약간 어지러웠다. 생전 안 하던 말을 길게 한 탓인지 갑자기 피로감이 밀려드는 걸 느꼈다.

"나, 너희들 때문에 많이 힘들다. 하지만 한편으로는 흥미진진하고 궁금하기도 해. 너희들이 벌인 짓이 앞으로 어떻게 끌려가고 어떻게 끝날지. 잘해 봐. 도와줄 일은 없겠지만 말리지도 않으마."

그때였다.

"우진아!"

유한나가 계단을 올라오고 있었다. 2층으로 올라온 그녀는 양구오를 발견하고 잠깐 멈칫했지만, 그다지 의식하는 기색은 없었다.

"애들 다 모였어. 나가자."

김우진은 테이블 위에 놓인 유인물을 집어 들고 소파에서 일어났다.

같은 공간에서 다른 목표와 다른 목적으로 다른 일을 하는 두 사람은 실은 나눌 말이 없었다. 아르스 미술관이 아니었다면 평생 얼굴 마주칠 일도 없었을 것이다. 이 짧은 대화에 무슨 의미가 있을 리도 없었다. 그런데도 뭔가 더 할 말이 있는 것처럼 두 사람은 잠시 마주보며 서 있었다.

　김우진이 그녀와 함께 1층으로 내려간 뒤에도 양구오는 계단 끝으로 시선을 고정한 채 커피를 홀짝였다. 그러다가 문득 이러고 있는 자신의 처지가 기가 막혔는지 고개를 천천히 젓고는, 종이컵을 구겨 쓰레기통에 던지고 달리듯 걸어갔다.

　미술관 앞마당에 정렬한 학생들은 자신이 리드하며 구호를 외치자 익숙하게 따라 외쳤다. 구호가 전보다 딱딱 맞아떨어지지는 않았지만 소리는 더 우렁찼다. 내부에서 일어나는 동요와 그것을 감추고 극복하려는 의지가 구호에서도 드러났다.

　미술관 바깥 상황은 크게 달라진 게 없었다. 기자들의 취재 경쟁도 여전했고, 경찰들도 여전히 분주했다. 다만 보이지 않는 감시자의 눈들이 많이 늘어났다는 느낌이 막연하게 들었다. 민감해서라기보다 불편한 마음이 원인을 그런 쪽으로 돌리는 것 같기도 했다.

　불편한 게 또 하나 있었다. 양복 차림의 남자들이 한쪽에 모여들었다. 만난 적이 있던 사람도 있고 그저 화면에서나 얼굴이 익은 사람도 있었다. 그 서너 사람으로 추정하건대 그들은 문화예술부에서 나온 사람들, 행정부처 관리들 그리고 국회의원들이었다.

　그들은 서로 소곤거리는 동작으로 밀담을 주고받았는데, 몸에 밴 듯 익숙하고 자연스러워 보였다. 언제 어디서나 저런 틀에 박은 태도가 나올 만큼 몸에 배어 버렸을 것이다. 그리고 그들이 자신들에게도 저렇게 얘기할지도 모른다는 생각이 미치자 갑자기 등골이 서늘해졌다. 그때 또 한 무리의 양복 차림을 한 사람들이 우르르 내렸고 그 중 한 사람은 잘 아는 얼굴이었다.

잠시 후 그는 성명서를 꺼내 낭독했고, 유한나가 그 내용을 영어로 통역했다.

성명서 낭독이 끝난 후, 그는 다시 학생들과 함께 구호를 외쳤다. 유한나가 인상을 찡그리며 바짝 다가와 속삭였다.

"그림을 가지러 간 명호가 안 내려와. 내가 잠깐 올라가 볼게."

"그래? 그럼 내가 갈게. 목이 아파 물 한 잔 마시고 와야겠어. 네가 여기를 맡아. 나래보고 준비하라고 하고."

김우진은 확성기를 그녀에게 건네고 미술관으로 뛰어갔다.

그는 미술관 출입문 바로 옆에 선 두 사람을 흘깃 보았다. 고진미와 주민수의 얼굴에 복잡한 심경이 고스란히 떠올라 있었다. 그는 인사조차 건네지 않고 문을 밀고 안으로 들어갔다.

고진미와 주민수는 마음속으로는 이미 팔을 걷어붙이고 있었다. 학생들이 오후 시위에서 그림을 또 한 점 태울 것이라는 소식을 들었기 때문이다. 이번에는 적극적으로 저지해 보려고 나와 있었다. 시위대 안에서 또 다른 시위를 벌이려고 하는 두 사람이었다.

"이제 시작하려나 봐요."

고진미는 1층 계단을 오르는 김우진을 보며 말했다.

"제가 올라가 볼게요. 올라가서 말려야 할 것 같아요."

"아니에요. 갖고 내려오는 것 보고 말려도 상관없어요."

고진미가 주민수의 팔을 살짝 잡았다.

"아니, 그래도 위에서부터 막아서는 게."

"어머머."

주민수가 고진미의 팔을 뿌리치려는 순간, 고진미가 뭘 봤는지 깜짝 놀라 소리를 질렀다.

"무슨 일이에요?"

"저기 보세요. 밖에 관장님과 새턴 사장님이 나와 있어요. 저기요. 왼쪽 TST 중계방송 차 쪽에요."

주민수도 고진미가 가리키는 곳을 시선으로 찾았다.

그곳에는 아르스 미술관 관장과 새턴 커뮤니케이션 사장이 한 무리의 회사 사람들과 함께 미술관 쪽을 바라보고 있었다.

"오셨군요……. 많이 심란하시겠어요."

"있다가 핸드폰을 빌려 통화해 봐야겠어요. 걱정이 제일 많은 사람은 저 두 분일 텐데요."

"우리를 보고 계세요."

"정말 그러네요."

고진미와 주민수는 밖에 있는 두 사람과 눈이 마주쳤다는 것을 알고 어색한 모양새로 가볍게 손을 흔들어 보였다. 밖에 있는 두 사람도 손을 들어 응답했다.

"하, 앞으로 이 모든 일의 뒤처리를 어떻게 해야 할지……."

고진미의 마음이 더욱 무거워졌다. 바로 그때, 주민수가 홀 쪽을 가리키며 큰 소리로 말했다.

"학생들이 그림을 갖고 내려 와요! 빨리 들어가 보자고요."

두 사람은 심호흡을 하고 미술관 1층 홀로 들어갔다.

김우진과 김명호가 그림 한 점을 들고 내려와 막 홀을 가로질러 걸어왔다.

주민수가 각오를 단단히 하고 김우진을 막아섰다.

"우진아, 이러지 마. 이렇게 하면 안 돼."

어깨를 밀치고 나가려 하자 주민수가 김우진의 팔을 꽉 붙잡았다. 김우진은 비장했고, 주민수는 절실했다. 한쪽은 눈빛이 날카로워졌고 다른 한쪽은 입을 다부지게 다물었다. 나가려는 자와 막으려는 자 사이엔 긴장감이 솟구치는 게 아니라 오히려 서글픔 같은 게 흐르고 말았다. 그걸 밀쳐내려는 듯이 김우진이 그의 손을 뿌리쳤다.

그러자 이번에는 김우진의 허리를 붙잡고 소리쳤다.

"우진아, 이러지 말라니까! 이러면 이럴수록 너희들만 궁지에 몰려. 그걸 모르겠니?"

주민수에게 꽉 붙잡혀 버리자 김우진은 들고 있던 그림을 김명호에게 넘겼다. 김명호는 바통을 이어받은 주자처럼 그림을 받자마자 서둘러 밖으로 향했다.

주민수가 김우진을 놓고 김명호에게 달려가려 했다.

"주 과장님!"

갑자기 고진미가 그를 큰 소리로 불렀다.

거구의 몸이 거짓말처럼 부드럽게 멈췄다. 이미 고개도 고진미를 향해 확실하게 돌아가 있었다.

"주 과장님, 말릴 필요 없어요. 그냥 내버려 두세요."

이 틈에 거의 문 앞까지 다다른 김우진과 김명호도 놀랍다는 듯 그녀를 돌아보았다. 이제 문을 밀고 나가기만 하면 됐지만 그녀의 말이 자극한 호기심은 잠깐 시간을 정지시킬 정도였다.

"네? 뭐라고요?"

"그냥 내버려 두라고요."

주민수는 그 와중에도 몇 걸음을 더 옮겼다.

이제 막 뛰어서 덮치면 바지가랑이라도 잡을 수 있을 것 같았다. 도약하려고 무릎을 살짝 구부릴 때 그는 무언가에 깜짝 놀란 듯 자세를 멈추었다. 그리고 고진미가 왜 그런 엉뚱한 말을 했는지 알게 되었다. 아니 그는 이미 김우진과 김명호가 그림을 가지고 내려올 때 그 사실을 눈치 챘다. 다만 감각의 데이터가 늦게 나와 판단이 안 섰을 뿐.

그는 고진미를 돌아보았다. 그녀는 이미 미술관 앞마당에 내려서 있는 김우진과 학생들을 바라보고 있었다. 그녀의 시선은 조금 전 초조했던 모습과 달리 평안했고 주민수도 그것을 이해했다. 그는 그녀가 서 있는 미술관 출입문으로 걸어갔다.

김우진이 막 김명호에게 그림을 건네받았다. 어제처럼 철제 이젤과 스탠드 위에 세워진 횃불 점화봉이 있었다.

그는 그림을 철제 이젤에 올려놓고 확성기를 들었다. 두 사람은 철제 이젤 바로 뒤로 서서 경찰과 기자들을 향해 큰 소리로 외치기 시작했다.

"우리의 요구 사항은 변함이 없다. 우리는 그레고리 헨더슨이 약탈해 간 문화재들을 빠른 시일 내에 돌려받고 더 나아가 미국이 약탈해 간 만여 점이 넘는 문화재들의 반환협상에 미국이 성의 있고 적극적인 자세로 나오기를 강력히 요구한다. 하지만 아직까지도 미국은 묵묵부답으로 일관하고, 한국 정부는 미국의 눈치만 보기에 급급한 모습이다. 그러면서도 뒤로는 비열한 언론 플레이를 통해 우리를 테러리스트로 몰아세우며 탄압의 구실을 찾고 있고, 더 나아가 약탈된 문화재를 찾고 지키려는 대한민국 국민 모두의 열망을 무참하게 짓밟고 있다. 정치인들은 또 어떤가? 누구보다 먼저 이 일을 주도했어야 할 그들은 몸 사리기에 바쁘고, 평소 그렇게 요란하게 떠들어 대던 시민단체들도 침묵으로 일관하며 기회주의적인 속성을 적나라하게 드러내고 있다."

김우진의 말을 유한나가 통역해 낭독했다.

이제 둘의 낭독과 통역은 척척 손발이 맞아서 사람들은 김우진의 말이 끝나면 다들 동시에 유한나에게로 시선을 돌렸다.

"이에 우리의 요구 조건을 관철하고자 이미 수차례 경고한 대로 오늘도 조지아 오키프의 그림 한 점을 불태울 것이다. 미국은 우리의 행동을 범죄 행위로 규정하기 전에, 한국인의 정신이나 마찬가지인 우리의 소중한 문화재를 도둑질한 그레고리 헨더슨과 돈벌이에 혈안이 돼 그 문화재들을 닥치는 대로 팔아 치운 그레고리 헨더슨의 부인 마리아 헨더슨의 범죄 행위를 떠올려야 할 것이다. 또 우리 행동의 과격함을 비난하기 전에, 약탈해 간 문화재로 자기 집을 도배하다시피 해 고려 불화를 벽난로 위에 걸어 놓고 조선 백자를 화장실 인테리어 소품으로 장식해 놓기까지 한 헨더슨 부부의 무식함을 비난해야 할 것이다. 1988년 그레고리 헨더슨은 집을 손보기 위해 지붕 위에 올라갔다가 떨어져 죽었다. 한국에서는 이런 경우를 두고 천벌을 받았다고 말한다. 이젠 미국이 그레고리 헨더슨의 범죄 행위로 인한 천벌을 받고 있는 것이다. 우리는 더 이상 미국이 그런 천벌을 받기를 원하지 않는다. 미국의 현명한 판단을 기다리고 있겠다."

유한나는 통역을 끝낸 후, 스탠드에 고정해 놓은 횃불 점화봉을 빼내 불을 붙여 김우진에게 건네줬다.

그는 횃불을 받아 들고 그림이 올려진 철제 이젤 옆으로 바짝 다가갔다.

김우진은 횃불을 들고 미술관을 에워싼 사람들을 둘러보았다. 갑자기 인파가 늘어났다는 걸 대충 어림으로도 알 수 있었다. 수백억짜리 그림이 불타는 장면을 또 어디서 볼 수 있겠느냐는 걸까? 아니면……. 힘내세요.

잘못 들었는지는 몰라도 힘내라는 말이 살짝 귀에 얹혔다. 어디서 그런 말이 바람을 타고 들려 온 건지 알 수 없었다. 환청인지도 몰랐다. 문득 저 구경꾼들 중에 자신들을 응원하는 사람들이 있고, 이 안으로 들어오고 싶어 하는 사람들도 있을 것만 같았다. 그것이 망상에 불과할지라도 그는 작은 응원들이 절실하게 필요했다.

왜냐하면 자신들은 지금 사막 한가운데를 걷고 있기 때문이었다.

어디선가 불어 온 바람에 횃불이 흔들리자 웅장하고 압도적인 일성의 울림이 터져 나왔다. 정말 해서는 안 될 일이라며 모두가 합의해 울려 나온 경고성일까? 그는 공작의 날개에 담겨 공작의 의지대로만 움직이는 수백 개의 눈을 떠올렸다. 이들이 언제쯤 움직여 줄까? 그래, 너희들이 잘하고 있는 거라고. 그는 아무도 모르게 중얼거렸다. 도와주세요. 우리에게 힘내라고 말해 주세요.

"우진아, 지금이야!"

유한나의 목소리가 들렸는데 바로 옆의 그녀가 무슨 말을 하는지도 알아들을 수 없었다. 다만 그 목소리가 신호라는 건 온몸이 정확하게 받아들였다. 그는 서서히 횃불을 그림에 갖다 대기 시작했다.

조지아 오키프의 두 번째 그림이 타오르기 시작했을 때, 그림에 쏠렸던 시선이 자신에게로 서서히 향하고 있다는 걸 느꼈다. 그는 더 이상 견디지 못하고 바로 돌아섰다.

오후 4시, 예정대로 미술관 앞마당 휴게 공간의 테이블에서 김우진과 세 사람의 면담이 시작되었다.

그의 맞은편에는 문화예술부 장관과 국립유물박물관 관장 그리고 서울 아트 인스티튜트 서양화과 학과장이 앉았다. 그 뒤로는 주민수 못지않은 거구의 종로경찰서 서장이 뒷짐을 쥐고 서서 주변을 서성이며 미술관 안을 살폈다.

김우진 바로 뒤 테이블에는 만일의 상황을 대비해 학생 다섯 명이 정문 쪽을 주시하며 앉았다.

면담은 먼저 문화예술부 장관과의 대화로 시작되었다. 대화라기보다는 시종일관 나무라듯이 강압적인 태도였다.

"……이런 식으로 해서는 안 돼. 모든 일은 대화로 풀어 나가고 절차를 밟아 진행해야 하는 거야. 알 만한 학생들이 왜 이러나! 당장 미술관에서 나오라고!"

"절차요? 우리가 그동안 문화예술부와 얼마나 많이 접촉해 왔는지 아십니까? 그때는 우리말을 듣지도 않았습니다. 그러다가 이렇게 일을 저지르고 나니까 비로소 얼굴 마주하며 진지하게 이야기하는 거예요."

"우리도 해외로 유출된 문화재 환수를 위해 최선을 다하고 있다고. 그걸 왜 모르나!"

"이것 한 가지 말씀드리죠. 우리가 이 계획을 세우기 전에 학생들 사이에서는 미술관이 아니라 문화예술부를 먼저 점거해야 한다는 말까지 나왔습니다. 때리는 시어머니보다 말리는 시누이가 더 밉다고, 문화예술부에서 한 일이 도대체 뭡니까? 국민들의 세금 받아다가 뭐하는 데 쓰고 있습니까? 문화예술부에서 해외로 유출된 문화재가 있다는 사실을 알고나 있습니까? 장관님은 도대체 뭐 하시는 분입니까? 왕궁에서 바비큐 술 파티나 하고 국보가 불타는데 해외 유람이나 갔다 오고. 창피하지도 않습니까?"

"이런 호로 새끼가! 너 말이면 다인 줄 알아!"

"한 나라의 문화를 책임지는 분이 어쩌면 매번 그렇게 비문화적인 말만 쏟아내시는지……. 장관님과는 더 이상 이야기하고 싶지 않습니다. 사실 제가 존경하는 두 분이 오신다고 하셔서 이 자리에 나온 거지 장관님 때문이라면 창피해서 나오지도 않았을 겁니다."

"너 이 새끼!"

"장관님, 좀 진정하십시오. 제가 잠깐 말을 하겠습니다."

대화가 감정적으로 흐르자 옆에 앉은 국립유물박물관 관장이 나서서 대화를 돌렸다. 백발이 성성한 관장은 문화예술부 장관과는 달리 점잖았다.

"김우진 학생, 자네들 마음 충분히 이해하네. 자네도 알다시피 나도 자네 나이 때는 스크럼도 짜고 돌도 던지고 이런 점거농성도 하고 그랬지. 충분히 이해해……. 좋아, 아주 솔직하게 얘기하지. 자네들은 명분도 분명하고 설득력도 있어. 또 방법도 우리 때는 상상도 하지 못했을 정도로 기발하고 훌륭해. 솔직히 감탄할 정도야. 하지만 이걸 알아야 하네. 이런 일을 할 때 가장 중요한 건, 명분이나 방법이 아니라 매 순간 순간마다 접하게 되는 상황이네. 지금 자네들이 처한 상황이 너무 안 좋아. 자네들도 그건 알고 있지?"

"……네. 하지만 계속 주변 상황의 눈치를 봐야 한다면 이런 일은 백 년이 지나도 못할 겁니다."

김우진은 차분하게 대답했다.

"자네들이 지금 하는 일은 백 년이 지나도 못 하는 일이 아니라 백 년 동안 해야 할 일일세. 문화재를 약탈당한 다른 나라에서는 이런 방법을 몰라서 오히려 약탈해 간 나라에게 질질 끌려 다니며 한 개라도 더 돌려받으려고 애를 쓰는 줄 아나? 거기에는 두 나라 사이의 외교, 정치, 경제 문제나 다른 여러 조건들이 맞물려 있기 때문이네. 자네들이 주장하는 헨더슨 컬렉션의 반환 문제도 우리나라와 미국과의 여러 관계 속에서 생각해 봐야 하는 거네. 결코 간단한 문제가 아닐세."

김우진은 진지한 어조로 호소하는 박물관장의 시선을 피한 채 아무 말도 하지 않았다.

"지금쯤 자네들도 아마 어떤 실수했는지 파악했을 걸세. 그건 내 입으로 말하지 않겠네. 중요한 것은 그 실수 자체에 있는 게 아니라 실수의 성격이니까. 자네들의 실수는 능력과 사고가 부족해서 나온 게 아니야. 그건 자네들이 대학생이고 어쩔 수 없이 어리기 때문에 나온 것이지. 자네들이 전문가가 아니라 아마추어이기 때문에 나온 거라고. 뿐만 아니라 그 실수는 미술관 안에서 계속 농성하면서 해결될 수 있는 성격의 것이 아닐세. 밖으로 나와서 다시 시작하면서 풀어야 하는 거라고."

"관장님…… 관장님께서 이런 일을 할 때 가장 중요한 건 명분이나 방법이 아니라 매 순간 순간마다 접하게 되는 상황이라고 말씀하셨죠? 지금 우리들이 처한 상황은 미술관을 점거했다는 사실입니다. 그리고 이렇게 미술관을 점거했다면 우리의 일을 끝까지 밀고 나가야 합니다."

"아니야, 아니지. 자네 말대로라면 지금 당장 점거농성을 풀고 학생들을 이끌고 밖으로 나와야 하네. 지금이 마지막 기회야. 조금 더 지나면 그렇게 하고 싶어도 할 수가 없어. 왜냐하면 시간이 가면 갈수록 어떤 명분을 위해서가 아니라 농성을 했기 때문에 농성을 하는 걸로 돼버리기 때문일세. 그건 내가 잘 아네."

"……관장님, 죄송합니다. 저희를 믿어 주십시오. 도와달라고 말씀드리지는 않겠습니다. 끝까지 믿어 주십시오."

"우진아."

이번에는 서울 아트 인스티튜트 서양화과 학과장이 말했다.

"나는 너 같이 우리 서울 아트에서도 십 년에 한 번 나올까 말까 한 천재적인 애가 왜 이런 무모한 일을 벌였는지 아직도 모르겠다……. 하지만 지금 이런 얘기는 하나마나일 거다. 이 말만 할게. 너도 알다시피 우리 학장님이 정계나 검찰, 경찰 쪽에 친분이 많다. 학장님이 너희들의 선처를 부탁하러 계속 움직이고 있었어. 그런데 조금 전에 점거농성을 빨리 풀고 나오면 아주 긍정적으로 검토해 보겠다는 약속을 받았다고 하셨어. 그러니까……."

"그런 게 걱정됐으면 이런 일은 처음부터 하지도 않았습니다. 그런 수고는 하지 말아달라고 해주십시오."

"우진아, 이러면 안 돼. 조금 전에 관장님도 말씀하셨잖아. 지금 너희들이 처한 상황이 너무 안 좋아. 너희들이 감당할 수 있는 영역을 완전히 벗어났다고. 관장님 말을 들어. 이 사회의 어른이셔. 말을 들을 때는 들어야 해."

학과장은 거의 사정하듯 말했다.

대화는 계속되었다. 대화의 골자는 당연히 빨리 점거농성을 풀고 나오라는 것인데, 문화예술부 장관은 여전히 상소리를 섞어 가며 소리만 질렀고, 서양화과 학과장은 애원조로 호소했다. 김우진은 처음에는 극단적인 방법을 택할 수밖에 없었던 이유와 학생들의 의지를 논리적으로 설명하는 듯했지만, 나중에는 고집을 부리듯 버티는 인상이었다. 그런 소모적인 논쟁을 국립유물박물관 관장은 안타까운 표정으로 말없이 바라보고만 있었다.

대화는 시간이 가면 갈수록 공허하게 흘러갔다. 그러자 뒤에 서 있던 경찰서장이 헛기침을 하더니 테이블로 다가왔다.

"……그만 마쳐야 할 것 같습니다. 더 이상 여기 있을 필요도 없고 있어서도 안 됩니다. 이 학생도 다 알아들은 것 같으니까 이제는 좀 생각할 시간을 주는 게 나을 듯합니다."

대화를 마무리지으려는 경찰서장의 말에 면담자 세 사람 모두 아쉬워하는 인상이었다. 그들은 김우진에게 재차 빨리 점거농성을 풀고 나오라는 당부를 하고 자리에서 일어났다.

"자네는 잠깐 앉아 있어. 나도 할 말이 있으니."

경찰서장은 김우진에게는 앉아 있으라고 손짓을 했다. 그는 세 사람을 인도해 미술관 정문으로 향했다. 밖으로 다 내보낸 경찰서장은, 다시 테이블로 돌아왔다.

그는 자리에 앉자마자 한숨부터 내쉬었다. 아무 말 없이 김우진을 쳐다보며 담배를 꺼내 피웠다. 한동안 그렇게 뜸을 들이다가 입을 열었다.
"저 잘난 양반들 말 들어 주느라 수고했다. 지금 저런 말들이 네 귀에 들어올 리 없지."

경찰서장이 하는 행동 하나하나가 어쩐지 조직폭력배의 그것과 많이 닮아 보였다. 특히 상대를 심리적으로 다루려는 태도가 그들의 매뉴얼과 비슷했다. 거의 다 피운 담배를 바닥에 끄고 나서 곧바로 핵심으로 들어갔다.

"……대꾸할 생각하지 말고 내 말 들어라. 너와 구질구질한 논쟁 따위는 하고 싶지 않다."

김우진은 한 시간 넘게 진행된 면담으로 지친 상태였지만, 낮은 저음으로 느릿하게 이어지는 그의 말에는 저절로 긴장되었다.

"조만간 미국 정부의 공식입장이 발표될 거야. 우리는 이런저런 채널을 통해 대충 그 내용을 알고 있어. 주한미국대사관에서 넌지시 비춘 대로 너희들의 행동을 테러로 규정한다는 게 주된 내용이야. 놀라지 않는 걸 보니까 너도 예상하고 있었던 것 같군. 테러로 규정한다는 말이 무슨 의미인지 아나? 너희들은 테러리스트라는 거고, 자발적으로 투항하지 않으면 미국이 대테러 진압작전을 벌인다는 거지. 우리보고 하라고 할 가능성은 적어. 왜냐하면 이럴 때 써먹으려고 만든, 최정예 요원들로 구성된 주한미군 산하 대테러 진압부대가 있는데 우리한테 맡길 리가 없지. 그런데 말이야, 그런 일이 벌어지면!"

경찰서장은 대수롭지 않게 한마디를 툭 던졌다.

"너희들은 다 죽어."

김우진은 이젠 반응할 힘도 없는 건지, 아니면 예상하고 있었다는 건지 별다른 동요는 없었다. 경찰서장이 좀 더 구체적으로 상황을 예견했다.

"다는 아니더라도 몇 명은 본보기로 죽어. 연행되어 구속되고 재판받고 교도소로 가는 게 아니라 미술관에서 죽는다고. 죽는다는 게 무슨 말인지는 알지? 어설프게 설득하지는 않겠다. 앞으로 계속 미술관을 점거할 건지 말 건지, 자네가 대장이니까 잘 알아서 판단해."

경찰서장은 느긋하게 미술관을 올려다보았다. 그의 시선은 플랜카드 높이쯤에 걸려 있을 것 같았다. 의자에 몸을 편하게 묻고, 또 담배를 꺼내 피우기 시작했다.

"……지금까지 한 말은 경찰서장의 입장에서 하는 공식적인 이야기야. 이제부터는 사적인 이야기를 할게. 이건 경찰서장의 입장이 아니라 대학생을 자식으로 둔 아버지의 이야기일 수도 있고, 이런 말 하기는 좀 쑥스럽지만 같은 한국 사람으로서 하는 이야기일 수도 있어."

김우진은 눈을 살짝 치켜떴다.

"너희들 일을 하늘이 돕지 않는 것 같다. 너희들이 3개월 전에만 이 일을 벌였다면 지금쯤 아마 전국에서 촛불 시위가 일어나고 있었을 거야. 나는 저 양반들과는 생각이 좀 달라. 내가 보기에 사람들이 너희들한테 등을 돌린 이유는, 너희들이 너무나 바보 같기 때문이야. 궁지에 몰린 쥐는 고양이를 물어. 그런데 우리는 고양이도 아니야. 주한미국대사가 한 말대로 우리가 쥐고 미국이 고양이야. 그 고양이를 그동안 쥐들이 죽을힘을 다해 몰아붙였는데, 적당히 하고 놔두면 알아서 정신 차릴 걸, 너희들이 막다른 골목까지 몰아붙여서 고양이가 반격할 기회와 명분을 줘버린 거라고. 미국은 큰 나라다. 가진 것도 많고. 너희들이 볼모로 잡고 있는 저깟 그림들이 다 탄다고 겁먹을 애들이 아니야. 게다가 너희들이 문화재 약탈 국가라고 지목한 유럽의 국가들은 미국의 입장을 지지하고 있고, 그 나라들도 모두 힘이 세. 너희들을 다 죽이고 미술관을 완전히 가루로 만들어 놔도 욕할 나라 하나도 없어. 겉으로는 욕할지 모르지만, 속으로는 잘했다고 박수를 칠 거야. 몇 년 전 러시아 바슬란 학교 인질 테러사건을 생각해 봐."

경찰서장은 숨을 고르듯 가벼운 한숨을 몇 번 내쉬고 나서 말을 이었다.

이전과는 달리 그의 눈빛에 동정의 감정이 스며들었다. 김우진은 분명 그걸 느낄 수 있었다. 진정으로 염려한다고는 믿지 않았다. 그래도 이 정도로 진정성을 흉내 내는 건 어려울 것 같았다. 감정이 실려서 그런지 그의 목소리는 가볍게 떨렸다.

"김우진이라고 했지? 우진아, 백기 들고 빨리 나와. 진심으로 하는 얘기다. 미국 애들이 전쟁터도 아니고 대한민국의 수도 서울 한복판에서 총 들고 설치게 만들지 마. 그런 거, 우리나라 사람들한테 보여주면 안 돼. 그리고 죽어서도 안 돼. 그 똑똑한 머리로, 그

배짱으로 나라를 위해서 앞으로 열심히 일해야지. 너희들이 하려고 한 일, 우리나라 사람들이 마음속으로는 다 공감하고 있어. 나와서 다시 시작해. 그 뜻을 반드시 이룰 수 있을 거다."

김우진의 시선도 자연스럽게 먼 하늘로 올라갔다. 오후를 지나 저녁으로 향하면서 구름이 끼던 하늘이 점점 어두워졌다. 우리 앞날도 저렇게 우중충해지는 건 아닐까, 마음 한편이 우울해졌다. 다시 경찰서장을 쳐다보며, 단호하게 말했다.

"진심 어린 충고 감사합니다. 하지만 서장님, 우리는 무슨 수를 써서라도 우리의 뜻을 이룰 겁니다. 두고 보십시오. 그런 모습을 반드시 보여드리겠습니다."

경찰서장은 김우진의 말에 의외로 편하게 반응했다.

"지금 바로 결정하라고 하는 건 아니야. 들어가서 깊이 생각해 보고 학생들하고도 진지하게 상의해서 결정하도록 해라. 영웅심 같은 건 쓰레기통에 갖다 버리고 현실을 냉정하게 직시해야만 해. 결정은 빨리하면 할수록 좋다. 결정하자마자 바로 연락하고."

경찰서장은 팔을 뻗어 그의 어깨를 가볍게 다독였다.

그는 곧 자리에서 일어나 천천히 발걸음을 옮겼다. 그런데 몇 걸음 가다 뭔가 생각이 난 듯 김우진을 돌아보았다.

"아, 중요한 걸 안 물어 봤네. 여기에 들어온 학생들이 너까지 해서 모두 열여섯 명이라고 했지?"

경찰서장은 테이블로 다가오며 자리에서 일어나려는 김우진에게 물었다.

"네."

"그리고 미술관 직원 두 명이 있고."

"네."

"그럼 지금 미술관에 모두 열여덟 명이 있는 거잖아? 그런데 열 탐지기로 보니까 세 명이 더 잡혀."

"네?"

"모두 스물 한 명이 있는 걸로 나와."

김우진은 순간적으로 당황했다. 하지만 이내 부드럽게 웃을 수 있었다.

"……학생이 세 명 더 있어요. 농성 팀에 합류할까 말까 마지막까지 망설이다가 같이 들어온 거예요. 유인물은 그 전에 만든 거라서 거기에는 안 나와 있을 겁니다."

경찰서장은 그를 빤히 쳐다보기만 했다. 그리고 확인했다.

"진짜지?"

"네, 여기에 또 누가 있겠어요."

"너희들…… 혹시 누군가의 조종을 받고 있는 건 아니지?"

경찰서장은 조심스럽게 물었다.

"말도 안 돼요. 그런 것 없어요."

김우진은 피식 웃으며 말했다.

"자네 말을 믿겠네……."

경찰서장의 석연치 않은 표정이 말과는 따로 놀았다. 심증은 있지만 확인할 길이 없을 때 작동하는 경찰 특유의 직감 같은 게 있을지도 몰랐다. 더 묻지는 않았다.

  김우진은 자리에 앉아 경찰서장이 나갈 때까지 눈을 떼지 않았다. 그가 무엇을 의심하게 될지는 알 수 없었다. 경찰서장은 나가자마자 누군가에게 지시를 내렸고, 곧 사람들 속으로 사라졌다. 그 후로도 그는 한참 동안 자리를 뜨지 않았다.

6

"형, 올라와 보세요! 곧 속보가 나온대요!"

김명호가 계단 난간을 잡고 아래로 소리쳤다.

미술관 1층 카페에 있던 김우진과 유한나가 2층으로 뛰어 올라왔다.

휴게 공간에는 이미 학생들이 여럿 모여 있었다. TV에서는 막 긴급 속보를 알린다는 멘트가 나오고 있었다.

앵커 ……미국이 아르스 미술관 점거사태와 관련해 조금 전에 공식입장을 발표했습니다. 미국은 이 사태를 장구한 인류 문화와 세계 평화를 위협하는 명백한 테러 행위로 보고 테러를 진압하는 데 총력을 기울일 것이라는 점을 분명히 했습니다. 국제부를 연결합니다. 안지향 기자! 먼저 미국의 공식입장 발표 소식부터 전해 주시죠!

기자 네, 미국 국무성이 조금 전 한국에서 벌어지고 있는 아르스 미술관 점거사태에 대한 공식입장을 발표했습니다. 미 국무성 대변인 에드먼드 리치는 긴급 브리핑을 통해 우선 아르스 미술관 점거사태에 대해 깊은 유감을 표명하고, 이를 비문화적이고 비이성적이며, 더 나아가 위대한 인류 문화와 세계 평화를 파괴하는 야만적인 테러 행위라고 규정하면서 미국은 사태를 결코 좌시하지 않겠다고 말했습니다. 국무성 대변인의 말을 잠깐 들어 보겠습니다(화면으로 국무성 대변인이 발표하는 장면이 보이고, 하단에 번역된 내용이 떠오른다/ **대변인** 우리는 이 사태에 대해 한국 정부는 물론 세계 주요 국가들과 심도 있는 논의를 하였다. 모든 국가들이 이 사태에 심각한 우려를 나타냈으며 그들의 행동을 인류 문화와 세계 평화를 위협하는 야만적인 테러라고 한 목소리로 규탄했다. 미국은 테러리스트와는 어떠한 협상도 하지 않는다는 원칙을 재천명하며, 가능한 모든 조치를 강구해 미국인, 더 나아가 예술과 문화 그리고 평화를 사랑하는 전 세계인의 마음을 비통하게 하는 이러한 테러 행위가 두 번 다시 발생하지 않도록 할 것이다).

앵커 발표 내용은 짐작했던 대로라고 할 수 있는데요, 미국이 이미 고강도의 대책을 세워 놓았다고 하죠?

기자 네, 그렇습니다. 미국은 이례적으로 공식입장 발표와 함께 아르스 미술관 점거사건에 대한 향후 대책을 발표했습니다. 미국은 아르스 미술관 점거 사흘째가 되는 내일, 한국 시간 오전 9시까지 학생들이 자진 투항하지 않을 시 곧바로 주한미군 산하 대테러 진압부대를 투입해 그들을 진압하고 조지아 오키프의 그림을 안전하게 보호하겠다고 했습니다. 이렇게 진압계획을 사전에 미리 통보하는 것은 매우 이례적인 경우로, 국무성 대변인의 말을 빌리면 이는 영원한 우방인 한국과의 관계를 우선적으로 고려하고, 미술관을 점거하고 있는 테러리스트들이 대학생 신분이라는 점 그리고 그들이 사람이 아닌 그림을 볼모로 잡고 있다는 점 때문이라고 밝혔습니다. 국무성 대변인의 발표를 계속 들어보겠습니다…….

미술관 3층 휴게 공간에서는 양구오가 연신 담배를 피워대며 TV에서 눈을 떼지 못했다.

앵커 ……미 국무성 대변인의 발표가 한국 시각으로 밤 9시에 나왔다면, 미국 현지 시각으로는 오전 7시일 겁니다. 그렇다면 상당히 이른 시각에 발표한 것으로 보이는데, 이것 역시 드문 경우가 아닙니까?
기자 그렇습니다. 그만큼 사안이 시급하다고도 볼 수 있고, 또 우리나라에서 벌어지는 일이고 학생들에게 내일 오전 9

시까지 자진 투항할 것을 권고한 만큼 우리 시각에 맞춘 발표라고도 볼 수 있습니다.

앵커 그런데 사전에 이미 보도자료가 배포되었다고 하죠?

기자 네, 사실 미국이 아르스 미술관 점거사건을 테러 행위로 보고 테러 진압작전을 펼칠 거라는 결정은 꾸준히 예견되었던 겁니다. 그리고 현지 시각 어젯밤 10시 경에는 그 내용을 담은 미국 정부의 공식입장 발표가 임박했다는 이야기가 나돌기 시작했고, 실제 새벽 네다섯 시 경에는 이미 로이터, AP, AFP, UPI 통신사 등에 관련 보도자료가 배포된 상태였습니다.

앵커 그러면 아르스 미술관 점거사건에 대한 미국 정부의 공식입장이 훨씬 이전에 발표될 수도 있었을 텐데, 사건 발생 서른여섯 시간 만에 나온 이유는 뭘까요?

기자 말씀드린 대로 미국 정부의 입장은 어쩌면 처음부터 결정된 것일 수도 있습니다. 하지만 우리 정부는 물론 문화재 유출 문제로 시시비비가 붙고 있는 다른 국가들과의 의견 조율이 필요했고, 무엇보다도 이 사건을 대하는 우리나라의 여론을 시간을 두고 살펴봐야만 했을 겁니다. 잘 아시다시피 현재 한국에서 반미 감정은 극에 달해 있습니다. 그렇기 때문에 성급한 결정은 자칫 불난 집에 기름을 붓는 격이 될 수 있고, 오히려 일을 더 어렵게 만들 수 있다고 본 거겠죠.

앵커 최 기자 말대로라면 미국이 우리나라의 현재 상황을 그리 불안하게 본 것은 아니라고 추론해 볼 수도 있겠습니다.

기자 맞습니다. 각 언론사와 인터넷 포털 사이트에서의 설문조사를 통해 아르스 미술관 점거사건을 보는 국내의 시각이 무척 냉정하다는 사실을 알 수 있었습니다. 또 여권은 물론 야권과 재야단체, 심지어 관련 시민단체들조차 학생들의 극단적 행동에 등을 돌렸고, 여기에 아직까지도 별다른 반응을 보이지 않은 해외의 약탈문화재 환수운동 관련 단체들의 미지근한 태도도 적잖은 영향을 끼쳤을 거라고 봅니다. 미국이 이런 전반적인 분위기를 간파한 것으로 보입니다.

앵커 미국 정부의 공식입장 발표 이후 여론의 동향은 어떻습니까?

기자 상식적인 이야기일 수도 있겠습니다만, 대테러 진압작전은 전경이 최루탄을 쏘고 곤봉을 휘두르며 시위나 농성을 진압하는 것과는 완전히 다른 차원의 방법입니다. 그것은 분명한 군사작전이고 인명살상용 무기가 사용되는 방법입니다. 또한 아무리 미국 화가의 그림을 볼모로 잡고 있다고는 하나, 우리나라 땅에서 벌어지는 일인데 진압을 우리 경찰이나 군이 아니라 실질적으로 미군한테 맡긴다는 데 문제의 소지가 충분히 있을 수 있습니다. 그럼에도 미국 정부의 공식발표에 대한 정치권과 여론의 반응은 대체로 차분한 편입니다. 이는 미국의 계획이 충분히 예견됐던 것이고, 무엇보다도 학생들에게 시간적 여유를 주었기 때문으로 풀이됩니다. 많은 전문가들은 학생들이 최정예요원들로 구성된 주한미군 산하 대테러 진압부대와 맞서 싸울 힘도, 명분도 없다는 점을 이유로 들어, 학생들이 자진 투항할 것으로 낙관하고 있습니다.

앵커 그러나 만의 하나 있을지도 모르는 유혈 사태에 대한 대비책도 반드시 필요할 것 같습니다. 이에 대한 우리 정부의 입장은 어떻습니까?

기자 조금 전 국방부 장관이 청와대로 들어갔다는 소식이 있었습니다. 청와대 대변인의 말을 빌리면, 그 자리에서 무리한 무력진압을 지양하고 마지막까지 비폭력적이고 평화적인 방법으로 해산을 종용해 줄 것을 당부하는 내용이 담긴, 주한미군 사령관에게 보낼 대통령의 친서가 전달될 것으로 보입니다. 사실 미술관을 점거하고 있는 학생들이 무장을 한 상태도 아니고, 대테러 진압작전을 펼치겠다는 미국의 입장이 명분용이라는 색채가 짙기 때문에, 실제 무력을 동원해 진압작전을 펼칠 가능성은 그리 높지 않을 것이라고 전망하고 있습니다.

앵커 그럼에도 일부에서는 이른바 증권가 루머를 통해 급속도로 번지고 있는 '농성 학생 전원 몰살설'이나 '주동 학생 사살설'에 주목하고 있고, 또 학생들이 비록 무장을 하지 않은 상태이고 사람을 인질로 잡고 있는 게 아니라 하더라도 순식간에 수천억 원에 달한다는 그림들을 태울 수도 있기 때문에 예기치 않은 일이 발생할지 모른다고 우려하고 있습니다.

기자 그건 그리 걱정할 문제가 아닌 것 같습니다…….

"형님! 형님!"

박이칠과 오공삼이 달려와서 숨을 헉헉거렸다.

"어떻게 됐나? 다들 뭐 하고 있어?"

양구오의 시선은 여전히 TV에 붙들려 있었다.

"전부 2층에 모여 있습니다. 미술관 직원들도 있고요. 서로 소리 지르고 싸우고 난리던데요?"

"내려가 보자."

"거기에 끼시려고 합니까?"

"아니다. 무슨 이야기를 하는지 들어 보려고 한다. 우리의 목숨과도 직결된 문제야."

양구오와 박이칠과 오공삼은 서둘러 2층으로 내려갔다.

미술관 2층 전시실 안에는 학생 열여섯 명 전원이 한쪽 구석에 동그랗게 모여 앉았다. 격론에 가까운 토론이 벌어지고 있었다.

고진미와 주민수가 그 뒤에 서서 이야기를 들었다. 양구오 일당은 안으로 들어가지 않고 전시실 입구 쪽에 슬그머니 섰다.

"이건 말도 안 되는 일이에요. 아무리 미국 화가의 그림을 볼모로 잡고 있다고 해도, 우리나라에서 벌어지는 일에 미군이 개입해 군사작전을 펼친다는 게 있을 법한 이야기냐고요."

한 학생이 격분했다. 그러자 다른 학생이 고조된 분위기를 타고 가세했다.

"더 괘씸한 건 언론이 상황을 계속 우리한테 불리하게 몰고 간다는 거예요. 사람들이 대부분 우리가 백기를 들고 나올 거라고 보고 있다고 하고, 미국이 말로만 테러니 뭐니 하며 강하게 나오는 거지 실제로는 우리나라 전경들의 시위진압 수준의 작전만 펼칠 거라고 말하고 있어요. 이런 상황에서 우리가 조금이라도 탄압의 구실만 제공해 주면, 자기들은 참을 만큼 참고 봐줄 만큼 봐줬는데 우리가 도를 넘어서 그런 거라고 할 거라고요."

"그래서 너희들 생각은 어떻다는 거야?"

유한나가 두 사람에게 물었다.

"저는 끝까지 싸울 거예요."

"저도요. 이렇게 나가면 오히려 웃음거리밖에는 안 돼요. 뭘 한 게 있다고 나가요?"

"근데 이런 생각도 해봐야 해."

한쪽에 비스듬히 앉아 있던 김명호가 조심스럽게 말했다.

"너희들도 알다시피 전경이건 미군이건 이 미술관으로 들어올 데는 저 정문밖에는 없어. 우리는 분명히 정문만 넘어오면 그림들을 다 태우겠다고 했고, 저들도 정문을 넘는 순간 그림들이 다 탄다는 걸 알고 있어. 그럼 진압작전을 펼치겠다는 말은 뭐겠니? 미군이 여기에 소화기를 들고 오겠다는 말이 아니야. 지금 파다하게 퍼진 소문처럼 우리 가운데 몇 명은 본보기로 죽이겠다는 말이라고. 더 이상 미국에게 까불지 말라는 경고로 말이야."

"명호 형 말이 맞는 것 같아요."

학생 한 명이 더 거들었다.

"만약 우리가 막판에 몰려 우리나라 전경들과 싸운다면 싸울 수 있어요. 서른 점의 그림을 다 태우고 더 이상 볼모로 잡고 있을 게 없을 때는 어떻게 해야 할지, 연습도 많이 하고 준비해 온 것도 있잖아요. 하지만 그건 최루탄이나 물대포 같은 것과 맞설 때나 하는 얘기죠. 미군은 최첨단 장비와 무기로 무장을 하고 들어와요. 우리는 맨손 하나 믿고 있는 거고 저들은 총을 들고 있는 거라고요. 방법이 없어요."

그 학생의 말이 끝나자마자 다른 학생들이 반론을 펼쳤다.

"해볼 때까지는 해봐야 해!"

"미군이 우리를 쉽게 죽이지는 못해. 그렇게 무턱대고 일을 저지르고 나면 뒷감당하기 힘들다는 걸 누구보다도 잘 알고 있다고."

그러자 한쪽에서 곧바로 또 다른 반론이 고개를 들이밀었다.

"이건 감정적으로 접근해서는 안 되는 일이야. 오기를 부려서는 더더욱 안 되고."

"뒷감당하기 힘들다고? 지운아, 네가 네 입으로 말한 것처럼 그 정도는 언론 플레이로 순식간에 해결돼."

"잠깐만요!"

갑자기 고진미가 소리를 질렀다.

학생들의 격렬하던 토론도 중지되었다.

시선이 한꺼번에 그녀에게로 쏠렸다.

물음표들이 둥실 떠올랐다. 그녀가 이 순간에 논쟁을 중단시켰다는 것은 논쟁의 한가운데로 몸을 던진 것이나 마찬가지였다. 왜 그녀가 그런 무모한 행동을 하는지 모르겠다는 물음표였다.

"잠깐만요. 제 이야기를 먼저 들어 보세요."

그녀는 작정한 듯 학생들 가까이 다가갔다.

"이 미술관은 새턴 커뮤니케이션이 공익 차원에서 아무런 사심 없이 순수하게 만든 미술관이에요. 여기서 개관 기념전으로 조지아 오키프 전을 연 것뿐이고, 그것도 우리나라에서 한 번도 선보인 적 없는 미국의 위대한 화가 작품을 우리나라 사람들에게 보여 주자는 의도였지 다른 의도는 전혀 없었어요. 그런데 여러분은 여길 무단점거하고 결국 이 지경까지 몰고 온 거예요. 관장님이 없는 지금, 제가 아르스 미술관의 실질적인 책임자이지만, 지금까지 여러분들의 행동에 대해 직접적으로 말한 적은 없었어요. 아무 잘못도 없는 미술관을 이렇게 만들어 놓은 여러분들의 행동에 누구보다도 화가 나고 분통이 터졌지만, 말을 아꼈어요. 물론 말을 해도 먹혀들지 않았겠죠. 하지만 더 큰 이유는 좀 지켜보자고 생각했기 때문이에요."

고진미는 전시실 바닥에 앉은 학생들을 하나하나 훑어보았다. 구호를 외치고 그림을 뜯어낼 때는 몰랐는데 이렇게 모아놓고 한꺼번에 보니 다들 더 어려 보였다. 잠시 후, 그녀는 차분한 말투로 말을 이었다.

"……솔직히 말해, 여러분들은 지금 하는 일이 굉장하고 대단한 일로 생각되겠지만, 제 눈에는 애들 소꿉장난처럼 보이기만 해요."

그 말에 한 학생이 새된 목소리로 소리쳤다.

"말 함부로 하지 마세요!"

"아니오, 사실이에요. 소꿉장난이라는 말이 듣기 싫으면 사내애들이 하는 병정놀이라고 할까요?"

고진미는 그 학생의 눈을 똑바로 노려보았다. 살아오면서 그녀가 누구를 노려본다거나 하는 일은 거의 없었다. 매사에 좋은 게 좋은 거였고, 여태 그렇게 사는 게 나쁘지 않았다. 그래서 소심하다는 얘기도 많이 들었다. 이틀 사이에 그녀는 조금씩 자신이 독하게 변할 수 있다는 사실에 놀랐다. 평생 한 번 겪을까 말까 한 일이 닥쳤고, 평생 만날 일도 없을 조직폭력배에게도 시달렸는데 사람이 안 변할 수 있을까 싶기도 했다.

"여러분들은 다른 곳보다 경비가 허술한 미술관을 손쉽게 점거하고 사람이 아닌 천문학적 금액의 그림들을 볼모로 잡는, 그러면서도 사람을 인질로 잡는 것만큼의 효과가 있는 기상천외한 방법으로 밖에 있는 사람들을 꼼짝 못하게 만들었다고 생각하겠지만,

사실은 그 반대로 여기 들어올 때부터, 아니 들어오기 전부터 그 사람들의 작전에 완전히 말려들어 간 거예요. 제가 왜 이렇게 생각하는지 말씀드릴게요."

학생들의 표정이 진지해졌다. 그들이 미술관을 점거할 때만 해도 그녀는 그다지 존재감이 없었다. 누구도 그녀를 신경 쓰지 않았다. 그녀에 대한 주의 사항 같은 것도 받지 않았다. 중간에 느닷없이 무대 중앙으로 올라온 그녀는 놀라운 발언을 하고 있었다. 그녀의 역설도 너무 도발적이었다. 작전에 말려들었다는 표현은 충격을 줄 정도였다.

그녀도 자신의 말에 다들 신경을 곤두세우고 있다는 걸 온몸으로 느낄 수 있었다. 약한 전기가 온 것처럼 저릿저릿했다.

"사람들은 우리나라 미술관에서 여는 외국 유명 화가들의 전시에 그 작가의 원화들이 온다고 생각해요. 하지만 미술관 일을 좀 아는 사람들은 원화는 일부만 오고 나머지는 해당 국가에서 만일의 사태를 대비해 외부 전시용으로 만든 복제화가 온다는 사실을 잘 알고 있어요. 아무리 해외 전시로 수익을 창출한다고는 해도 자국 작가의 원화를 모두 다른 나라에 보내는 일은 거의 없어요. 특히 현대 미술이 아닌 경우는 그런 경향이 더 크죠. 이건 사실 공공연한 비밀에 속하는 일이에요. 제가 무슨 말을 하려는지 감을 잡으셨나요? 여러분들이 쌓아 놓은 조지아 오키프의 서른 점의 그림, 그 가운데 스무 점이 바로 그런 복제화예요. 원화는 열 점밖에 안 돼요."

예상한 대로였다. 학생들의 표정은 제각각이었는데 대체로 얼어붙었다고 봐야 했다. 그것이야말로 그녀가 기대한 것이기도 했다. 그녀는 격정적인 반응이 나오기 전에 몰아붙이듯 말을 이었다.

"중요한 건 그게 아니에요. 열 점이라고 해도 엄청난 가치가 있으니까요. 하지만 제가 주목했던 건, 미국에서 그 사실에 대해 지금까지 아무런 언급도 없었다는 점이에요. 그림을 관리하는 조지아 오키프 예술협회에서 그 사실을 미국 정부에 통보했을 게 분명한데도요. 더군다나 어제 김우진 학생이 태운 **음악—분홍과 파랑**이 제가 말한 복제화였어요. 그렇다면 처음부터 이야기가 나왔어야 해요. 그래서 저는 어제 저녁쯤에 이렇게 결론을 내렸어요. 학생들이 우리 미술관을 점거해 미국을 곤경에 몰아넣은 게 아니라 미국이 우리 미술관을 이용해 학생들과 우리나라를 곤경에 몰아넣고 있다고요. 아니나 다를까, 아까 밖에 계신 관장님과 통화했는데, 정부 고위관계자로부터 그 사실을 당분간 언급하지 말라는 지시를 받았대요. 그 사실을 아는 사람은 저와 관장님밖에는 없거든요. 이전에 전시했던 중국과 홍콩에서도 아무 이야기가 없는 걸 보면 그쪽 관계자들도 입막음을 한 게 분명해요……. 하지만 이런 사실이 별 의미는 없을 거예요. 여러분들은 그림을 태우는 행위를 하나의 멋진 쇼로 꾸몄으니까요. 아주 훌륭한 연극이었어요."

반쯤 넋 나간 표정으로 그녀의 말을 듣던 학생들은, 마지막 연극이라는 말에 정신이 든 듯 눈을 크게 치떴다.

이 정도 반응이면 됐다 싶었는지 고진미는 주민수를 돌아보며 말했다.

"다음 이야기는 주 과장님이 해주시죠."

주민수도 학생들 앞으로 다가섰다.

"우진아, 오늘 오후에 네가 태운 그림…… 그게 뭐라고 하셨죠?"

주민수는 고진미를 돌아보며 물었다.

분홍 바탕의 두 송이 칼라요. 그건 원화였어요.

"그래, 그 그림. 그거 진짜 오키프의 그림이야?"

"……."

김우진은 대답하지 않았다.

못 알아들어서 대답하지 않은 게 아니었다. 그것 역시 대답이었다. 지금 상황에서는 대답하지 않는 것이나 못하는 것이나 같은 뜻이 될 수밖에 없었다.

"그거 진짜 오키프 그림이냐고. 가짜 아니야?"

김우진은 재차 같은 질문을 받고 별 수 없이 당황했다.

그림은 어떻게든 드러나게 될 것이었다. 다만 너무 일렀다는 생각만이 머릿속을 꽉 채웠다. 대답을 어떻게 해야 할지보다 너무 일찍 밝혀졌기 때문에 혼란스러웠다.

"그거 천구백이십 몇 년도의 그림이래. 그런데 아까 너를 붙잡고 말릴 때 그 그림에서 유화 기름 냄새가 확 풍겨 나더라고. 게다가 네 바지를 봐라."

주민수는 김우진의 바지를 손가락으로 가리켰다.

"바지 왼쪽 하단에 물감까지 약간 묻었어."

그는 자신의 바지를 내려 보았다.

그리로 학생들의 시선이 일제히 쏠렸다. 정말 바지 하단에 하얀색 물감이 살짝 묻어 있었다.

가짜 그림? 속았다? 그러나 학생들은 단순히 속았다는 감정에 충실할 수 없었다. 어떤 일이 벌어진 건지 영문을 알아야 감정도 따라오는 그런 문제였다.

다만 유한나에겐 즉각적인 감정을 불러 일으켰다.

"……우진아, 이게 어떻게 된 일이야!"

김우진은 그녀를 마주보기가 힘들었는지 텅 빈 천장으로 시선을 피했다. 스스로 파놓은 깊숙한 함정 아래로 빠진 채 하늘을 올려다보는 기분이었다.

"너 혹시…… 그림 복제해서 갖고 온 거니? 그걸 태운 거야?"

김우진은 함정에서 탈출할 수 없음을 자각한 것처럼 고개를 떨구었다.

그때였다. 전시실 입구에 서 있던 양구오가 사나운 몰골을 한 채 다가오고 있었다.

"가만, 가만있어 봐. 좀 정리해 보자고. 그러니까, 하하!"

양구오는 허탈하게 웃었다.

"그러니까 말하자면, 여기 있는 서른 개의 그림들 가운데 스무 개가 가짜고, 네가 밖에서 태운 것도 미리 준비해 온 가짜라 이 말이지? 결국 이런 말이겠네? 하나는 가짜의 가짜를 태운 거고, 다른 하나는 진짜의 가짜를 태운 거고. 내 말이 맞지?"

양구오는 학생들 사이를 왔다 갔다 하며 중지로 연신 이마를 비볐다. 이 일을 어떻게 한다? 이런 생각인지, 아니면 어떻게 이 상황을 참아내지? 이런 생각인지 알 수 없었다. 그러나 김우진 앞에 섰을 때 그의 생각을 명확하게 확인할 수 있었다.

그의 한손이 어느새 김우진의 멱살을 꽉 움켜잡았다. 한손은 허리춤에서 총을 꺼내 관자놀이에 척 갖다 붙였다. 총구가 김우진의 머리에서 부들부들 떨리자 총성처럼 꺅, 하는 비명이 터져 나왔다.

양구오는 그를 한쪽 벽에 바짝 밀어붙이고는 이번엔 총구를 이마에 갖다 댔다.

"이…… 이…… 이런!"

당장이라도 방아쇠가 당겨지고 피가 튀어나오고 살덩어리들이 공중에 솟구쳤다 바닥에 철퍼덕 쏟아질 것만 같았다. 학생들은 모든 게 끝장나 버리는 순간에나 벌어질 것 같은 일이 눈앞에서 일어나려 하자 거의 경악한 상태였다. 주민수도 이 상황에서는 사고가 마비될 정도였다. 고진미는 양손으로 얼굴을 덮고 말았다.

"……이런 새가슴 같은. 이 병신아! 이런 일은…… 이런 일은 미국 대통령 머리에 총구멍을 낼 각오로 해야 하는 거야. 그래도 될까 말까 한 일이야. 그런데…… 이게 모두 사기극이야? 네가 전 세계 사람들을 상대로 사기를 친 거야? 너 때문에 내가 이 고생을 하고 있는데…… 네까짓 게 뭔데 나를 이렇게 바보로 만드냐고!"

지금 누구보다도 비이성적이고 충동적인 모습을 보이는 그였지만, 사실 그는 누구보다도 냉정하고 이성적인 상태였다. 어설프고 철딱서니없는 학생들의 행동과 거기에 질질 끌려다니는 듯했던 미술관 직원들의 모호한 태도가 지금 이런 화를 불러일으킨 것이다. 모두 제정신이 아니었고, 미쳤다. 이런 상태에서 자신마저 분위기에 함몰되어 이성을 잃는다면 그건 자폭 테러단의 모습과 다르지 않았다. 그는 그 사실을 너무나 잘 알고 있었기에 참고, 또 참았다.

양구오는 김우진을 집어던지듯 바닥에 팽개치고는 휘적휘적 전시실을 나가 버렸다.

양구오의 퇴장과 함께 그때부터 학생들의 목소리가 여기저기서 쏟아져 나왔다.

"우진아, 왜 그런 거야! 왜 그랬어!"

유한나가 먼저 악을 쓰며 소리쳤다.

"형! 이게 도대체 뭐 하는 짓이에요!"

"형이 그렇게 약해 빠졌으니까 우리가 이렇게 힘없이 당하는 거라고요!"

"말도 안 돼요. 정말 말도 안 돼요. 형 하나 믿고 여기 들어온 우리들은 뭐가 되냐고요!"

김우진을 향해 비난의 목소리가 봇물처럼 쏟아졌다.

가장 먼저 감정이 폭발한 것도 유한나였지만 또 가장 먼저 이성을 되찾은 것도 그녀였다. 그녀는 김우진을 빗겨 보며 물었다.

"너 말고 또 누가 한 짓이야?"

"……명호."

"그림들은 어떻게 갖고 들어왔어? 다 어디 있어?"

"캔버스만 돌돌 말아서 가져와 미리 숨겨 놓았어. 캔버스 틀과 액자는 여기서 원화를 뜯어다 짠 거고."

"기가 막혀⋯⋯. 대체 왜 그런 짓을 했는지 말해 봐. 우리한테 설명해 줘야 해."

"⋯⋯어떻게 그림을."

"뭐? 똑바로 말해 봐!"

김우진이 우물거리자 유한나가 다그쳤다.

"⋯⋯어떻게 그림을 태우니. ⋯⋯다른 사람도 아니고 예술을 하는 우리가 어떻게 그림을 태울 수 있겠니."

김우진은 기어들어 가는 목소리로 겨우 말했다.

유한나는 그 자리에 쪼그리고 앉아 손으로 얼굴을 감쌌고, 학생들의 탄식소리가 여기저기서 터져 나왔다.

"우진이 형을 너무 몰아붙이지 마. 다 생각이 있어서 그런 거라고. 지금 상황에서는 그런 결정이 얼마나 다행인지 알아?"

김명호가 나섰다.

"다행은 뭐가 다행이에요. 이건 두고두고 웃음거리가 될 일이라고요!"

학생 하나가 그를 보며 소리쳤다. 그러자 이번에는 다른 학생이 나서서 김명호를 거들었다.

"명호 형 말이 맞아. 사실⋯⋯."

"맞기는 뭐가 맞아. 너도 한통속이냐?"

또 다른 학생이 말을 끊고 대들듯 소리치자 김명호가 쏘아보며 말했다.

"선배한테 그게 무슨 말 버릇이니?"

"선배면 선배답게 행동해야지. 우리까지 속이고 가짜 그림을 태우고, 이게 무슨 개 같은 경우야!"

"야, 우중호! 너 계속 그렇게 막 나갈래!"

고성이 칼날처럼 부딪치고 있을 때 해머가 바닥을 치듯 묵직한 저음이 울려 퍼졌다.

"그만둬!"

주민수가 버럭 소리를 지른 것이다. 막 몸싸움이라도 벌일 것 같았던 학생들이 주춤했다.

"그만두라고!"

주민수는 또 한 번 소리를 질렀다. 이번에는 마치 야수의 포효처럼 강렬했다.

"너희들, 이런 모습 보여 주려고 여기에 들어온 거야! 이런 꼴 보여 주려고 이제 막 태어난 미술관에 함부로 들어와 엉망으로 헤집어 놓은 거냐고!"

누구는 주저앉은 채 무릎을 꿇었다. 누구는 벽을 쳐댔고, 누구는 이마를 짚고 망연히 서 있었다. 누구는 벽 모서리에 쪼그려 앉았다.

고진미의 눈에는 이 자체로 미술 작품이라는 착각이 들었다. 전시실 안의 학생들은 제각기 지금의 퇴로 없는 상황, 배신당한 계획, 흔들리는 신념을 퍼포먼스로 보여 주는 것 같았다. 그녀가 다시 입을 열었다.

"제가 아까 하던 말 다시 할게요."

탈색된 것처럼 윤기를 잃은 학생들의 시선이 이번에는 순종적으로 그녀를 향했다.
 "······여러분들 마음 이해해요. 그리고 제 말을 믿을지 모르겠지만, 여러분들이 하려고 했던 일, 마음속 깊이 공감해요. 하지만 여러분들이 인정하고 싶지 않아도 인정해야 할 게 있어요. 여러분들의 계획은 실패했어요. 그것도 철저하게 완패한 거예요. 제가 보기에는 처음부터 운이 안 따랐던 것 같아요. 미술관에 걸려 있던 그림들 가운데 3분의 2가 복제화였고, 들어오자마자 엉뚱한 불청객을 맞이해야 했고, 믿었던 국민들이 순식간에 등을 돌리고, 제대로 한 것도 없이 전경도 아닌 미군에게 진압당할 판이고······. 뭐 하나 여러분들 뜻대로 된 게 없어요. 하지만 정말 중요한 건 이제부터예요. 여러분들이 분명한 명분과 사명감을 갖고 미술관을 점거했던 거처럼, 실패했을 때도 그 사실을 깨끗하게 인정하고 정리하는 거예요. 그런 후에 여기에 들어왔을 때처럼 당당하게 밖으로 나가세요. 우리가 졌다는 생각을 하지 말고 다음에 다시 잘해 보자는 각오를 다지면서요······. 지금은 많이 흥분한 상태일 거예요. 아직 시간의 여유가 있으니까 차분하게 대화하면서 정리해 보도록 하세요."
 고진미는 더 이상 여기 있고 싶지 않았다. 이 참담한 현장을 더 지켜볼 수가 없었다. 전시실 입구로 향하는데 다리가 후들거렸다.
 주민수는 곧바로 그녀를 따라 나가지 않았다.
 그는 죽은 비둘기, 차에 치여 썩어 가는 개를 유심히 본 적이 있었다. 한참을 지켜보고서야 슬픔이 밀려드는 걸 느꼈다. 그는 학생들을 그런 심정으로 지켜보았다. 비참한 장면을 왜 회피하지 않고 정면으로 지켜보아야 하는지 알고 있었다. 그래야 그들의 아픔을 더 가까이 느낄 수 있기 때문이었다. 또 어쩌면 싸울 의욕을 잃은 전사들에게 이제 무엇이 남아 있는지 찾고 있었는지도 몰랐다. 그는 마치 각오라도 한 것처럼 주먹을 움켜쥐었지만 그런 것에 신경 쓰는 학생들은 아무도 없었다.

 전시실에 있던 학생 몇이 아래층으로 내려간 것뿐인데, 미술관 3층은 썰렁한 기운이 감돌았다. 양구오는 소파에 주저앉아 있었다. 박이칠과 오공삼은 그 옆에 서서 그의 눈치만 살폈다.
 "……시원한 물이라도 갖다 드릴까요?"
 잠시 후 박이칠이 조심스럽게 물었다. 양구오는 아무런 말이 없었다. 침묵의 시간이 한동안 더 흐른 후, 양구오가 담배 한 대를 꺼내 입에 물었다. 그러자 박이칠이 재빨리 라이터를 켜 불을 붙였다. 담배 한 대를 다 피울 때까지 그의 침묵은 계속되었다.
 박이칠과 오공삼은 반복되는 긴장과 오랜 피로감을 견디지 못하고 선 채로 꾸벅꾸벅 졸다 깜짝 놀랐다.
 "그래!"
 양구오가 느닷없이 소리를 질렀기 때문이다.
 그의 얼굴에 먹이를 눈앞에 둔 늑대의 미소가 환하게 번졌다.
 소파 구석에 처박혀 있는 조지아 오키프의 카탈로그와 고진미에게 뺏어 온 서류철을 낚아채듯 집었다.

그는 서류철을 빠르게 넘기다가 어느 부분에서 멈췄다. 양구오가 주목한 서류는 오전에 고진미에게 몇몇 이상한 점에 대해 물어본 조지아 오키프의 그림 목록이었다.

양구오는 서류철과 카탈로그를 챙겨들고 자리에서 일어나 3층 전시실로 향했다.

전시실 안으로 들어간 그는 곧장 학생들이 쌓아 놓은 그림 쪽으로 걸어갔다.

그리고 그림 주변을 천천히 돌아보았다. 그림을 들어 보기도 하고 서류를 다시 보기도 하면서 꼼꼼하게 관찰했다. 양구오를 따라 들어온 박이칠과 오공삼은 영문도 모른 채 바라볼 뿐이었다.

한참을 그림 주변을 돌며 탐색하던 양구오는, 느닷없이 혼자 피식거리며 웃기 시작했다.

처음에는 단순히 헛웃음을 치는 것 같았지만, 점차 알맹이가 채워지는 웃음으로 바뀌어 갔다.

"……하하하 ……하하하하."

그는 한동안 그렇게 주체할 수 없이 웃다가 조절하듯 소리를 낮추고 구둣발로 그림들을 가볍게 찼다. 그는 몇 번인가 더 기가 찬 듯이 웃고 나서 혼잣말하듯 말했다.

"이제야 알 것 같아. 이제야…… 홍콩 애들이 우리한테 뭘 원한 건지 이제야 알 것 같아."

"형님, 뭘 알아 내셨습니까?"

박이칠이 양구오에게 슬며시 다가서서 물었다.

"대충 알 것 같다!"

"그게 뭡니까, 형님!"

박이칠이 이번에는 다급하게 물었다.

"하고많은 장소 중에 그걸 미술관에 숨겨 놓았다는 말을 할 때부터 이상했다. 게다가 커미션도 장난이 아니었단 말이야. 홍콩 애들이 별다른 이유도 없이 미술관을 이용해 무언가를 꾸민 게 아니야. 우리에게 더 큰 걸 요구한 거다……. 이칠이, 그게 분명히 열 개라고 했지?"

양구오는 박이칠에게 물었다.

"……네."

양구오는 그럼 그렇지, 하며 고개를 가볍게 끄덕였다. 그리고 잠시 그림들을 더 살펴보다 둘에게 소곤거렸다.

"어제 너희들도 들었을 거다. 나도 처음 안 사실이지만, 이깟 그림이 하나에 백, 이백억씩 한단다. 게다가 아까 고 실장이라는 여자애가 여기 있는 그림 서른 개 가운데 열 개만 진짜라고 말했고, 계속 이상하게 생각하고 있던 서류에 표시된 동그라미 개수는 지금 세어 보니까 정확히 열 개이고, 그걸 물어 봤을 때 저 여자애 얼굴색이 확 변했고, 홍콩 애들의 말에 의하면 그것의 금액이 천억 원대에 이른다고 했고……. 이 말들을 다 섞으면 무슨 음식이 나오는지 생각해 봐라."

박이칠과 오공삼은 여전히 아리송했다.

"내가 너희들에게 발상의 전환이 필요하다고 한 말 기억하냐? 지금까지 우리는 그게 다이아나 금괴, 마약 같은 걸로만 알고 있었다. 우리 같은 사람이 다루는 게 대부분 그런 거니까. 하지만 그걸 숨겨 놓은 장소가 의외였던 것처럼, 그것 역시 우리가 미처 생각하지 못했던 거다."

"형님, 혹시…… 설마……."

박이칠은 무언가를 알아차렸다는 듯이 눈을 부릅뜨고, 양구오와 쌓여 있는 그림을 번갈아보았다.

"그래! 그동안 미술관을 분해하다시피 하면서 뒤져 봐도 그건 나오지 않았다. 사실, 나올 만한 곳도 없었어. 그럴 수밖에 없지. 우리가 그토록 찾았던 그것은 미술관 안에 숨겨져 있던 게 아니라 미술관 자체였으니까. 그런 생각을 안 해본 건 아니었어도, 설마설마했다. 하지만 이젠 거의 확실해."

"하지만 형님, 밖으로 나가는 문제가 걸려 있습니다. 공삼이하고 아무리 찾아보고 궁리해 봐도 뾰족한 수가 안 납니다."

"그건 크게 걱정하지 마라. 돌아가는 꼴을 보니까 허를 찌르는 방법이 의외로 먹혀들어 갈 수도 있을 것 같다."

"그건 또 무슨 말씀이십니까?"

"좀도둑은 방범대원이 잡는 거지 강력반 형사가 잡는 게 아니다."

양구오는 씩 웃었다.

"……자, 내 말 잘 들어라. 이젠 정말 시간이 없다. 저 녀석들은 자기들끼리 계속 치고 박고 싸우다가 제풀에 지쳐 손들고 나갈 거고, 미술관 직원 둘은 아마 그 전에 보따리를 쌀 거다. 그것들이 나가기 전에 일을 끝내야 한다. 이제부터 이전에도 없었고 앞으로도 경험하기 힘든 일생일대의 기념비적인 작전을 세울 거다. 밖에 있는 경찰과 곧 도착할 미군 진압부대까지 감쪽같이 속이고, 밑에 있는 핏덩어리 사기꾼들한테도 프로들은 어떻게 일을 하는지 제대로 보여 주자. 우선 나는 위에 있는 여자애를 마지막으로 조질 거다. 일을 시작하기 전에 정확히 확인해야만 한다. 너희 둘은…… 학생들 주위에 있으면서 움직임을 살펴라."

"네, 형님."

"앞으로 나머지 일을 하는 데 내 말을 철저히 따르도록 하고 행동 하나하나에 실수가 없도록 해라. 정신만 바짝 차리고 있으면 모든 일은 수월하게 마무리 될 거다. 나를 믿어라."

"네, 저희는 형님만 믿겠습니다."

양구오는 모처럼 환한 표정을 지었다. 아직 무거운 짐이 남았지만 절반은 내려놓은 기분이었다. 그는 다시 그림들을 찬찬히 살펴보고 나서 그 어느 때보다 가벼운 발걸음으로 전시실 밖으로 걸어나갔다.

주민수와 고진미는 4층 학예연구실로 올라와 있었다. 소파에 나란히 앉았다.

실내에는 폭탄이 터진 후의 깊은 정적 같은 게 흘렀다. 자욱한 연기 속에 파묻혀 있는 듯했다. 둘의 머릿속은 정말 그랬다. 어디에 길이 있는지, 출구가 있는지 도무지 보이지 않았다.

고진미가 목만 슬쩍 돌리고는 조용히 말했다.

"……주 과장님, 우리 이제 나가야 해요."

"네?"

주민수가 뜬금없다는 듯 반응했다.

"우리 이제 나가야 한다고요. 아, 그 전에 저 깡패들부터 내보내고요."

"쟤네들을 왜요? 안 돼요."

그는 다짜고짜 거부반응을 보였다.

"저 사람들이 여기 있을 필요가 없어요. 이젠 힘의 균형이고 뭐고 다 필요 없다고요."

"쟤네들은 범죄자예요. 어제 아침의 일을 생각해 보세요. 우진이의 말대로 만약 학생들이 안 들어왔으면 우린 죽은 목숨이었어요."

"그 일 때문에 저도 앞으로 몇 년간은 주 과장님 부인처럼 수면제를 먹어야만 잠을 잘 수 있을지 몰라요. 하지만 현재 가장 중요한 것은 우리 앞에 놓여 있는 지금 이 상황이에요. 이 상황에서 저 사람들이 하는 짓은 편의점에서 과자 하나 훔친 것 정도의 일밖에는 안 돼요. 여기 계속 두었다가는 일을 더 크게 만들 수도 있어요."

그는 부루퉁한 얼굴을 하고는 그녀의 시선을 피했다.

"저 사람들을 비밀통로로 내보낸 다음에 우리가 나가는 거예요."

"우리까지 나가면 안 돼요!"

그는 여전히 단호했다. 이해할 수 없을 정도로.

"우리가 여기 더 있을 필요도 없고 더 있어서도 안 돼요. 이제 우리 미술관…… 사실상 우리 게 아니에요."

"여기를 학생들에게만 맡기고 나갈 수는 없어요."

그는 쏘아붙이듯 말하며 일어서버렸다. 얼굴이 일그러졌다.

그녀는 그가 이렇게 완강하게 구는 게 잘 납득되지 않는지 좀 의아스러운 눈길로 그를 올려다보았다.

"주 과장님, 미술관을 지키겠다는 주 과장님의 맘, 이해해요……. 주 과장님이 없었다면 저 학생들과 깡패들이 마구 휘젓고 다녔을 이곳에서 어떤 일이 벌어졌을지 상상도 안 가요. 특히 어제는 제가 갑작스럽게 벌어진 일에 너무 당황해 반쯤은 정신이 나간 상태였는데, 주 과장님이 하나부터 열까지 다 챙겨 줘서 얼마나 고마운지 몰라요. 하지만 이젠 제 말을 들으세요. 이런 상황에서는 제가 주 과장님보다는 조금은 더 정확하게 판단을 할 수 있고, 또 생각만 해도 끔찍한데, 이번 일의 뒤처리도 실질적인 책임자인 제가 해야 해요. 그러니까 이젠 제 말을 따라 주세요."

그는 아무 대꾸도 하지 않았다. 그녀의 말에서 틀린 구석을 찾을 수 없기도 했다. 그러나 결국 하지 않으면 안 될 말이 있었다. 이해받을 수 없겠지만 그는 곧 조심스럽게 입을 열었다.

"……고 실장님, 저는 미술관을 걱정하고 있는 게 아니에요."

"그럼요?"

"학생들이 걱정돼요."

"학생들은 걱정하지 마세요. 모두 다 명문대학에 다니는 똑똑한 학생들이에요. 흥분이 가라앉고 나면 자신들의 처지를 이성적으로 판단할 거고, 그러면 여기서 순순히 나갈 거예요."

"그게 아니라……"

그는 잠시 머뭇거렸다.

"그게 아니라…… 학생들이 안됐어요."

"그게 무슨 말이에요?"

"큰맘 먹고 한 일이 너무나 허무하게 끝나게 됐잖아요."

고진미는 살짝 놀라는 표정이었다.

"근데요?"

"저는…… 학생들을 돕고 싶어요."

"뭘 도와요?"

"학생들이 계획했던 일이 이루어지게 돕고 싶다고요."

주민수는 슬며시 자리에 앉으며 말했다. 그녀의 얼굴이 순식간에 굳어졌다. 기분이 멍해졌고, 약간 현기증이 일었다.

"……가만, 가만있어 봐요. 지금 학생들이 하려고 했던 일을 돕고 싶다고 말씀하셨죠? 그죠?"

"네."

"그러니까…… 헨더슨 컬렉션을 돌려받는 일 말이에요?"

"네."

"하!"

그녀는 조금은 배신 당한 기분마저 들었다. 어떻게 그런 난데없는 생각이 든 것일까? 결국 기가 차다는 듯이 웃음을 터트렸다.

"그 말이 사실이었어요."

"무슨 말이요?"

"스톡홀름 신드롬이요."

"그게 뭐죠?"

"스톡홀름에서 벌어졌던 실제 사건에서 나온 말이에요. 인질로 잡힌 사람들이 인질범들에게 동화되어 그들에게 오히려 호감을 갖고 심지어는 그들의 행동을 지지하는 현상이요. 그런 일들이 종종 벌어진데요. 저는 설마 그런 일이 정말 있을까 싶었는데, 사실이었어요. 주 과장님은 지금 학생들을 동정하고 있어요. 아니 이미 학생들과 하나예요. 스톡홀름 신드롬과 딱 일치하는 건 아니어도, 거의 비슷해요."

고진미는 과장된 제스처까지 곁들여 말했다.

그러자 주민수는 곧바로 말도 안 된다는 투로 대꾸했다.

"그렇지 않아요. 저는 헨더슨 컬렉션이니 문화재 환수니 이런 거 잘 몰라요. 다 이번에 처음 들은 말이고, 그런 일이 제가 하는 일은 아니라고 생각하고 있고요. 그렇지만 이것만은 확실히 알아요. 학생들은 순수한 열정 하나로 여기에 들어왔어요. 고 실장님 말씀대로 어설퍼 보이는 면도 있는 건 사실이지만, 요즘 같이 혼자만 잘 살겠다고 하는 세상에 우리나라 문화재를 아끼는 마음 하나로 편안한 길을 포기하고 일부러 이런 거친 길을 택한 건 인정해 줘야 해요."

"그래서, 주 과장님까지 전 세계가 공인한 테러리스트가 되겠다는 말씀이에요?"

"고 실장님은 저 학생들이 정말 테러리스트라고 생각하세요? 저 학생들은 테러리스트 흉내도 못 내는 애들이에요. 고 실장님도 아시잖아요. 그림 하나 못 태워서 가짜 그림을 만들어 갖고 들어온 애들이라고요. 학생들이 처한 처지가 딱해서 동정하고 있는 게 아니에요. 미국이 우리나라 문화재를 훔쳐 가서 안 돌려주는 게 분하고 억울해서 그런 것도 아니고요. 저는 학생들의 그 순수한 열정이 부럽고, 존경스럽고, 그래서 이렇게 허무하게 끝나는 게 안타까워서 그러는 것뿐이에요."

"아니…… 하, 좋아요. 그래서 주 과장님은 어떻게 하시겠다는 거예요. 저 몰래 미술관에 숨겨 놓은 무기가 있는 것도 아닐 테고, 미군 대테러 진압부대까지 온다는데, 뭘 어떻게 하시겠다는 거예요."

"이제부터 생각해 봐야죠. 학생들의 전략은 괜찮았는데, 전술이 먹혀들어 가지 않았어요. 그러니까……."

"주 과장님!"

고진미는 더 이상 못 참겠다는 듯 꽥 소리를 질렀다.

"정신 차리세요! 주 과장님까지 왜 이러세요, 진짜. 지금 제정신이에요? 학생들과 깡패들만으로도 머리가 아파 죽겠는데, 주 과장님까지 이러시면 저 너무 힘들어요. 저 미쳐 돌아 버리는 것 보고 싶으세요?"

고진미는 앙칼진 목소리로 쏘아붙였다.
"아직은……."
주민수는 벽시계를 살짝 올려다보았다. 자정을 조금 넘은 시각이었다.
"여유가 있으니 시간을 두고 생각해 볼게요."
"그 여유 있는 시간에 다른 생각하지 말고 어디서 푹 주무세요. 가만 보니까 주 과장님이 이틀 동안 잠도 못 자고 혼자 신경이라는 신경을 다 쓰느라 지금 정신이 굉장히 탁한 상태인 것 같아요. 우리 두 사람, 내일부터 이 사람 저 사람한테 치이고, 이곳저곳에 불려 다녀야 하기 때문에 앞으로 며칠 동안은 제대로 잠자기 힘들어요. 이제부터는 제가 다 알아서 할 테니까 어디서 좀 주무세요. 진심이에요. 아셨죠?"
주민수는 아무 대답도 하지 않은 채 고개를 돌렸다. 그러고는 손가락만 만지작거리며 한동안 무언가를 생각하는 것 같더니 자리에서 천천히 일어났다.
"……어디 가시게요?"
고진미가 불안한 얼굴로 그를 보았다.
"미술관을 좀 돌아보려고요."
"그러세요. 그리고 제 말대로 어디서 좀 주무세요. 어디 계시겠어요?"
"……1층에 있을 게요."
"주 과장님, 제 말대로 하세요. 아셨죠?"

주민수는 이번에도 아무 대답을 하지 않았다. 그는 문을 열고 나가려다 고진미를 돌아보았다. 할 말이 있는 것 같았지만 고진미가 고개를 파묻는 걸 보자 그냥 학예연구실을 빠져나갔다.

주민수는 엘리베이터를 타고 미술관 1층으로 내려갔다.
1층 홀에서 카페를 잠깐 둘러보고는 관리실로 향했다. 그때 관리실 옆의 소전시실 문이 살짝 열려 있는 걸 발견했다. 안에서 빛이 새나왔다. 그는 그냥 갈까 하다 소전시실 문을 열어 보았다. 아직 전시 준비가 안 돼 텅 빈 전시실 한쪽 모퉁이에 조명 하나가 켜 있고 김우진이 벽에 등을 대고 앉아 있었다.
김우진은 주민수를 보자 몸을 일으켰다.
"여기서 혼자 뭐해?"
"네…… 그냥."
김우진은 멋쩍은 표정으로 우물거렸다.
"그냥 뭐 좀 생각하려고요."
"다른 학생들은 다 위에 있니?"
"계속 회의 중이에요."
"넌 쫓겨난 거야?"
주민수는 어색하게 웃었다.
"아니요, 제가 자리를 피해 줬어요."
김우진도 미소를 지었지만 어색하기는 마찬가지였다.

"앉아."

둘은 벽에 등을 대고 나란히 앉았다.

"밖에서 무슨 연락 같은 건 안 왔어?"

"아까 경찰서장한테 연락이 왔어요. 어떡할 거냐고 물어서 좀 시간을 달라고 했어요."

"학생들하고 이야기는 잘됐어?"

"대충 결론이 난 것 같아요."

"어떻게?"

"나가기로요. 끝까지 싸우자는 말도 나왔고 지금 당장 사람들 앞에서 원화 몇 점을 태우자는 말도 나왔지만, 결국 나가자는 쪽으로 모아지고 있어요. 아마 지금쯤은 미술관에 들어올 때처럼 당당하게 나갈 명분을 구상하고 있을 거예요."

"생각 잘했어. 현명한 판단이야."

김우진은 힘없이 고개를 숙였다.

"……제가 바보 같죠?"

그의 목소리에는 상실감 같은 게 묻어났다.

"대단한 일이라도 벌이는 것처럼 들어와 가짜 그림이나 태우고. 어떻게 보면 조폭 두목이 했던 말대로 사기를 친 거나 마찬가지라는 생각이 들어요."

"그렇지 않아. 가짜 그림을 태운 것은 정말 잘한 일이야. 지금이야 후배들한테도 좋은 소리 듣지 못하고, 스스로에게도 부끄럽게 느껴지겠지만, 나중에는 진짜 그림 수백, 수천 점을 태운 것보다도 더 큰 효과가 있었다는 걸 알게 될 거야."

"진짜 그럴까요?"

"그럼. 그게 진심이니까."

"진심이요?"

"너희들이 이런 일을 벌인 게, 겉으로는 훔쳐 간 문화재를 돌려 달라는 거지만, 그 속은 결국 예술에 대한 깊은 애정에서 비롯된 거니까. 네 행동이 그 속을 보여 준 거라고 생각해. 사람들이 그 순수한 마음을 보게 될 거야."

"고마워요. 이해해 주셔서."

김우진의 미소가 이번엔 어색하지 않았다. 주민수는 그래, 그게 네 모습일 거다, 하고 생각했다. 꾸밀 줄 모르는 사람이 뭔가를 꾸며야 할 때만큼 고역이 없을 것이다. 김우진은 여기까지 오는 동안 그걸 꾹 참고 했으리라. 주민수는 그를 나직한 목소리로 불렀다.

"……우진아."

"네."

"너는 일이 어디서부터 어떻게 잘못 됐다고 생각해?"

"……학생들 사이에서 이미 여러 의견들이 나왔어요. 운이 없었다는 얘기가 가장 많았고, 같은 말이겠지만 때를 잘못 탔다는 말도 있었고, 주변 정세를 제대로 파악하지 못했다, 일을 너무 쉽게 생각했다, 상대를 너무 우습게 봤다, 시민단체를 끌어들이지 못했다……. 하지만 제가 보기에, 일이 이렇게 흘러가는 걸 보고 나니까 우리와 비슷한 처지에 놓인 나라들과 연대하지 못한 게 큰 실수가 아니었나 생각해요. 물론 결과론적인 말이지만요."

"연대하다니, 그게 무슨 말이야?"

"문화재 환수운동은 우리뿐만이 아니라 전 세계 곳곳에서 활발하게 벌어지고 있어요. 강대국 중심의 질서가 많이 붕괴되면서 힘을 얻게 되니까 그러는 거예요. 과거 유럽 제국주의가 위세를 떨칠 때 엄청난 수의 문화재를 빼앗겼던 이집트와 그리스가 가장 활발하게 움직이고 있고요, 남미와 아프리카 여러 나라들 그리고 최근에는 중국도 슬슬 움직이고 있어요. 그런 나라들과 연대를 하면서 일을 벌이려고 했는데 그렇게 하지 못했죠."

"왜?"

"자칫 잘못하면 계획이 사전에 누설될 수도 있고, 그렇게 하자니 일의 덩치가 우리가 감당할 수 없을 정도로 커져 버려요. 그런데 지금 그 나라들이 침묵만 하고 있어요. 제가 보기에는 우리 일을 반대하는 게 아니라 우리의 방법이 너무나 낯설어 당황하고 있는 게 분명해요. 그래서 우리가 벌인 일이 혹시 자기들이 심혈을 기울여 벌이는 문화재 환수운동에 악영향을 끼치지 않을까 걱정하는 거고요. 시간이 흐르면 우리를 충분히 이해하고 지지할 텐데, 점거농성이 너무 짧게 끝나 안타까울 뿐이에요."

"그 나라들이 너희들을 도와줄 수 있었을까?"

"저는 미국을 압박할 수 있는 나라는 우리나라가 아니라 사실 그 나라들이라고 생각했어요. 그 나라들은 미국과는 직접적인 관계가 없고 프랑스나 영국, 독일 같은 유럽 국가들과 관계가 있어요.

그렇기 때문에 그 나라들이 압박을 하면 유럽 국가들이 스트레스를 받을 거고, 그 스트레스는 간접적으로 미국에게 전해질 거예요. 그 자체가 하나의 파장이고 그 파장만으로도 우리의 일은 성공할 수 있다고 봤죠. 하지만, 그렇게 되질 못했어요."

"너는 너희들이 벌인 일이 이렇게 끝이 날 거라는 걸 전혀 생각하지 못했어?"

"네, 전혀."

"그럼 어떤 식으로 흘러갈 거라고 생각한 거야?"

"후……."

김우진은 아쉬움이 섞인 한숨을 터트렸다.

"저는 최소한 미술관에서 2주일은 있을 거라고 생각했어요. 매일 시위를 하고 그림도 불태우면서 우리 의지를 강하게 지속적으로 드러내고, 물론 고 실장님 말씀대로 훌륭한 연극이지만요. 또 국내외 언론사들과 기자회견을 하면서 우리 뜻을 전 세계에 알리고……. 무엇보다도 국민들이 적극적으로 지지해 줄 거라고 생각했어요. 광우병 파동 때처럼 촛불 시위도 벌이고, 거기에 정치인들과 시민단체 사람들도 동참하고요……. 나중에는 우리 정부 관계자와 미국 정부 관계자가 직접 협상을 제의할 거라는 생각으로 협상 시나리오까지 다 짜 갖고 왔어요, 훗!"

자조 섞인 웃음도 지었다. 어둑한 전시실 공간을 무심히 바라보는 눈길은 처량했다.

"계획 자체가 잘못된 건 아니라고 봐. 나라도 그렇게 예상했을 거야."

주민수는 위로를 담아 말했다.

"네…… 하지만 다시 한다면 이번처럼은 안 할 거예요."

"그럼?"

"원래 우리 계획은 이런 게 아니었어요. 원래는 맞교환 방식으로 일을 벌이려고 했어요."

"뭘 맞교환한다는 거야?"

"이런 말 들어 봤어요? 바람피우는 남편이나 부인을 정신 차리게 하는 가장 좋은 방법은 맞바람 피우는 거라고."

김우진은 빙긋 웃으며 말했다.

"하하하, 그건 맞는 말이야. 당한 대로 당하게 해주는 것만큼 정신 들게 하는 것도 없지."

"가장 원시적인 방법이지만 실제로는 가장 효과적인 방법이에요. 전쟁 때도 그런 식으로 포로들을 맞교환하고, 인질극이나 납치극을 벌일 때도 보면 모든 일을 맞교환 원칙으로 따지잖아요. 그래서 우리도 처음에는 조지아 오키프의 그림과 헨더슨 컬렉션을 맞교환하는 계획을 짰었어요."

"지금 너희들이 그런 식으로 하는 거잖아."

"아니요, 이건 명분에 무게를 두는 방법이에요. 원래 계획은 처음부터 맞교환에 무게를 두고, 조지아 오키프의 그림을 싣고 움직이는 미술품 수송 차량을 탈취하는 거였어요. 전시가 끝나는 열흘 후에요."

그 말에 주민수는 입을 쩍 벌렸다.

"그러고 나서 미국한테 너희가 헨더슨 컬렉션을 돌려주면 우리도 조지아 오키프의 그림을 돌려주겠다, 이런 식으로 하려고 했던 거죠. 그런 맞교환 방법이 목적을 달성하는 데는 가장 확실해요. 하지만 우리는 헨더슨 컬렉션을 돌려받는 것도 중요하지만, 그보다는 우리나라는 물론 전 세계에 약탈문화재에 대해 알리고 문화재 환수운동이 얼마나 절박하고 중요한 일인지 보여 주고 싶었어요. 그래서 이렇게 점거농성을 하게 된 거예요."

"그렇게 안 한 게 천만다행이다. 그건 공부하는 대학생들이 할 일이 아니야. 은행강도가 현금수송차를 터는 것처럼 경찰차들의 호위를 받고 가는 미술품 수송차량을 습격해 털고, 지하로 들어가 그걸 미끼로 협상하는 일, 그거야말로 정말 범죄자나 테러리스트가 하는 짓이지."

"하지만 이렇게 테러리스트로 몰릴 줄 알았으면 처음부터 확실하게……."

"말 같지도 않은 소리 하지 마!"

주민수가 갑자기 정색을 하고 언성을 높였다.

그가 과민하게 반응한다 싶었는지, 아니면 금방 한 말이 본심은 아니었는지 김우진은 민망한 표정이었다.

잠시 두 사람 사이에는 어색한 시간이 흘렀다. 주민수가 먼저 무슨 말을 할 듯 말 듯 망설이다가, 조심스럽게 입을 열었다.

"……우진아."

김우진은 더 이상 그의 말에 귀 기울이지 않았다. 혼자 생각으로 빠져들고 있었다.

"나는 너희들을 도와주고 싶어."

그래서 그의 말이 갑자기 귀를 잡아챘다. 무슨 말인지 알아들을 수 없었기 때문이다.

"우리들을요? 뭘요?"

"너희들이 하려고 한 일, 헨더슨 컬렉션을 돌려받고 또 미국이 훔쳐 간 다른 문화재도 돌려받는 일 말이야. 그 일이 꼭 이루어지기를 바란다고. 진심이야."

"말씀만으로도 고마워요. 그런 날이 반드시 올 거예요."

김우진은 고개를 끄덕였다. 마음 씀씀이가 따뜻한 사람이라고 생각했다. 그래서 고맙다고 했던 말은 진심이었다. 그런데 자신도 모르게 경직되는 기분이었다. 고개를 돌려 그의 얼굴을 정면으로 보게 되었고 좀 당황할 수밖에 없었다. 너무 진지한 얼굴이었기 때문이다. 어떻게 받아들여야 할지 몰라 그냥 쳐다보기만 했다.

"우진아, 만약 내가 헨더슨 컬렉션을 돌려받게 해주면 나한테 뭘 해줄래?"

"만약 그렇게만 해준다면 원하는 것 다 해드릴게요."

김우진은 분위기를 바꾸려고 환한 얼굴로 말했다.

"뭘 원하세요?"

"글쎄……."

주민수는 입을 짓궂게 움직이며 생각했다.

"아, 그게 좋겠다……. 딸애가 하나 있어. 주이슬이라고 하지. 그림 실력이 보통이 아니야. 그런데 미술학원에 보내고 싶어도 지금 형편이 안 좋아 못 보내. 만약 내가 너희들이 원하는 걸 해주면 네가 내 딸애한테 그림을 가르쳐 줘. 몇 개월만 지도하면 틀이 잡힐 거고 그러면 혼자서도 잘 그릴 거야."

"주 과장님 따님이 지금 몇 살이죠?"

"아직 여섯 살밖에 안 됐어."

"어후, 그 정도쯤이야……. 헨더슨 컬렉션을 돌려받지 못해도 상관없어요. 주 과장님의 딸이라면 몇 개월이 아니라 몇 년간 무료로 그림을 가르쳐 줄 테니까 걱정하지 마세요."

"……내 말을 농담으로 아는구나."

주민수는 혼잣말로 중얼거렸다.

"네?"

"아니야, 아니야."

주민수는 시선을 돌렸다. 그는 망연한 기분에 휩싸인 듯 한동안 말없이 텅 빈 전시실만 바라보았다. 구석에 있는 조명 하나로 겨우 어둠을 밀어낸 어둑한 전시실에는 짙은 침묵만이 가득했다. 잠시 후, 주민수가 숨을 토해내며 말했다.

"너희들이 먼저 해야 할 게 있다."

김우진은 고개를 돌려 주민수를 쳐다보았다.

"전시실을 봐라. 미술관에 그림이 안 걸려 있으면 미술관은 창고나 마찬가지야. 그것도 별 쓸모도 없는 창고."

주민수는 활기차게 말했다.

"그림들을 다시 걸어 놓자. 이젠 그렇게 쌓아 놓을 이유도 없잖아. 미술관에는 그림이 걸려 있어야 해. 그게 미술관이야."

김우진도 동의했다.

"올라가서 학생들에게 물어 볼게요. 특별한 일이 없으면 그렇게 하자고 할 거예요."

"그래."

주민수는 깍지를 끼고 팔을 길게 뻗으며 스트레칭을 했다.

"……자, 움직이자. 나는 관리실에 좀 가봐야 해. 너도 여기 이렇게 있지만 말고 올라가서 다른 학생들과 같이 있어."

"네."

두 사람은 함께 할 일이 생겼다는 데 가벼운 동질감을 얻었다. 정리하는 일, 그것은 버려야 할 것들을 버리는 행위이기도 했다. 그리고 원래대로 되돌려 놓는 일이었다. 결코 그렇게 될 리는 없겠지만, 적어도 미술관에서 그들이 할 수 있는 일이 남았던 것이다.

논쟁은 갈피를 못 잡고 갈팡질팡 헤맸지만 한 번 방향이 잡히자 쉽게 결론이 났다. 내일 아침 9시 정각에 점거농성을 풀고 미술관을 나가기로 최종 결정을 했다. 그래서 조지아 오키프의 그림들을 원래 위치로 되돌려 놓자는 주민수의 제안을 순순히 받아들였다. 김우진과 유한나, 김명호와 강나래는 미술관 지하 1층 세미나실에서 농성을 해산하면서 발표할 성명서와 이후의 일들에 대해 논의했다.

몇몇 학생들은 미술관 앞마당에서 바깥 동향을 계속 살폈고, 각 층 전시실에 두 명의 학생이 배치되어 바닥에 쌓아 놓은 그림들을 벽에 거는 작업을 했다. 그 작업은 벽에 붙어 있는 네임 태그와 이전에 찍어 놓은 전시실 사진을 보면서 어렵지 않게 이루어졌다.

2층 전시실은 고진미의 감독 아래, 3층 전시실은 주민수가 도와가며 진행되었다.

3층 전시실에서 작업을 하는 주민수는 먼저 밖으로 나갔던 그림 두 점을 다시 가지고 왔다. 이로써 전시되어 있던 열일곱 점의 그림들이 다 모인 것을 확인했다. 그런 다음 그림들을 바닥에 펼치고 나서, 사진을 보며 걸려 있던 벽면 아래에 각각 놓았다. 학생들이 액자에 가연성 물질을 발라 놓았기 때문에 곧바로 벽에 걸 수는 없었다.

학생 두 명이 액자에 묻은 끈적끈적한 액체를 말끔히 닦은 후, 주민수가 최종적으로 점검하고 벽에 걸었다.

새벽 2시가 넘은 시각이었지만 주민수와 학생들은 활기차게 차근차근 작업을 진행하고 있었다. 사실상 패배를 인정하고 백기 투항을 하는 것임에도, 그들은 오히려 홀가분해 보였다. 그들이 감당하기엔 너무 버거운 짐이었다는 걸 이제야 깨달은 건지도 몰랐다. 세 사람은 별 말도 하지 않고 서두르지 않으면서 꼼꼼하게 작업을 해나갔다.

그림은 전시실 입구 쪽부터 차례대로 걸었다.

전시실에 절반 정도의 그림이 걸리고 주민수는 학생들에게 열 번째 그림을 건네받아 벽에 걸려고 했다. 그런데 그때, 주민수는 그 그림이 다른 그림들과는 무언가 다르다는 느낌을 받았다.

그는 빈 벽 앞에서 받아든 그림을 들고 가만히 살펴보았다. 어제 새벽 한 여학생을 도와 옮길 때 이상하다는 느낌을 주었던 바로 그 그림이었다.

도대체 뭐지? 뚫어지게 보자니 이상하다고 부추겼던 감각이 장난처럼 스르르 사라졌다. 너무 예민하게 구는 건지도 모른다는 생각이 들었다. 실은 아무런 차이가 없는데 이번 일로 신경이 곤두선 탓이라고.

벽에 걸려고 하는데 물음표 하나가 뚝 떨어졌다.

역시 뭔가 이상한 것이다. 개운치 못한 느낌만큼은 더욱 선명해졌다. 그는 한동안 더 망설이다가 그림을 조심스럽게 내려놓았다. 그리고 끼고 있던 목장갑을 벗고 맨손으로 그림을 찬찬히 만져 보았다.

순간, 주민수는 그 그림이 왜 이상하게 느껴졌는지 알아챘다.

"덜 닦였나요?"

뒤에서 한 학생의 목소리가 들렸다.

"……아니야. 계속하자."

주민수는 일단 그림을 걸어 두기로 했다.

그런데 다시 목장갑을 끼고 그림을 들어 올리다가, 또다시 멈칫했다. 하지만 곧 아무렇지도 않은 듯 그림을 벽에 걸었다.

3층 전시실에 그림을 다 걸고 나서, 주민수는 2층으로 내려갔다.

2층 전시실에도 그림들이 다 걸린 상태였다.

  그는 전시실 입구부터 시작해 그림의 액자를 하나씩 꼼꼼하게 더듬어 보았다. 그런 식으로 모두 확인한 다음 다시 3층으로 올라와 같은 방법으로 그림의 액자를 점검했다.

  점검을 다 끝낸 후 그는 3층 전시실과 휴게 공간에 아무도 없는 것을 한 번 더 확인했다.

  종종걸음을 쳐서 전시실로 들어가더니 벽에 걸린 문제의 그림을 떼어 내 밖으로 들고 나갔다.

  계단으로 내려가려다 엘리베이터가 3층에서 정지되어 있는 것을 보고 엘리베이터를 타고 1층으로 내려갔다. 1층에 내려가서는 곧바로 관리실로 향했다.

7

주민수는 관리실 최 주임의 책상을 뒤졌다. 맨 밑 서랍에서 영수증들 속에 파묻혀 있는 담뱃갑을 찾아냈다. 야간 관리를 맡고 있는 최 주임이 피우는 담배였다.

그는 서랍에서 담뱃갑과 라이터를 꺼내 들고 관리실 밖으로 나왔다. 미술관 1층 홀로 나와 카페로 들어가려다가 여학생 몇 명이 식사를 준비하고 있어 출입문으로 발걸음을 돌렸다.

출입문을 밀고 나오자 머리가 아플 만큼 눈이 부셨다.

강력한 조명들이 기다렸다는 듯이 쏟아졌다. 눈을 몇 번 깜박거리자 하얗던 전경이 서서히 구체적인 윤곽을 그리며 눈에 들어왔다. 미술관 정문 밖에서 무슨 일이 일어나고 있는지 감지할 수 있었다. 이전과는 다른 일이 벌어지려는 걸 눈치 챘다.

전경들과 기자들은 양쪽으로 밀려났다. 대신 그 자리에는 한국

군인들과 알록달록한 갈색 군복에 철모를 쓰고 자동 소총으로 중무장을 한 미군들이 부산하게 움직이고 있었다. 그 너머 10여 대가 넘던 방송 차량들은 세 대밖에 보이지 않았지만, 소방차들은 오히려 두 배 넘게 배치되어 있었다. 김우진이 경찰서장에게 아침 9시에 농성을 풀고 나가겠다고 최종 통보를 하고 그 사실이 뉴스를 타고 알려졌는데도, 미군의 대테러 진압부대는 일찌감치 도착해 만반의 준비를 하고 있는 게 분명했다.

주민수는 미술관 안으로 다시 들어왔다. 한쪽 구석에 몸을 살짝 숨겼다. 미술관 밖에 펼쳐진 광경을 유리문으로 내다보며, 담배를 꺼내 천천히 피우기 시작했다. 얼마 후, 담배 한 대를 다 피우자 또 한 대를 꺼내 피웠다. 그는 그 자리에서 담배 세 대를 연달아 피웠다.

뒤에서 고진미의 목소리가 들렸다.

"어머, 주 과장님도 담배를 피우시네요."

주민수는 돌아보고는, 담배를 허겁지겁 껐다.

"······십 년 넘게 피우다가 작년에 끊었는데 결국 다시 피우게 됐어요."

고진미는 그를 측은한 눈길로 보았다.

"나가서 겪을 일을 걱정하시는 거죠?"

"네."

"마음이 많이 심란할 거예요. 긴장도 되고요."

"네······."

"편하게 생각하세요. 잘될 거예요. 우리는 최선을 다했어요."

"이젠 제가 고 실장님의 위로를 받네요. 고 실장님은 의외로 여유 있으세요."

"이런 상황에서 마지막까지 버티고 악바리 근성을 발휘하는 건 늘 여자였어요. 유한나 학생을 보세요."

"그건 그래요."

주민수는 가볍게 대답했다.

"2층으로 올라오세요. 학생들이 최후의 만찬을 준비해 놨더라고요. 벌써 새벽 네 시가 되었는데, 어제 점심 이후 먹은 거라곤 커피와 주스 밖에는 없어요. 내일, 아니 오늘부터 우리 두 사람, 밥도 제대로 챙겨 먹지 못해요. 지금 안 먹어 두면 굉장히 힘들 거예요. 올라가서 같이 식사해요."

"네."

주민수는 대답은 했지만 쉽게 발을 떼지 못했다.

고진미는 그 모습을 바라보기만 하다가, 옆으로 다가갔다.

"담배 한 대 더 피우세요. 같이 있어 줄게요."

그녀는 홀가분한 음성으로 말했다. 주민수는 겸연쩍은 듯이 웃고는 담배를 한 대 꺼내 피우기 시작했다.

"잘되겠죠?"

고진미가 물었다.

"네…… 잘될까요?"

이번에는 주민수가 물었다.

"그럼요."

 고진미는 그에게 더 이상 아무 말도 걸지 않았다. 그 역시 아무 말 없이 담배만 피웠다. 팽팽한 긴장감이 흐르는 미술관 밖의 광경만큼이나 두 사람에게서도 긴장감이 맴돌았다. 두 사람은 그 긴장감을 침묵으로 진정시키려는 듯 말없이 미술관 바깥만 바라보며 한참을 그렇게 서 있었다.

 눈을 뜨자 눈앞에 전시실 바닥이 보였다.
 지금 뭘 하고 있는 거지? 주민수는 무언가 잘못되었음을 인지했지만 그게 뭔지 분간이 가지 않았다. 머릿속이 제멋대로 흔들리고, 그렇게 흔들릴 때마다 의식이 흐트러지는 것 같았다. 다시 눈을 감았다가 떴다 하며 어떻게든지 정신을 차리려고 애썼다.
 여러 번 그러고 났더니, 시야가 한층 맑아진 것을 느꼈다. 그는 몸을 흔들어 고개를 뒤로 젖혔다. 바로 뒤에 고진미가 눈을 감고 자신과 비슷한 자세로 누워 있었다.
 주민수는 고개를 움직여 주위를 돌아다보았다. 서서히 공간에 대한 감각이 살아났다. 그녀가 전시실 바닥에 쓰러져 있다는 것을 알았고, 두 사람이 있는 곳은 전시실 한쪽 모퉁이였으며, 두 사람의 손이 뒤로 묶여 있다는 것도 알게 됐다.
 놀라운 것은 그뿐만이 아니었다. 전시실 한가운데는 학생들이 두 명씩 등을 맞대고 앉은 채 묶여 있었다. 그리고 학생들 너머 전시실 입구 쪽에는 양구오와 박이칠이 서 있었다. 승리자라도 된 것 같은 등등한 기세였다.

주민수는 어렵지 않게 상황을 이해했다. 양구오 일당에 의해 자신과 고진미는 물론 열여섯 명의 학생들이 완전히 제압당한 것이다. 그런데 언제 이런 일이 벌어진 것일까?

궁리하려고 시간을 거꾸로 헤아려 보려 하는데 고진미가 정신이 드는지 신음을 내고 있었다. 주민수는 그녀의 다리를 발로 가볍게 차며 속삭였다.

"……고 실장님, 고 실장님."

몇 번을 그렇게 부르자 그녀는 괴로운 듯 인상을 쓰며 몸을 움직이다, 바로 앞에 주민수가 있는 것을 보더니 정신이 번쩍 든 듯 눈을 크게 떴다.

"주 과장……."

"쉿! 큰 소리 내지 마세요."

"아니 어떻게……."

고진미는 이리저리 고개를 돌려보았다.

"이게 어떻게 된 일이에요?"

그녀도 상황을 파악했는지 속삭이듯 말했다.

"저 자식들한테 붙잡혀 버린 것 같아요."

"여기가 몇 층이죠?"

"3층이에요."

고진미는 불편한 몸을 흔들어 보다 그제야 손이 묶인 것을 알아

차렸다.

"왜 이렇게 된 거예요?"

"모르겠어요."

고진미는 잠시 골똘하게 생각했다.

"……지금 이 느낌을 알아요!"

"뭐가요? 무슨 느낌이요?"

"주 과장님이 주신 약 있잖아요. 부인이 드신다는 수면제요. 그걸 먹고 난 후에도 비슷한 느낌이었어요."

그녀는 자신이 한 말에 스스로 놀라며 그를 말똥말똥 쳐다보았다.

"그거예요! 그걸 먹은 거예요. 아니, 먹인 거예요. 아주 독하게요."

"그걸 쟤네들이 어떻게……"

"전시실에 그림을 걸기 전에 깡패 두목이 학예연구실에 올라왔었어요. 그때 제가 한눈을 판 사이에 들고 나간 것 같아요. 그리고 아마……"

"식사할 때 어딘가에 넣었겠죠."

"그래요…… 아, 생수통!"

"맞아요, 생수통."

주민수는 분했는지 아랫입술을 깨물었다.

"이제 어떻게 하죠?"

그때 전시실 입구에 서 있던 양구오와 학생들이 무슨 말을 주고

받는 소리가 들리기 시작했다. 주민수와 고진미는 대화를 멈추고 그들의 말에 귀를 기울였다.

"……그렇게 폼 잡고 다니더니 고작 그림 도둑이었어?"

김우진의 목소리였다.

"그럼 뭔 줄 알았나? 우릴 너무 과대평가하지 마."

양구오가 심드렁한 목소리로 빈정거렸다.

"그 그림들, 어디다 팔기 힘들 거야. 아마 미국이 미술품 암시장이란 암시장은 다 샅샅이 뒤지며 당신들을 끝까지 추적할걸."

김우진과 등을 맞대고 묶여 있는 유한나가 날카롭게 쏘아붙였다.

"맹랑한 아가씨가 별 걸 다 걱정해 주시는군. 우리는 이딴 그림 따위에는 관심 없어. 이 그림들을 원하는 건 러시아 마피아야. 우리는 걔네들한테 넘기기만 하면 그만이고."

주민수는 대화에 촉각을 곤두세우면서도 눈은 전시실을 꼼꼼하게 둘러보았다. 3층 전시실에 걸려 있던 그림들 가운데 몇 개가 없어진 걸 발견했다. 고진미에게 물었다.

"고 실장님, 이상해요. 저 자식이 아까 여기 있는 그림들 가운데 열 점만 진짜라는 이야기를 듣긴 들었어도, 그게 뭔지는 몰랐을 텐데, 전시실을 보니까 그것만 골라서 뜯어낸 것 같아요."

"……알았을 거예요."

"어떻게요?"

"저 영리한 깡패 두목이 결국 알아냈어요, 후……."

고진미는 허탈하게 한숨을 쉬고는, 눈을 감았다. 그때 전시실 입구에서 박이칠의 목소리가 들렸다.

"그리고 너 이 쌍년아. 너, 밖에서 나 만나면 안 돼. 네 년 얼굴 보는 순간, 그 자리에서 죽여 버릴 거니까."

유한나에게 하는 말이었다. 곧바로 그녀가 받아쳤다.

"너야말로 나 만나면 안 돼. 다른 학생들한테 학교에서 내 별명이 뭔지 한번 물어 봐. 내가 너 같은 덜떨어진 꼴통 양아치들을 몇 명이나 손봤는지 알아!"

"이런 씨!"

"그만해라."

양구오가 말을 끊었다.

"학생들한테 고맙다고 하지는 못할망정 그렇게 대접해서는 안 되지……. 이건 인정하지. 솔직히 너희들이 아니었으면 우리는 이 일을 못했을 거다. 그림 훔치는 건 우리 전문이 아니니까. 아니지, 애초에 우리가 찾는 게 그림이라는 것조차 몰랐을 거다. 게다가 기껏 훔쳐 갖고 나갔는데 대부분은 가짜였겠지. 전화위복이라는 말이 이렇게 딱 맞아떨어지게 쓰이는 경우가 또 어디 있겠나?"

"아직 좋아하기는 이를 거야. 밖은 전경들이 미술관을 몇 겹으로 에워싸고 있고 그것도 모자라 미군 대테러 진압부대까지 와 있어. 너희들은 사격 연습감 정도밖에는 안 돼."

김우진의 목소리였다.

"그런 걱정도 접어 둬라. 여기 있는 내내 어떻게 나갈지 궁리했거든. 최후에는 미술관에다 불 지를 생각까지 했어. 하지만 미술관을 지키겠다는 사명감으로 똘똘 뭉친 친절한 안내자 덕분에 여기서 조용하고 편안하게 나갈 수 있게 됐지. 인공위성도 우리가 나가는 걸 발견하지 못할 거다."

양구오는 여유가 넘쳐 보였다.

주민수는 곧바로 고진미를 쳐다보았다. 눈이 마주치자 그녀는 급히 눈을 내리깔며 그의 시선을 피했다.

학생들과 그들의 대화도 그게 전부였다. 이후로는 양구오와 박이칠의 목소리만 작게 들렸다. 아마도 그 내용은 미술관을 빠져나가기 위한 마지막 계획 같은 것일 게 분명했다.

주민수는 고개를 조심스럽게 돌려 학생들이 있는 쪽을 바라보았다. 그때 한 학생이 양구오와 박이칠을 주시하면서, 뒤로 묶인 손으로 핸드폰을 계속 움직이고 있는 것을 발견했다. 주민수는 그 학생이 핸드폰으로 지금 벌어지는 상황을 촬영하고 있는 것이라고 생각했다.

잠시 후, 이야기를 주고받던 양구오와 박이칠이 밖으로 나갔다.

"……두 사람이 나갔어요. 고 실장님, 끈 좀 풀어 주세요."

주민수는 몸을 돌려 고진미에게 등을 보이게 했다.

"어떡하시려고요?"

"어떡하긴요. 쟤네들이 못 빠져나가게 해야죠."

"미술관을 나간 거예요?"

"아직은 아닌 것 같아요. 빨리요!"

"주 과장님은 어떡하시게요?"

"밖에 나가서 사람들한테 알릴 거예요. 빨리 풀어 보세요!"

"어떻게 풀라는 거예요?"

"먼저 제 손목을 묶은 끈의 매듭을 잘 보세요. 그런 다음 고 실장님도 몸을 돌리고 손가락을 움직여서 대충 감으로 끈을 푸는 거예요. 힘드시겠지만 해볼 때까지 해보세요. 보니까 견고하게 묶은 것 같지는 않아요."

고진미는 그의 손목을 묶은 끈의 매듭을 살폈다. 그러고 나서 몸을 돌려 주민수와 등을 마주한 자세를 했다. 그러자 주민수가 그녀한테 바짝 붙어 더듬으며 손을 찾았다. 고진미는 주민수의 말대로 손가락의 감각에만 의지해 끈을 풀기 시작했다.

"내가 그렇게 이야기하지 말라고 했는데, 고 실장님이 이야기했죠? 비밀통로요."

주민수는 끙끙거리며 애쓰는 고진미에게 물었다.

"어쩔 수 없었어요. 미술관을 불 지른다고 하잖아요."

"그런 말을 안 해도 고 실장님은 이야기해 줬을 거예요."

"무슨 일이 있어도 저는 꼭 죽여 버리겠다고 했어요! 됐어요?"

고진미는 발끈 화를 내며 말했다.

"……빨리 끈이나 푸세요."

고진미는 처음에는 매듭도 못 찾아 애를 먹었지만 점차 제법 능숙하게 손가락을 움직였다. 그러기를 반복하던 어느 순간, 주민수는 자신의 손목을 묶고 있던 끈이 느슨해지는 것을 느꼈다.

"이제 그만하세요. 제가 해볼게요."

주민수는 손을 비틀며 혼자 끈을 풀려고 했다. 잠시 후, 손목을 묶은 끈이 스르르 빠져나가듯 풀렸다.

그는 가볍게 손목을 돌리기도 하고 주무르기도 하면서 묶여 있던 손을 부드럽게 풀어 주었다. 그런 다음 곧바로 바닥에 엎드린 자세를 취했다.

"고 실장님은 여기 가만히 계세요."

"제 끈도 풀어 주세요. 팔 아파 죽겠어요."

"고 실장님은 당분간 묶여 있는 게 나을 것 같아요."

주민수는 포복 자세로 학생들이 있는 곳으로 기어가기 시작했다.

"주 과장님! 주 과장님!"

뒤에서 고진미가 불렀지만 주민수는 못 들은 척하고 계속 기어갔다.

점점 다가가자 몇몇 학생들이 눈치를 챘다. 곧 김우진과 유한나를 포함한 전체 학생들이 그를 알아보고 놀란 표정을 지었다. 주민수는 검지를 입에 갖다 대며 아무 말도 하지 말라는 신호를 보냈다.

학생들이 묶여 있는 곳에 도착한 주민수는 포복을 멈추고 잠시 그 자세를 유지하면서 전시실 밖에서 들려오는 소리에 귀를 기울였다. 얼마 후, 그는 바닥에서 벌떡 일어나 재빨리 전시실 입구 쪽으로 달려갔다.

주민수는 곧장 전시실 밖으로 나가지 않고 입구에 멈춰 섰다.

그리고 고개를 살짝 내밀어 바깥 동정을 살폈다. 양구오와 박이칠과 오공삼이 3층 휴게 공간 소파에 앉아 이야기를 나누고 있었다.

주민수는 숨을 고르며 적절한 타이밍을 잡으려고 했다. 그러다가 바로 이때다 하고 생각한 순간, 그는 쏜살 같이 밖으로 달려 나갔다.

"……어? 저 새끼 잡아! 빨리!"

양구오가 주민수를 발견하고 소리를 질렀다. 주민수는 뒤도 돌아보지 않고 달려 계단으로 내려갔다.

탕!

2층으로 거의 다 내려 왔을 때쯤 총성이 들렸다.

주민수는 깜짝 놀라 멈칫하며 급히 몸을 말았다. 고개를 돌려보니 박이칠이 총을 들고 달려 내려오고 있었다. 주민수는 다시 달리기 시작했다.

탕!

1층으로 다 내려가 홀로 나가려고 할 때쯤 또다시 총성이 들렸다.

주민수는 쓰러질 것처럼 몸을 움츠렸다. 하지만 총에 맞지 않았다는 것을 알고 지체 없이 1층 홀을 내달렸다.

탕!

세 번째 총성이 들렸다.

이번에는 총성과 함께 눈앞에 보이던 출입문의 대형 유리창이 한 번에 박살났다. 주민수는 총에 맞은 게 아니라 그 소리에 놀라 그대로 바닥에 엎어졌다. 그때 뒤에서 양구오의 목소리가 들렸다.
"그냥 올라와! 그냥 올라오라고!"
뒤를 돌아보자 계단을 다 내려온 박이칠이 다시 올라가는 게 보였다. 주민수는 자리에서 벌떡 일어나 밖으로 달려 나갔다.
미술관 앞마당으로 나가자 밖에서는 그 어느 때보다도 강한 조명이 주민수의 눈을 때렸다. 그는 계속 달려 나가다 마당 중간쯤에 멈춰 선 다음 두 손을 번쩍 들었다.
"쏘지 마세요! 쏘지 마세요! 미술관 직원입니다! 미술관 직원이라고요!"
주민수는 만세를 부르는 동작으로 큰 소리를 지르며 정문으로 걸어갔다.
수많은 발광체들이 그를 노려보았다. 그 사이사이에는 수많은 총구들이 감춰져 있을 것이다. 흉측한 괴물이 눈앞에 버티고 선 것 같은 느낌이었다. 저 괴물이 한 입에 덥석 잡아먹을지도 모른다는 두려움 같은 게 등골을 스치고 지나갔다. 저 많은 총구들 가운데 하나가 우연히 발포될지도 모른다는.
그는 천천히 팔을 내리고 미술관 정문의 걸쇠를 만졌다. 새삼 자신의 직분을 생각했다. 맨 처음 미술관의 문을 여는 사람 그리고 맨 마지막으로 미술관의 문을 닫는 사람. 여전히 그 일에 충실했다는 생각이 들었다.
여전히 무수한 불빛들이 그를 에워싼 상태에서 한 사람이 문 앞으로 다가왔다. 종로경찰서 서장이었다. 그리고 또 한 사람이 앞으로 나왔다. 그는 한국군의 지휘관으로 보였다. 그리고 또 한 사람이 나왔는데 그는 미국인 같았다. 그가 아마도 미군의 지휘관일 것이다. 평범하고 친근해 보였다. 미국에 여행 갔다가 길을 잃으면 친절하게 길을 찾아줄 것 같은 그런 인상이었다.

조명들이 줄어들자 숨어 웅크린 괴물의 정체가 서서히 드러났다. 군인들과 전경들 그리고 또 그 뒤로 기자들과 수많은 사람들의 시선이 자신을 눈으로 훑고 있었다.

"무슨 일입니까!"

도대체 몇 사람인지도 모를 목소리들이 동시에 쏟아져 나왔다. 주민수는 경찰서장을 알아보았다.

"무슨 일이오?"

경찰서장이 길을 잃어 헤매는 노인을 도와주는 교통경찰처럼 편안하게 물었다. 주민수는 미술관 정문을 열었다.

"……빨리 들어오세요! 다 끝났어요!"

주민수는 한꺼번에 긴장이 풀려 다리가 후들거렸다.

"아, 그보다 빨리 경찰들을 뒤로 보내세요. 강도들이 빠져나갔어요."

"강도라뇨?"

"설명할 시간이 없어요. 먼저 경찰 병력을 뒤로 보내세요!"

주민수는 안간힘을 다해 소리를 질렀다. 금방이라도 바닥에 드러눕고 싶은 생각뿐이었다.

"미술관 뒤 말입니까?"

"아니요, 그게…… 그게 저 뒤에 있는 행복양로원 쪽이에요. 양로원 쪽으로 빠져나갈 거예요."

"대체 이게 무슨 말인지……."

"나중에 설명 드릴게요. 시간이 없어요. 3인조 강도가 그림을 훔쳐서 빠져나갔다고요. 모두 양복을 입고 있어요."

"3인조…… 여기를 어떻게 빠져나갔단 말이오?"

"비밀통로가 있었어요. 거기로 나가면 바로 행복양로원 앞까지 갈 수 있어요. 아예 그 근처를 모두 차단해 버리세요."

"학생들은 어떻게 됐소?"

"다 묶여 있어요. 빨리 움직이세요! 시간이 없다니까요!"

주민수는 간신히 문을 부여잡은 채 버티고 섰다.

경찰서장은 한국군과 미군 지휘관에게 상황을 설명하는 듯했다. 아마 그 두 사람이 누구를 미술관 내로 투입시킬지 판단할 것이다. 투입 규모도 결정할 것이다. 주민수는 그들의 결정을 초조하게 기다렸다.

잠시 후, 경찰차 몇 대가 사이렌을 울리며 긴급히 미술관 옆길로 빠져나갔다. 동시에 경찰서장이 이끄는 한 무리의 전경들이 미술관 안으로 우르르 몰려 들어갔다.

새벽 6시. 날짜로는 사흘째, 시간으로는 45시간 만에 아르스 미술관 점거사건이 막을 내리는 순간이었다.

그 후의 일들

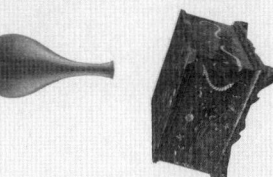
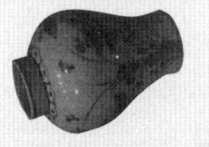

아르스 미술관 점거사건은 미술품을 볼모로 약탈된 문화재를 돌려받으려던 기상천외한 방식만큼이나 과정도 특이했으며 마무리도 남달랐다. 미술관 점거라는 새로운 유형의 아트 테러를 전 세계에 알리면서 시작된 사건은 양구오 일당이 개입하면서 엉뚱하게도 미술품 도난사건으로 마무리된 것이다.
 점거농성을 해산한 이후 김우진을 포함한 열여섯 학생들은 전원 연행되어 조사받았다.
 당초 김우진, 유한나, 김명호, 강나래, 이렇게 주동 학생 네 명은 구속될 것으로 전망했으나, 수사 결과 이들이 그림을 탈취할 목적으로 먼저 침투한 양구오 일당에게 위협을 당했고, 미술품 도난사건과는 관련이 없을 뿐만 아니라, 무엇보다도 불태운 조지아 오키프의 그림이 미리 준비한 복제화라는 사실이 밝혀져 정상이 참작

되었다. 그래서 리더인 김우진만 구속되고 나머지 학생들은 훈방조치되었다.

주민수와 고진미는 근 한 달간 강도 높은 조사를 받았다. 처음에는 많은 사람들이 초기에 미술관을 빠져나와 내부에서 벌어지는 상황을 알리지 않은 것을 질타했지만, 점차 사건의 세세한 정황이 드러나면서 당시 두 사람의 잔류가 용기 있는 판단이었음을 인정했다.

문제는 양구오 일당과 도난당한 열 점의 조지아 오키프 그림들이었다.

주민수의 신고로 경찰이 비밀통로가 이어지는 행복양로원 부근을 전면 차단했음에도 그들은 간발의 차이로 양로원 앞 건물 신축 공사장 하수구로 빠져나가 도주한 것으로 드러났다.

이들에 대한 수사는 결코 쉽지 않았다. 양구오, 박이칠, 오공삼이라는 이름은 모두 가명이었다. 또 미술관 전시실 3층에서 학생 전원과 주민수, 고진미가 감금되었을 때 한 학생이 몰래 촬영한 핸드폰 동영상 자료가 있었지만 불행하게도 얼굴이 나오지 않았고, 이전에 미술관을 사전 답사할 때 찍힌 CCTV 영상 자료도 변장 때문에 아무런 도움이 안 됐다.

그나마 핸드폰 동영상에 이들의 목소리가 녹음이 되었다. 또 김우진이 '사진이나 마찬가지'라고 말한 세 사람의 몽타주를 직접 그려줘 미진한 대로 수사를 진행해 나갈 수 있었다.

한편 미국 CIA와 FBI 그리고 인터폴은 합동으로 도난당한 조지아 오키프 그림의 행방을 추적했다. 이들은 특별수사팀을 구성하고 미술품 도난사건 관련 전문가들을 총동원해 사활을 걸다시피 하며 전 세계 미술품 암시장과 특히 양구오 일당이 그림을 인도하기로 한 러시아 마피아를 집중적으로 수사했다. 수사는 요란하고 거창했지만 그러기만 했을 뿐 별다른 성과를 내지 못하고 있었다.

수사 상황이 지지부진한 양상을 보이면서, 국내는 물론 전 세계를 떠들썩하게 했던 아르스 미술관 점거사건은 사람들 기억 속에서 서서히 잊히는 듯했다.

결국 미결로 남을 것처럼 보였던 사건은, 점거농성이 종료되고 두 달 후부터 발생한 뜻밖의 일이 계기가 되어 다시 세계적인 관심을 끌기 시작했다. 도난당했던 조지아 오키프의 그림들이 예상치 못한 곳에서 나타나기 시작한 것이다.

그 그림들은 정체를 알 수 없는 누군가가 국제우편으로 보낸 것으로, 가장 먼저 등장한 나라는 이집트였다.

그로부터 한 달 반 후에는 그리스에 나타났고, 그 뒤 한 달 후에는 중국에서도 모습을 보였다.

그림의 발신지는 모두 러시아로 각각 크라스노야르스키, 노보시비르스크, 모스크바였다. 한국 경찰과 미국 특별수사팀은 아르스 미술관 점거사건 당시 양구오가 건네주기로 한 러시아 마피아가 그림을 보냈다고 추정했다.

주목해야 할 것은 수신지였다. 그 수신지들은 모두 매우 의미심장한 곳들이었다. 이집트의 경우는 반외세 민족주의 색채를 강하게 띤 '범아랍권 문화재환수위원회'였고, 그리스도 역시 민족주의 성향이 강한 '그리스문화재건을 위한 국민연대'였으며, 중국은 골수 공산당원으로 구성된 '중화문물환수를 위한 인민들의 투쟁전선'이었다.

또 주목해야 할 점은 단지 그림만 보낸 게 아니라는 사실이었다. 그림과 함께 영어로 쓴 편지를 함께 보냈는데, 거기에는 조지아 오키프의 그림을 보내는 이유에 대한 아무런 설명도 없이 이런 메시지만 짤막하게 적혀 있었다.

> 헨더슨 컬렉션은 물론 미국이 약탈해 간 모든 한국의 문화재들을 한국에 반환하라. 그러면 우리는 조지아 오키프의 그림을 모두 미국에 반환할 것이다.

미국 정부는 조지아 오키프의 그림을 받은 나라들에게 즉각 돌려 달라고 요청했다. 하지만 해당 국가들은 콧방귀도 안 뀌었을 뿐만 아니라 정체불명의 인물 또는 단체가 보낸 메시지와 동일하게, 만약 미국이 약탈해 간 한국의 문화재를 한국에 반환한다면 조지아 오키프의 그림을 돌려줄 용의가 있다고 밝혔다.

미국과 조지아 오키프의 그림을 받은 나라들 사이에 미묘한 줄다리기가 계속되는 가운데, 드디어 설마설마 하던 일이 벌어지고 말았다. 조지아 오키프의 그림이, 그것도 한 점이 아니라 두 점이나 북한에서 모습을 드러낸 것이다.

주민수는 그 일을 한 아파트에서 상세하게 알게 되었다.

그 무렵, 그러니까 아르스 미술관 점거사건이 끝난 지 6개월이 지났을 때, 그는 로켓전자 AS기사로 일하고 있었다. 사건 이후 한 달간 조사를 받느라 아무 일도 할 수 없었고 또 하고 싶지도 않았다. 하지만 가장으로 마냥 놀고만 있을 수는 없어 조사가 어느 정도 마무리될 때쯤 직장을 다시 찾았고 일을 시작하게 되었다.

이전에 다른 전자 회사에서 AS기사로 일했던 적이 있어 일 자체는 별 어려움이 없었다. 문제는 집이나 회사를 방문해야 하는 AS기사의 특성상 발생하는 일들이었다. 특히 아주머니들이 연락한 가정집에 방문할 때는 해당 서비스 업무 이외의 일들이 무보수로 추가되었다. 도대체 집안의 남자들은 무엇을 하는지, 못 박는 일부터 가구를 옮기는 일, 전등을 새로 달거나 문을 고치는 일, 심지어는 설거지까지 해야 할 때도 있었다. 다른 일정이 잡혀 있다고 해도 대부분 막무가내로 밀어붙이다시피 했고, 그의 경우는 거의 시키는 대로 해주는 편이어서 업무에 종종 차질을 빚곤 했다.

지금도 한 아주머니가 TV가 잘 나오지 않는다고 해서 왔다가 욕실 샤워기를 바꾸고 부엌 싱크대를 고치는 일을 먼저 해야만 했다. 그런 잡일을 다 하고 난 다음에야 TV를 손볼 수 있었는데, 정작 그 일은 5분도 채 안 걸려 끝났다.

주민수는 TV 점검을 마치고 채널이 고르게 다 잘 나오는지 보기 위해 리모컨 스위치를 조작하며 화면을 살펴보았다. 바로 그때 TV

에서 뉴스가 나오고 있었다.

앵커 ……북한 당국이 조선 중앙 TV를 통해 공식입장을 발표했다고 하죠? 어떤 내용입니까?
기자 네, 그러나 그 내용은 이전에 이집트와 그리스 그리고 중국에서 발표한 것과 별반 차이가 없었습니다. 먼저 북한 당국의 발표 내용을 직접 들어 보시죠(조선 중앙 TV 화면이 나온다. 화면에는 경직된 자세로 앉은 남자 아나운서가 절도 있고 힘찬 목소리로 말하고 있다/ **북한 아나운서** 우리는 미국이 북경 주재 미대사관을 통해 통보한 조지아 오키페의 그림 반환 요청을 즉각 거부한다. 이는 조선이 조지아 오키페의 그림에 대한 소유권을 주장하는 것이 아니다. 만약 우리가 조지아 오키페의 그림을 미국에 돌려준다면, 악명 높은 문화재 절도 국가인 프랑스나 영국 같은 유럽 나라들이, 문화재 반환을 요구하는 국가들에게 입버릇처럼 이야기하는 선례를 남길 수 없다는 원칙과, 문화재 절도 국가들이 모여 만든 인류 보편의 박물관 선언이라는 터무니없는 선언문에 명시한 바대로, 위대한 문화는 특정 국가의 소유가 아니라 인류 공통의 소유라는 원칙에도 어긋나기 때문이다. 실상 우리는 조지아 오키페의 그림이 필요 없다. 우리 조선에는 그보다 훨씬 대단한 예술가들의 훌륭한 작품들이 얼마든지 있다. 허나, 우리 조선은 세계 법질서와 안정을 위해 그 그림들을 돌려줄 수도 없고 돌려줘서도 안 된다. 우리가 선례를 남긴다면 문화재 절도 국가들은 전 세계에서 동시다발적으로 벌어질 엄청난 건수의 반환 요청을 감당할 수 없을 것이다. 미국은 우리 조선이 조지아 오키페의 그림을 불법으로 취득한 것이라고 말하고 있다. 그러나 우리는 선물로 받은 것이지 일본이나 미국, 또 프랑스나 영국처럼 약탈한 것이 아니다. 설령 불법으로 취득한 것이라고 해도, 그들이 갖고 있는 외국 문화재 가운데 불법으로 취득하지 않은 것이 단 한 점이라도 있었던가! 이제 조지아 오키페의 그림은 미국 인민의 것이자 조선 인민의 것이다! 우리는 이를 공식적으로 천명한다).

앵커 역시 예상대로군요. 조선 중앙 TV와 함께 노동신문을 통해서도 공식입장을 발표했다고 하는데, 어떤 내용입니까?

기자 네, 노동신문에서는 보다 강한 어조로 미국의 그림 반환 요청을 거부했습니다.

북한은 오늘자 노동신문에서 '헛소리는 집어치워라!' 라는 사설을 통해 미국의 요청은 '도둑질한 물건으로 대궐을 꾸민 천하의 대도(大盜)가 좀도둑이 들어와 자기 집 숟가락을 훔쳤다고 성을 내며 길길이 날뛰는 격' 이라고 비난하면서 조지아 오키프의 그림을 돌려받을 생각은 '꿈에도 하지 말라' 고 강하게 못 박았습니다.

앵커 그런데 이번에 북한으로 보낸 조지아 오키프의 그림에는 별도의 메시지가 없었다고 하죠?

기자 그렇습니다. 현재 알려진 소식으로는 두 점의 그림만 보내졌다고 합니다. 또한 이전에 조지아 오키프의 그림을 받은 다른 나라들과는 달리 헨더슨 컬렉션의 반환 요청은 물론이고 우리나라에 대한 언급도 일절 없었습니다. 이는 현재 다소 경직된 양상을 보이고 있는 남북 관계와 관련된 것으로 보입니다.

앵커 그 외에 주목해야 할 점이 있다고 들었는데, 그건 무슨 말입니까?

기자 민감하신 분들은 벌써 눈치 채셨겠지만, 조금 전 조선 중앙 TV에서 아나운서가 조지아 오키프를 시종 '조지아 오키페'로 발음하고 있습니다. 언뜻 실수라고 생각할지도 모르겠으나, 그렇게 단순하게 판단할 사항은 아닌 듯싶습니다. 이번에 조선 중앙 TV에서는 이례적으로 평양 교외에 있는 김정일 국방위원장의 별장을 공개했습니다. 이는 처음 있는 일인데요, 김정일 위원장이 외국 대사와 담소를 나누고 있는 장면을 보여주면서 공개된 겁니다(화면으로는 김정일이 외국 대사들과 별장 접견실에서 담소를 나누고 있는 모습이 비친다). 그런데 화면을 보시면 아시겠지만 담소를 나누고 있는 김정일 위원장의 뒤에 바로 조지아 오키프의 그림이 걸려 있습니다. 1928년에 완성한 **동양 양귀비**라는 작품입니다. 그런데 그 작품이, 거꾸로 걸려 있습니다.

앵커 지금 저 상태가 거꾸로 걸린 모습입니까?

기자 네, 이를 두고 여러 말들이 나오고 있는데, 고의적으로 그랬을 거라는 의견이 지배적입니다. 물론 그림 자체가 위아래를 쉽게 구분할 수 없기도 하지만 북한에서 그 정도를 몰랐을 리 없었을 겁니다. 그래서 조지아 오키프를 계속 조지아 오키페라고 하는 거나 그림을 거꾸로 걸어 놓은 거나, 모두 어떤 항의의 표시가 아닌가 하는 추측입니다.

이를 구체적으로 지적하는 사람들은, 과거 그레고리 헨더슨이, 약탈한 우리나라 문화재를 단순한 인테리어 소품 정도로 여겨 집 안을 장식하는 데 활용하거나 지하에 아무런 보존 시설도 없이 방치한 것에 대한 냉소적인 표현이라고 보고 있습니다.

그레고리 헨더슨이 고려 불화를 벽난로 위에 걸어 놓고, 국보급 도자기들을 화장실을 장식하는 데 썼다는 이야기는 이미 잘 알려지지 않았습니까? 더욱이 김정일 위원장이 초대한 외국 대사가 이집트와 그리스 그리고 중국 대사였습니다. 이는 무엇을 말하는 것이겠습니까?

앵커 그렇군요. 거꾸로 걸려 있는 조지아 오키페, 아니 조지아 오키프의 그림 앞에서 포도주 잔을 들고 활짝 웃고 있는 김정일 위원장의 모습이 참 묘한 대조를 이루는 것 같습니다. 그럼 북한으로 간 두 점의 조지아 오키프 그림 가운데 한 점은 어디에······.

한창 TV 뉴스에 몰두해 있는 주민수를 뒤에서 아주머니가 큰 소리로 불렀다.

"아저씨, TV 다 고쳤으면 이리 와서 싱크대 수도 좀 봐주세요."

주민수는 그 말을 듣지 못했다.

"이것 봐요. TV 다 고쳤으면 싱크대 수도 좀 봐달라고요."

"네?"

그제야 그는 고개를 돌려 아주머니를 쳐다보았다.

"싱크대 수도 좀 고쳐달라고요!"

"잠깐만요. 뉴스 좀 보고요."

"뭐라고요? 이 양반이…… 여기 TV 보러 왔어요!"

"가만 좀 있어 봐요! TV 보고 고쳐드릴게요!"

주민수는 버럭 소리를 질렀다.

아주머니는 곰 같은 덩치를 가진 사람이 고분고분하게 굴다가 갑자기 으르렁거리자 황당하다는 표정으로 입만 벌리고 서 있었다. 주민수는 다시 TV 뉴스에 귀를 기울였다.

앵커 ……이번 경우는 별도의 메시지도 없을 뿐만 아니라 발신지도 밝혀지지 않았는데, 이번에도 역시 열 점의 조지아 오키프의 그림을 갖고 있는 것으로 짐작되는 러시아 마피아가 벌인 일이라고 봐도 될까요?

기자 미국에서는 이미 그렇게 결론을 내린 것 같습니다.

앵커 러시아 마피아에 대한 수사는 어떻게 되고 있습니까?

기자 사실상 아무런 진척이 없다고 봐도 무방합니다. 조지아 오키프의 그림이 그리스에 보내졌을 때부터 러시아 마피아에서는 이례적으로 대변인이라는 사람까지 앞세워 그 일이 자신들과 아무런 관계가 없다며 공식 부인하고 있지만, 얼마 전 저희 SAB TV에서 방영한 기획 특집을 통해 자세히 살펴보았듯이, 러시아 마피아라는 조직이 전 세계에 퍼져 있고 러시아 내에서만 수십 개의 분파로 나눠져 있는데다, 서로 교류를 하는 것도 아니어서 러시아 마피아가 한 것이라고 볼 수도 있고 아니라고 볼 수도 있는 상황입니다.

앵커 러시아 마피아가 개입됐건 아니건 간에 왜 이런 일이 벌어지는 것이라고 보고 있습니까? 새로운 관측이 나온 거라도 있습니까?

기자 없습니다. 여전히 반미, 반 공권력, 반 CIA, 반 인터폴에 대한 의사 표시가 아닌가 하는 추측이 지배적입니다. 한 달 전 한국 경찰과 미국 특별수사팀 그리고 러시아 경찰이 공동으로 발표한 중간 수사 결과에서 밝힌 것처럼, 마피아나 마피아 급의 범죄 조직에서 처음에는 단순히 조지아 오키프의 그림을 훔쳐 암시장에 팔아 경제적인 수익을 노리려고 했으나, 아르스 미술관 점거사건으로 전 세계의 관심이 집중되면서 유례없이 강력한 공권력이 그림에 쏠리는 바람에 향후 최소한 몇 십 년간은 사실상 매매가 불가능하게 되자, 앞서 말한 의도를 갖고 이런 일을 벌이는 걸로 보고 있습니다.

앵커 그렇군요. 어찌되었거나 미국의 입장이 참 난감하겠습니다. 이럴 수도 없고 저럴 수도 없고, 벙어리 냉가슴을 앓는다는 말은 바로 이럴 때 쓰는 것일 텐데, 북한 당국의 공식발표 이후 미국 반응은 어떻습니까?

기자 미국의 자존심은 이미 상할 대로 상한 상태입니다. 조지아 오키프의 그림이 이집트와 그리스의 해외 유출 문화재 환수와 관련된 단체로 보내졌을 때만 해도 단순히 당황하는 정도였지만 중국에 이어 북한에서도 나타나자 더 이상 참을 수 없다는 반응입니다.

그렇지만 이 반응이 공격성을 띠는 게 아니라 자성의 목소리로 이어지고 있다는 게 중요합니다. 이미 보도 드린 대로 뉴욕타임스와 CNN의 여론 조사결과 이 모든 일이 헨더슨 컬렉션과 한국에서 약탈한 문화재와 관련된 것이니만큼 그것들을 한국으로 반환하자는 의견이 각각 73퍼센트와 85퍼센트를 차지하고 있습니다.

대부분의 미국인들은 이런 식으로 모욕을 당하면서까지 남의 나라 문화재를 소장하고 있을 필요가 있냐고 묻고 있고, 프랑스나 영국과 같은 유럽 국가들에 비할 바가 아님에도 조지아 오키프와 관련된 일련의 일들을 통해 미국이 그 나라에 버금가는 문화재 약탈국이라는 오명을 입은 데 우려하고 있습니다.

이뿐만 아니라 미국의 정치인들과 지식인들 그리고 각종 문화 관련단체에서도 미국 정부의 결단을 공식적으로 요구하고 있고, 더 나아가 이참에 미국이 문화재 불법유출에 관한 전 세계적인 원칙을 다시 세워야 한다는 목소리까지 나오고 있습니다.

그러나 무엇보다도 미국이 가장 신경을 쓰고 있는 것은 우리나라 여론의 동향입니다. 우리나라 국민들이 처음 아르스 미술관 점거사건이 벌어졌을 때만 해도, 그런 방식이 너무나 낯설고 학생들의 행동이 과격하게 비춰져 강하게 반발했으나, 그 사건 이후 해외 유출 문화재에 대한 관심이 높아지면서 점차 학생들의 주장을 수긍하게 되었고, 급기야 최근에는 촛불 시위까지 벌이지 않았습니까? 더욱이 당시 학생들이 가짜 그림을 미리 준비해 와 태울 정도로 순수한 의도를 갖고 있었음에도, 이를 처음부터 테러 행위로 몰아버리고 미군 대테러 진압부대까지 동원해 진압하려 한 데 대한 자성의 목소리와 함께 미국에 대한 반발감이 다시 커져 가고 있는 상태입니다. 이런 움직임에 미국이 촉각을 곤두세우고 있는 겁니다.

앵커 문화재 약탈 문제와 관련된 유럽 국가들은 거의 경악하는 분위기라면서요?

기자 사실 아르스 미술관 점거사건이 일어났을 때 가장 마음고생이 심했던 나라는 미국이 아니라 영국과 프랑스, 독

일이었습니다. 문화재 약탈이라는 측면에서 그들에 비하면 미국은 좀도둑 수준입니다. 그렇기 때문에 그때 그 사건이 우리나라와 미국과의 갈등에서 점차 자국의 문제로 확산될까 전전긍긍했는데, 초기에 진압되어 안도했던 겁니다. 하지만 영국의 BBC 방송에서 '아르스 미술관 점거사건의 후반전'이라고 표현한 일련의 일들이 벌어지고, 거기에 직접적으로 관련 있는 국가들이 연루되자, 그 일이 사실상 자신들을 겨냥한 게 아닌가 하고 또다시 긴장하는 겁니다.
앵커 도둑이 제 발 저리는 법이죠. 그런데 말입니다, 독일 슈피겔 지에서는 미국 정부가 내부적으로는 이미 한국에 헨더슨 컬렉션을 반환하기로 결정했다는 보도가 나왔는데, 공식적으로 확인된 사실입니까?
기자 아닙니다. 그렇지만…….

그때 뒤에서 아파트 거실을 쩌렁쩌렁 울리는 아주머니의 목소리가 들렸다.
"이것 봐요! 지금 뭐 하는 거예요!"
"……알았어요, 알았어. 어디예요?"
주민수는 자리에서 일어났지만 여전히 TV에서 눈을 떼지 못한 채 아주머니가 이끄는 곳으로 향했다.

며칠 후, 주민수는 종로경찰서 오르막길을 걷고 있었다.

종로경찰서는 아르스 미술관과 조지아 오키프의 그림에 관한 새로운 일이 터질 때마다 당시 사건에 관련된 사람들을 불러 조사했다.

그때마다 매번 반복되는 똑같은 질문을 했는데, 낯선 인물한테 전화가 왔거나 이메일로 연락 받은 건 없느냐, 주변에 수상한 사람이 나타나지 않았냐, 사건 당시 양구오 일당이 그 일에 대한 어떤 단서가 될 만한 이야기를 한 게 없느냐, 등등의 내용들이었다.

물론 주민수에게 그런 일은 없었지만, 경찰에서도 이런 사람에게 그런 일이 일어났을 거라고 생각하고 있지는 않은 듯했다. 그래서 조사는 매번 형식적으로 진행되었다.

주민수는 또 뻔한 질문에 뻔한 답변만 하다가 나올 경찰서를 향해 걸어 올라가고 있었다. 그때 입구에서 고진미가 걸어 내려왔다.

"고 실장님!"

주민수가 먼저 그녀를 알아보고 반갑게 불렀다.

"어머, 주 과장님! 오랜만이에요."

고진미도 그를 보고 반색했다.

"조사받고 나오시는 건가 봐요."

"……네."

그녀의 얼굴에는 기미가 조금 더 늘어난 것 같았다. 피곤함과 짜증스러움, 이런 게 얼굴에 그늘을 채우고 있었다. 평탄하지 못하다는 증거였다.

"요즘 어떻게 지내세요?"

주민수는 일부러 얼굴을 활짝 펴고 물었다.

"그냥…… 계속 놀고 있어요. 미술관 소식은 들으셨죠?"

"네, 폐관하기로 최종 결정했다면서요."

"혹시나 해서 기다리고 있었는데, 이젠 다른 데를 알아봐야 할 것 같아요."

"좋은 미술관이었는데 안됐어요. 고 실장님이야 뭐, 워낙 공부도 많이 하셨으니까 어디든지 갈 수 있을 거예요."

고진미는 어색하게 자조 섞인 미소를 지었다.

"……주 과장님은 지금 뭐 하세요?"

"저는 로켓 전자 AS센터에서 일하고 있어요."

"잘됐네요."

"하지만 곧 그만둘 거예요."

"왜요?"

주민수는 경찰서를 손가락으로 가리켰다.

"툭 하면 불러대니까, 처음에는 이해해 주는 것 같았는데 점점 거북해 하는 눈치예요. 앞으로 직장 생활하기는 힘들지 않을까 싶어요. 식당이나 가게 자리를 알아 보려고요."

"네…… 힘내세요. 잘될 거예요."

고진미는 동병상련의 한숨을 내쉬었다.

"아, 근데 헨더슨 컬렉션은 곧 돌아올 것 같죠?"

그가 화제를 돌렸다.

"돌아가는 상황을 보니까 그럴 것 같더라고요."

"헨더슨 컬렉션인지 뭔지 때문에 지금까지도 참 애 많이 먹고 있는데……."

"그게 돌아오든지 말든지 어떻게든 일이 빨리 마무리돼서 더 이상 그 이야기가 안 나왔으면 좋겠어요. 번번이 경찰서에 불려 와 똑같은 얘기를 몇 번이나 반복하고, 정말 지긋지긋해요. 요즘에는 컬렉션이라는 말만 들어도 자다가 벌떡 일어날 정도라니까요."

고진미는 조금 흥분해서 말했는데, 오히려 그런 모습이 더 보기 좋았다.

"돌아온다고 다 끝나지는 않을 거예요. 돌아오면 돌아왔으니까 또 우리를 불러 뭔가 잔뜩 물어 볼 게 뻔해요. 차라리 느긋하게 마음먹으면서 지내세요. 당분간은 그렇게 지낸다는 생각으로요."

"그렇겠죠. 그럴 거예요. ……들어가 보세요. 빨리 마치고 나와서 다시 일하셔야죠."

"네, 그럼 살펴 가세요."

주민수와 고진미는 서로 인사를 하고 헤어졌다.

그가 막 경찰서 안으로 들어가려고 할 때 뒤에서 고진미가 불렀다.

"주 과장님!"

주민수는 뒤돌아보았다. 그녀는 그에게 무슨 말을 하려는 듯한 표정이었다. 하지만 계속 머뭇거리기만 할 뿐 말이 되어 나오지는 않았다. 쳐다보기만 하다가, 그냥 피식 웃고 말았다.

"아니에요. 들어가 보세요."

주민수는 미소로 인사를 대신하고는 경찰서 안으로 들어갔다.

그로부터 3개월 후, 즉 조지아 오키프의 그림이 북한에 나타난 지 석 달 후에, 국내는 물론 세계를 깜짝 놀라게 하는 소식이 전해졌다. 많은 사람들이 그렇게 될 것이라는 예상은 했어도 막상 현실로 되고 나니까 쉽게 믿기지 않는 분위기였다.

아르스 미술관 점거사건과 관련된 사람들, 주민수, 고진미, 양구오, 김우진은 그 소식을 각기 다른 시간대에 다른 곳에서 다른 일을 하며 접하게 되었다.

고진미는 명성 예술대학에 있었다. 그녀는 명성 예술대학 서양화과에서 미술사 전공교수를 뽑는다는 공고를 보고 원서를 넣었는데, 1차 심사를 통과하고 다섯 명의 학과교수들이 실시하는 2차 면접을 보고 있는 중이었다.

그녀는 대학 교수가 되고 싶은 생각은 전혀 없었다. 하지만 재개관을 기대했던 아르스 미술관이 폐관을 결정한 후 다른 미술관이나 갤러리의 학예연구원 자리를 알아 봤으나 번번이 거절당했다.

그 이유를 모르지 않았다. 아르스 미술관 점거사건으로 본의 아니게 얻게 된 유명세가 역으로 작용해, 좋게 말하면 조용하고 안정된, 나쁘게 말하면 답답하고 무기력한 분위기가 지배적인 미술관에서 그녀는 불편한 존재일 수밖에 없었다. 그러다 보니 미술사 박사 학위를 갖고 있는 그녀가 갈 곳은 대학교밖에 없었던 것이다. 하지만 그녀 스스로 잘 알고 있듯이 대학교도 사정은 마찬가지였다.

2차 면접은 고진미 이외에 다른 한 사람이 함께 보고 있었다. 사실 그녀는 함께 올라온 면접자에 대한 이야기를 듣자마자 곧바로 명성 예술대학을 포기했다. 그 사람은 학장의 절친한 친구이자 한민족당 모 국회의원의 아들이었다. 이렇다면 게임은 이미 종료된 것이나 마찬가지이고, 그녀는 심사라는 형식을 위한 들러리에 불과했다. 하지만 예의상 그리고 혹시나 하는 일말의 기대감으로 면접을 보러 온 것이다.

면접은 모 국회의원의 아들부터 시작됐다. 그런데 도대체 누가 심사를 하고 누가 면접을 보는 것인지 모를 정도로 심사를 맡은 교수들은 면접자 앞에서 설설 기었다. 고진미는 그 자리에서 당장 일어나 밖으로 나가고 싶은 충동을 몇 번이나 참아야만 했다.

고진미의 면접이 시작되었다. 예상대로 그녀에게는 전공에 대한 내용은 일치감치 한쪽으로 치워 버리고 아르스 미술관 점거사건에 대한 질문만 퍼부어댔다. 교수들은 마치 연예인 스캔들 한 편을 듣는 것처럼 호기심 가득한 얼굴로 그녀의 이야기를 들었다. 하지만 그것도 점차 흥미가 없어지는지, 쓸데없는 질문을 하거나 딴전을 피우기도 하고, 심지어는 핸드폰으로 통화까지 하며 시간을 보냈다.

그러다가 결국 올 게 오고야 말았다. '들러리 여성 면접자의 필수

과정'으로 불리는 질문이 나온 것이다. 면접 내내 고진미의 다리를 흘끔흘끔 쳐다보던 남자 교수가 질문을 던졌다.
"고진미 씨, 결혼은 하셨어요?"
남자 교수는 히죽거리며 물었다.
"······아니요."
"왜 아직 안 하셨어요? 주변에 남자들이 많을 것 같은데."
고진미는 그때서야 면접 보러 온 것을 뼈저리게 후회했다. 하지만 이왕 일이 이렇게 된 것이라면 결코 져서는 안 된다고 마음먹었다.
"마음에 드는 남자가 없었어요."
"어떤 스타일의 남자를 좋아하세요?"
고진미는 살짝 미소를 지으며 대답했다.
"교수님 같은 스타일이요."
그런데 남자 교수도 만만치는 않았다.
"그래요?"
그는 눈웃음까지 치며 빈정거렸다.
"근데 말입니다, 나는 나쁜 남자예요. 여자 한두 명 울린 게 아니거든요."
다른 심사 교수들이 킥킥거리며 웃었다. 고진미는 그 말이 탈락을 확정짓는 거라고 생각했다. 그녀는 이런 학교에는 수억 원을 준다고 해도 오지 않겠다는 의사 표시를 분명히 하고 싶었다. 그녀는 남자 교수의 발목을 한참 동안 쳐다보다 방긋 웃었다.

"그래서 발목에 그런 게 있군요."

"제 발목에요? 뭐가요?"

"그거 있잖아요, 상습 강간범이나 아동 성폭행범한테 채우는 전자 발찌요. 교수님이 그걸 왜 차고 있나 했어요."

고진미는 면접장을 나와 힘없이 학교 캠퍼스를 걸었다.

분하고 화가 났지만, 잊기로 했다. 앞으로 살아갈 일을 생각하면 암담하기 그지없었다. 그래도 오늘만은 그런 고민은 안 하기로 했다. 어디서 따뜻한 커피 한 잔을 마시고 싶었다. 커피 한 잔만 마시면 세상의 모든 근심을 다 잊어버릴 수 있을 것 같았다.

그녀는 주위를 두리번거리다 학생회관을 발견하고 그곳으로 향했다.

그녀는 커피 전문점에서 커피를 사 들고 테이블로 가 앉았다. 학생들이 TV 앞에 모여 농구 경기를 보고 있었다. 그녀는 여기 오길 잘했다는 생각이 들었다. 마음이 편안해졌다. 서로를 흘겨보거나 훔쳐보며 의심하지 않고 같은 방향을 보고 있기 때문일 것이다. 벌써 9개월이 흘렀다. 16명의 이런 학생들과 겪었던 사건이 꿈처럼 아득하게 느껴졌다. 문득 그때가 그리운 감정으로 떠오르자 TV 화면이 순식간에 바뀌었다. '뉴스 속보' 라는 커다란 글자가 보이더니 화면에 뉴스를 진행하는 남자 아나운서가 나타났다.

아나운서는 다소 상기된 표정으로, 화면 안이 아니라 밖에서 말하는 것 같은 생생한 목소리로 속보를 전하기 시작했다.

아나운서 방금 들어온 속보를 알려드리겠습니다. 조금 전 미국 정부가 헨더슨 컬렉션을 한국에 반환하기로 했다고 공식발표했습니다. 다시 한 번 말씀드리겠습니다. 미국 정부가 헨더슨 컬렉션을 한국에 반환하기로 했다고 공식발표했습니다…….

아나운서의 속보와 동시에 학생회관의 학생들은 일제히 환호성을 질렀다.

고진미는 월드컵 우승이라도 한 것처럼 함성을 질러대고 물건을 두드리는 학생들 때문에 더 이상 뉴스를 들을 수가 없었다. 그런데도 마음은 이상하게 더 편안해졌다. 세상의 경이를 만나는 일이 이토록 두려움 없이 스며들어 온다는 게 믿기지 않았다. 그리고 맞았다. 그녀의 감정은 그리움이었다. 소용돌이처럼 맹렬한 삶의 한가운데 들어갔다가 나와 본 사람만이 느낄 수 있는 그리움이었다. 눈가에 어느새 눈물이 고이기 시작했다. 눈물은 눈에 오래 머물지 않고 곧 뺨을 타고 흘러내렸다.

김우진은 샛별 교도소에 있었다. 그는 집회 및 시위에 관한 법률 위반과 업무 방해죄로 징역 1년을 선고 받고 복역 중이었다.

샛별 교도소는 다양한 문화 프로그램을 만들어 재소자들의 교정(矯正)에 많은 신경을 쓰는 곳으로 유명했다. 그는 평소 미술치료

art therapy에 관심이 많은 교도소장이 강력하게 추천해 미술에 흥미를 느끼는 재소자들을 대상으로 틈틈이 그림을 가르쳤다.

샛별 교도소에서는 50명이 조금 넘는 재소자들이 그에게 그림을 배우고 있었다.

대부분 재미있는 뭔가가 있지 않을까 하는 호기심과 기대감으로, 또는 단순히 시간을 때우려고 수업을 듣는 편이지만, 개중에는 전문적인 미술 교육을 전혀 받지 않았는데도 그림에 남다른 소질을 보이는 사람들이 있었다. 특히 지금 배우고 있는 재소자들 가운데 두 명은 벌써 상당한 수준에 올라 있었다.

그 중 한 명은, 1년간 전국을 돌며 3백여 대의 차량을 방화한 혐의로 수감 중인 오준호였다. 그는 연필이나 볼펜으로 사물들을 정밀하게 묘사하는 데 탁월한 재주를 보였다.

"형, 이건 어때요?"

쓰레기통에서 주워 온 찌그러진 콜라 캔을 연필로 정밀묘사하고 있던 오준호가 김우진이 다가오자 물었다. 그의 그림을 본 김우진은 눈이 번쩍 뜨였다.

"대단한데! 이상(李箱)이 너로 환생했나 봐."

"이상이 누구예요?"

"이상 몰라? *날개*라는 소설도 쓰고 *오감도*라는 시도 쓰고."

"몰라요. 근데, 소설 쓰고 시 쓰는 사람이 그림을 그렸어요?"

"천재 문인으로 알려졌지만 원래는 건축학을 공부한 사람이야. 건축학을 전공한 이유 중의 하나가 어렸을 때부터 그림에 천재적인 재능을 보였기 때문이거든. 특히 너처럼 정밀묘사가 아주 뛰어나 당시 일본인들은 사진으로 착각할 정도였다고 하더라."

김우진의 칭찬을 들은 오준호는 어깨를 으쓱했다.

"너, 나가서 꼭 미술대학에 진학해라. 딴짓하기에는 재능이 너무 아까워."

"저도 서울 아트에 갈 수 있을까요?"

"네 실력이면 문 열고 그냥 들어갈 수 있어. 너 몇 년 남았지?"

"2년이요."

"그럼 우선 2년 동안 열심히 검정고시부터 준비해. 그런 후 나와서 나를 찾아. 내가 도와줄게."

"고마워요, 형. 꼭 그럴게요."

또 다른 한 사람은, 천안을 거점으로 활동하던 조직폭력단 쨱쨱이파의 두목 조춘모였다. 그는 누가 봐도 영락없는 조폭이었다. 타고났다고밖에 할 수 없는 싸움꾼의 몸집이었다. 인상도 더러웠다. 그 얼굴에 그 덩치에 어울리지 않게 그림을 매우 섬세하고 감각적으로 그렸고, 특히 그림 가운데서도 그리기 까다로운 수채화에 특출한 재능이 있었다.

"야, 이리 와서 이것 봐라."

샌프란시스코의 금문교를 찍은 엽서를 그대로 그리던 조춘모가 그를 불렀다.

"와! 정말 놀라워요. 아니, 어떻게 붓 한 번 잡아 본 적이 없다면서 이렇게까지 그릴 수 있죠?"

"괜찮아?"

"그럼요. 흠잡을 데가 없어요."

조춘모는 신이 난 표정이었다.

"혹시 수채화를 배운 적이 있는데 기억 못하는 건 아니죠?"

"아니야. 학교를 제대로 다닌 적이 없는데 뭘 배워."

"이런 말씀드리기 좀 조심스러운데…… 앞으로 계속 그림을 그리시면 어떨까요? 화가가 돼보세요."

"에이, 지난번에 네가 말했잖아. 그림은 감각만으로 그리는 게 아니라 머리도 써야 한다고. 난 머리가 나빠."

"왜 그렇게 생각하세요?"

"돌대가리니까 조폭이나 하는 거지. 너, 머리 좋은 조폭 봤어?"

김우진은 잠시 조춘모의 얼굴을 쳐다보았다. 그러다가 고개를 끄덕였다.

"네."

"그래?"

"장난 아니었어요."

"신기하군."

"그러니까 자신을 가지세요. 잘하실 거예요……. 자, 금문교는 다 완성된 것 같고요, 오늘부터는 다른 걸 시작하죠. 준비해 온 게 있어요?"

조춘모는 스케치북 뒤에서 엽서 한 장을 꺼냈다. 파리의 에펠탑을 찍은 엽서였다.

"좋아요. 음, 이 그림은 하늘을 잘 살려 보세요. 하늘이 멋있잖아요?"

그때였다. 교도관 하나가 문을 열고 들어오더니 김우진을 불렀다.

"김우진, 잠깐 나와 봐."

여기 들어와서 따로 부르는 일에 궁금증을 가진 적은 없었다. 오늘 굳이 예감이라면 나쁘지는 않은 일 같았다. 교도관의 목소리가 궁금증을 가지게 할 만큼 환하게 들린 탓이다.

"사무실로 가자."

교도관을 따라 사무실로 향했다. 사무실 안으로 들어가자 교도관이 TV를 손가락으로 가리켰다.

"저거 네가 봐야 하는 것 아니냐?"

TV에서는 뉴스가 나오고 있었다. 김우진은 TV 가까이 다가갔다.

> **앵커** ……미국은 헨더슨 컬렉션 이외에 우리나라에서 약탈해 간 다른 문화재들도 돌려주겠다고 발표했는데, 이는 가히 획기적인 결단이라고 볼 수 있지 않습니까?
> **기자** 그렇습니다. 미국은 먼저 헨더슨 컬렉션 가운데서도 백미 중의 백미로 꼽히는 하버드대학 부설 아더 새클러 박물관에 소장되어 있는 문화재부터 반환하기로 했습니다. 그 다음 헨더슨 컬렉션은 물론 우리나라에서 약탈해 간 다른 문화재들의 소재를 파악하고 목록을 작성한 후, 관계자와의 협의를 거쳐 순차적으로 반환하기로 했습니다.

앵커 미국은 이번 결정이 아르스 미술관 점거사건과 이후에 벌어진 일련의 사건들과는 무관하다고 했다죠?
기자 네, 미국은 이번 결정이 영원한 우방인 한국에 대한 사심 없는 배려이자 한국 문화에 대한 존경의 표현이라고 말하고 있습니다. 하지만 이 말을 믿는 사람은 거의…….

교도소에 들어와서도 그는 날마다 그날을 떠올렸다. 아니 그의 시간은 미술관을 점거하던 그날에 붙잡혀 있었다고 하는 게 정확할 것이다. 갇힌 몸으로 다시 그 시간 속에 갇혀 산다는 건 무척 고통스러웠다. 벗어나려고 애를 쓸수록 숨이 막혀서 새벽마다 잠을 깨곤 했다.
불타는 미술관에 출근하듯이, 전소된 미술관을 퇴근하듯이 정신의 하루가 꼼짝없이 되풀이되었다. 그런데 뉴스를 들으며 김우진은 소용돌이 치는 의식이 순식간에 마비되는 것을 느꼈다. 그리고 풀려나고 있었다. 몸이 붕 떠오르는 것만 같았다. 흥분한 목소리로 연신 속보를 전하는 앵커와 기자의 목소리와 휙휙 지나가는 TV 영상도 넋 놓고 보기만 했다. 온몸이 녹아내리는 것처럼 나른해졌다. 그러다 갑자기 무슨 생각이 났는지 눈에 초점을 맞추며 정신을 차렸다. 그러고는 툭 내뱉듯 혼잣말을 했다.
"주 과장님, 아이가 몇 살이라고 하셨죠?"

양구오는 서울 강남의 한 룸살롱에서 소리를 질러댔다. 넓은 홀에서 양구오 혼자만 속이 터진 나머지 거품을 물었다.

바로 앞에는 박이칠이, 박이칠 뒤로는 열댓 명의 호스티스들이, 호스티스들 뒤로는 남자 직원들이 고개를 숙인 채 무릎을 꿇고 앉아 있었다.

무언가 심상치 않은 분위기였지만 양구오의 눈은 어쩐지 반짝거리기만 했다.

"내가 남들이 다 말리는 거 뿌리치고 강남 한복판에 막대한 돈을 쏟아 부어 가며 룸살롱을 열었다. 미스코리아도 고개 숙이고 돌아간다는 애들을 프리미엄까지 줘가며 데리고 왔고. 그런데, 첫 달은 이해한다. 둘째 달도 이해하지. 하지만 셋째 달까지 가게 매상이 동네 호프집만도 못하다는 사실을 내가 어떻게 받아들여야 하지? 이칠이."

"네, 형님."

박이칠은 간신히 고개를 들고 기어들어 가는 목소리로 대답했다.

"일 좀 해보라고 사장 자리에 앉혀 놨더니, 너 요즘 연애질하느라 눈코 뜰 새 없이 바쁘다며?"

"누, 누가……. 그렇지 않습니다, 그런 일 없습니다, 형님."

"그리고 뒤에 있는 우리 예쁜 언니들! 들리는 소문에 의하면 그렇게 몸들을 사린다고 하는데, 하, 여기가 수녀원인 줄 아나? 다 예쁘다 예쁘다 떠받들어 주니까 양갓집 규수쯤 된다고 생각해? 그런

다고 깔판 팔자가 공주 팔자가 되는 줄 알아? 엉!"

그런데 그때 호스티스 하나가 훌쩍거리며 우는 소리가 들렸다. 그 소리에 박이칠이 예민해져서 양구오의 얼굴을 쳐다보았다. 예상대로 그의 얼굴은 위험 수위를 오르락내리락거리는 중이었다. 박이칠이 고개를 돌려 소리쳤다.

"뭐야! 누가 짜고 있는 거야!"

"······사장님."

호스티스가 울먹이며 말했다.

"뭐냐니까!"

"오줌······ 화장실에 가야 해요······."

"저 년 빨리 끌어내! 화장실에 처넣어 버려!"

박이칠이 냅다 소리치자 뒤에 있던 남자 직원 두 명이 훌쩍이며 울고 있는 호스티스를 재빨리 일으켜 데리고 나갔다.

"후······."

양구오는 이마를 짚고 소파에 주저앉았다.

"이칠이, 장부 갖고 와 봐."

"네?"

"장부 갖고 오라고!"

"네······."

박이칠이 무릎을 펴며 자리에서 일어나려고 하는데, 오공삼이 달려 들어왔다.

"형님!"

"뭐야?"

"잠깐 와보십시오. 중요한……."

"있다가 와."

"아니, 저기 중요한 뉴스가……."

"있다가 오라니까!"

"……TV에서 미술관 얘기가 크게 나오고 있습니다. 꼭 들어 보셔야 할 것 같아서……."

양구오는 오공삼을 빤히 쳐다보다가 벌떡 일어났다.

"가자. 어디야?"

양구오는 오공삼을 따라 호스티스들이 대기하는 룸으로 들어갔다. 박이칠도 슬그머니 뒤따라 들어갔다.

룸 한쪽 구석에 놓인 TV에서 뉴스가 나오고 있었다. 오공삼이 볼륨을 높였다.

기자 ……그렇습니다. 그리스에 이어 중국에서도 조지아 오키프의 그림을 반환하겠다고 발표했습니다. 중국의 '중화문물환수를 위한 인민들의 투쟁전선'의 대변인은 조지아 오키프의 그림을 북경 주재 미국 대사관을 통해 반환하겠다고 하면서, 이번 미국의 결단을 계기로 향후 미국과 서방국가들이 약탈문화재의 반환에 보다 적극적으로 나서 줄 것을 당부하기도 했습니다.

앵커 그렇군요. 근데, 북한의 반응은 아직 나오지 않았습니까?

기자 네, 공식발표는 물론 그 어떤 반응도 감지되지 않았습니다.

앵커 북한이 어떤 행동을 취할 거라고 예측하고 있나요?

기자 많은 전문가들은 이번 미국의 발표 이후 북한이 두 점의 조지아 오키프의 그림을 미국에 반환할 확률은 거의 제로에 가깝다고 말하고 있습니다. 이집트나 그리스, 중국과는 달리 북한은 그런 약속을 하지도 않았을 뿐 아니라, 그동안의 외교 방식을 보면 조지아 오키프의 그림을 갖가지 협상 카드로 활용할 가능성이 매우 높습니다. 한마디로 계속 볼모로 붙잡아 놓고 두고두고 써먹을 가능성이 높다는 이야기죠.

앵커 짐작이 갑니다. 하긴 프랑스도 1993년에 우리나라에 외규장각 도서를 반환하겠다고 하고 고속전철 사업권을 따간 사례가 있지 않았습니까? 그러고 나서 당시엔 돌려주지 않았지만 말입니다.

기자 완전히 사기 친 거죠…….

양구오의 입에서는 어느새 담배가 물려 있었는데 입술에 살짝 걸린 채 거의 저 혼자 타고 있었다. 그는 뉴스에서 나오는 내용에 얼마나 몰입해 있는지 단어 하나 놓치지 않고 다 외워 버릴 것만 같았다. 그의 입가에 어느 순간부터 의미를 알듯 모를 듯한 묘한 미소가 떠올랐다.

　주민수는 삼겹살 가게에 있었다. 로켓전자를 그만두고 일거리를 찾던 그는, 예전에 함께 일했던 동료가 하던 부대찌개 식당을 인수해 삼겹살 가게를 열었다.
　그동안 직장 생활만 해오던 그에게 자영업, 그것도 뭣 모르고 뛰어들었다가 대부분 빈털터리가 돼서 나간다는 요식업은 처음이었지만, 돼지 사육농장을 하는 먼 친척의 도움과 무엇보다도 아내의 권유로 발을 들여 놓게 되었다.
　개업 5일째, 가게는 손님들로 넘쳐났다. 주민수의 삼겹살 가게가 길목이 좋거나 삼겹살이 특출나게 맛있어서 그런 게 아니었다. 개업 기념으로 일주일간 삼겹살은 반값이었고 거기에다 소주 한 병을 무료로 제공하기 때문이었다. 그래서 평일 대낮인데도 어떻게 알고 왔는지 사람들이 몰려들어 정신을 차릴 수 없이 바빴다.
　가게에는 주민수의 아내가 나와 일을 도왔다. 두 사람은 테이블 사이를 바쁘게 움직이며 손님들의 주문을 받고 음식을 나르고 치우고, 또 새로운 손님을 받는 일을 쉬지 않고 반복했다. 그런데 갑자기, 주민수는 바로 코앞에서 주문을 하는 사람의 목소리도 잘 안 들릴 정도로 시끄러웠던 가게가 볼륨을 거의 제로로 줄인 것처럼 조용해지더니, 손님들의 시선이 일제히 가게 안에 있는 TV로 쏠리고 있는 것을 느꼈다.

그는 테이블을 치우다 말고 TV를 돌아봤다. TV에서는 뉴스 속보가 나오고 있었다.

주민수는 속보 내용을 듣고 깜짝 놀랐다. 하지만 그 놀라움은 여운도 느낄 사이 없이 순식간에 사라졌다. 어쩐 일인지 도저히 TV 화면에 집중할 수가 없었다. 그의 의식은 새로운 화면 속으로 뛰어들고 있었다. 마치 엄청난 소용돌이에 빨려 들어가는 것처럼 속수무책이었다. 9개월 전 아르스 미술관 점거 마지막 날 새벽. 그가 보고 있는 TV 화면에서는 그때의 그 장면이 흐르고 있었다.

모든 일은 주민수가 3층에서 발견한 '문제의 그림'에서 시작되었다.

그날 새벽, 그는 학생들과 함께 쌓아 놓은 그림들을 다시 벽에 거는 작업을 했다. 그러다 전날 한 여학생을 도와 그림을 옮길 때 느꼈던 이상한 느낌을 다시 받았다. 똑같은 그림에서.

그는 결국 그 이유를 찾아냈다. 다른 그림들과 달리 그 그림만 유일하게 플라스틱 액자로 짜여 있었다.

그때까지는 그게 이상한 이유가 되는 줄은 몰랐다. 액자가 나무든 플라스틱이든 그림을 돋보이게 하면 되는 게 아닌가 싶었기 때문이다. 액자를 든 손에 일말의 의심이 남아 있지 않았다면 결국 눈치 챌 수 없었을 것이다. 하지만 그림을 다시 벽에 걸려고 하는 순간, 직감이 틀리지 않았음을 왼손이 먼저 알아챘다.

오른쪽과 왼쪽의 무게차가 미세하게 왼손의 감각을 진동시켰다. 모든 신경을 집중해 좌우로 돌리자 손의 감각은 사라지고 귀가 번쩍 뜨였다. 그 안의 무언가가 움직이고 있다는 가장 확실한 증거가 마찰음으로 귀를 파고들었다.

그는 먼저 확인해야만 했다. 3층은 물론 2층 전시실에 걸려 있는 그림들까지 모두 재질을 확인했다. 그 그림만이 유일하게 플라스틱 액자로 짜여 있는 게 분명했다. 그는 의문의 그림을 관리실로 몰래 갖고 내려왔다.

그림을 두른 플라스틱 액자는 나무 액자의 형태와 무늬를 그대로 복제해 만들어 언뜻 봐서는 전혀 구분이 안 됐다. 플라스틱 액자라면 나무 액자와는 달리 속이 비어 있을 것이므로 가벼워야 했다. 하지만 액자 안에 들어 있을 어떤 물체 때문에 나무 액자와 같은 무게감을 느낄 수 있었다. 그 무게가 나무 액자의 그것과 거의 구별이 되지 않았기에 많은 사람의 손을 탔지만 발견되지 않은 이유일 것이다.

액자를 꼼꼼하게 살펴본 주민수는, 가로 틀과 세로 틀이 만나는 액자의 모퉁이가 정확히 맞물리지 않아 작은 틈이 나 있는 것을 발견했다. 그는 서랍에서 드라이버를 꺼내 그 틈 사이로 쑤셔 넣었다. 그러나 그렇게 해서는 뭐가 들었는지 알 수 없었다. 한참을 망설이다가 책상 밑에 놓아 둔 공구함에서 망치를 꺼냈다.

액자를 바닥에 눕혀 놓은 다음, 망치로 네 모퉁이를 조심스럽게 쳤다. 망치로 칠 때마다 액자는 조금씩 일그러졌다. 특히 그림 위쪽에 있는 틀은 충격으로 분해되기 시작해 그림에서 점점 떨어져 나가고 있었다. 순간, 그림 위쪽의 틀이 쩍, 소리를 내며 쪼개지더니 눈부시게 빛나는 물체가 섬광처럼 눈을 때렸다.

주민수는 그 물체가 뭔지 한눈에 알아봤다. 누구라도 이것의 정체를 알아볼 수밖에 없을 것이다. 그리고 이걸 발견한 사람이라면 누구라도 지금 자신과 같은 한심한 얼굴이 될 수밖에 없을 것 같았다. 입이 저절로 헤 벌어졌고, 입 안에 침이 고였으며 눈이 핑핑 돌았다.

황홀한 감상에서 빠져 나와 정신을 차린 그는 나머지 액자틀을 손으로 뜯어냈다. 텅 빈 플라스틱 액자틀 속에는 그 눈부시게 빛나는 물체들로 꽉 차 있었다.

주민수는 바닥에서 일어나 의자에 주저앉았다.

작년에 어렵사리 끊었던 담배 생각이 간절해 책상 서랍을 열었다가, 곧바로 닫았다. 이런 상황에서 담배를 피우면 오히려 정신만 더 혼란스러워질 것이다. 그는 의자에 앉아 손가락을 만지작거리기도 하고 몸을 이리저리 돌려보기도 하고 일부러 숨을 가쁘게 토해내 보기도 했다.

그는 자신이 왜 이렇게 안절부절못하는지 알고 있었다. 머릿속에 어떤 생각이 번뜩 떠올랐는데, 그런 생각을 떠올린 스스로도 당황할 만큼 엄청난 것이라서 주체가 안 되었던 것이다. 어떻게 그런 생각을 할 수 있는 건지 그럴 수만 있다면 자신에게 따져 묻고 싶었다. 그는 대답을 기대할 수 없었다. 결국 그렇게 실행하게 될 테니까. 바로 그 자신이.

눈부시게 빛나는 이것들 때문이 아닐까? 듣던 대로 사람을 홀리는 마법이 있어. 그렇게 마음이 변명하도록 내버려 두니 오히려 편했다. 누가 알랴, 정말 마법 같은 일이 벌어질지. 그는 눈을 감고 마법 같은 이야기를 만들어 내기 시작했다.

"도대체 무슨 이야기인데 그 사람까지 부르는 거예요?"

고진미는 팔짱을 끼고 있는 대로 짜증을 부렸다. 주민수는 그녀에게 할 말이 있다며 미술관 3층 전시실로 오라고 했다. 그런데 양구오도 불렀다고 했다. 그러니 좀 기다려 달라고.

그녀는 그게 마음에 안 든 것이다. 자신과 양구오가 함께 들어야 할 말이 무엇이 되었든 그건 불길하고 위험할 게 뻔했다. 그래서 아예 듣고 싶지도 않았고, 이 자리를 피하면 가장 좋을 것 같았다.

"조금만 기다려 보세요. 그 자식도 같이…… 아, 저기 오네요."

양구오가 전시실 안으로 들어오고 있었다. 그녀는 양구오를 보자 저도 모르게 팔짱을 풀고 슬며시 등을 돌렸다.

양구오 역시 못마땅한 얼굴이었다. 그는 엉뚱한 덫에 갇혔다가 아직 출구를 찾지 못한 늑대였다. 그의 신경은 오직 빠져나갈 궁리로 곤두서 있었다. 가능하다면 어떤 희생을 치르고라도 그렇게 할 준비도 되어 있었다.

"나를 보자고 했다며?"

양구오의 눈빛이 서서히 변하기 시작했다. 그는 작심하고 주민수를 노려보았다.

"할 말이 있어."

주민수는 자못 긴장한 모습이었다. 늑대는 사람 말을 못 알아듣는다. 그도 사람 말을 일부러 알아듣지 않을 때가 있을 것 같았다. 지금이 그때가 아니기를 빌었다.

그가 계속 말을 할 듯 말 듯하며 머뭇거리자 양구오가 재촉했다.

"빨리 말해. 나, 시간 없다."

"후…… 좋아, 말하지. 다른 오해나 쓸데없는 생각하지 말고 내 말을 끝까지 잘 들어. 내가 이런 말을 하는 건 지금 우리가 처한 상황이 분하고 억울해서 그러는 것도 아니고 내가 영웅이 되려고 그러는 것도 아니야. 다만……"

"잡소리 집어치우고 본론만 빨리 얘기해!"

양구오가 목소리에 살의를 섞는 듯했다.

"고 실장님한테는 아까 말했는데, 나는 학생들을 도와주고 싶어."

그 말에 고진미는 대번에 인상을 찌푸렸다.

양구오는 일부러 그러지 않더라도 그의 말을 알아들을 수 없었다.

너무 허무맹랑한 말은 듣는 사람의 머리를 일순간 마비시키는 효과가 있는 게 분명했다. 주민수는 양구오의 그런 틈을 본 것처럼 이때를 찔러 하고 싶은 말을 꺼냈다.

"나는 학생들이 계획했던 일이 이루어지게 돕고 싶어. 그러니까…… 헨더슨 컬렉션을 돌려받고 싶다고."

양구오는 주민수 대신 고진미를 쳐다보았다.

"얘가 지금 학생들을 도와 헨더슨 컬렉션인지 뭔지 그 빌어먹을 것을 돌려받고 싶다고 말한 거지? 내가 살을 좀 붙이면, 학생들과 함께 양키들과 끝까지 싸워 보겠다, 이 말이지? 내 말이 맞지?"

그녀는 고개를 끄덕였다.

"……주 과장님."

고진미는 주민수에게 제발 자제하라는 말을 하려고 했지만, 양구오가 그 말을 덮었다.

"이것도 스톡홀름 신드롬인가?"

양구오는 그를 신기하다는 듯이 바라보았다.

"그런 거 아니야!"

"그럼 미친 거야? 너 실성했냐?"

"나, 정신 말짱해."

양구오는 고개를 조금 기울인 채 삐딱하게 주민수를 쳐다보았다. 그래야 정상으로 보이기라도 하는 것처럼. 그리고 진단이 끝났는지 고개를 천천히 끄덕이며 말했다.

"그래…… 알겠다. 솔직히 너, 학생들이 부럽지? 저 학생들 때문에 이렇게 험한 꼴을 당하고는 있지만, 잘났고 똑똑한 학생들이 이런 일을 벌이는 게 부럽고, 멋있고, 대단해 보이지. 그렇지? 하긴, 중학교나 고등학교를 간신히 나와 여기서 허드렛일이나 하는 너한테는 그렇게 보일지도 모르겠다. 꼴에 콤플렉스는 있어 갖고……"

"너 말 함부로 하지 마."

"나, 저 밑에 있는 정신 나간 애들 때문에 여기서 바보 될 만큼 바보 됐다. 그런데 너까지 실성해 그딴 소리 지껄이면 나, 정말 어떻게 변할지 모른다. 무슨 일 저지를지 몰라. 그러니까 더 이상 헛소리하지 마. 저 자식들 도와주려면 너 혼자 하든가 애하고 둘이 하든가 해."

양구오가 간신히 한 번 더 참아내며 말했다.

"네가 꼭 도와줘야 해."

"미친놈."

"네가 만일 도와주면 찾고 있는 걸 줄 수 있어. 그리고 네가 도와주는 걸 봐서 여기서 무사히 빠져나가게 해줄 수도 있고."

"하하……"

양구오는 결국 어이없다는 듯이 웃었다.

"내 앞에서 꼼수 쓰지 마라. 나, 네 머리 꼭대기에 올라 서 있는 사람이다."

"다시 한 번 말할게."

"다시 말할 것 없다. 안됐지만 우리가 찾고 있는 물건은 이미 찾았고, 나갈 방법도 다 짜놨다. 우리 걱정은 하지 마."

"그럴 리가 없을 텐데. 그거 내가 갖고 있거든."

양구오가 피식 웃고는 몸을 돌렸다. 이 정도까지 들어 주었다면 그로서는 아량을 베풀 만큼 베푼 것이었다. 그는 고개를 설레설레 흔들었다.

그런데 양구오가 몇 걸음 떼지 않았을 때 주민수가 소리치듯 말했다.

"열 뭉치나 되더라고."

양구오는 발걸음을 멈췄다.

주민수는 양구오의 등짝에다 다시 소리쳤다.

"네가 싫다면 나만 살판났군. 그것 갖고 최소한 5대는 아무 일도 안 하고 돈 펑펑 쓰며 살 수 있어."

양구오는 견디지 못하고 돌아섰다. 이미 눈빛이 무얼 보고 있는지도 알 수 없을 만큼 텅 비어 버렸다. 그는 굳이 총을 가지고 오지 않았다. 주먹은 이럴 때 쓰라고 있는 것이니까.

"내 앞에서 꼼수 쓰지 말라고 경고했지."

양구오가 주먹을 휘두르기 위해 몸을 오른쪽으로 살짝 뺐을 때였다. 주민수의 주머니에서 빠져 나온 손이 휘황한 것을 쑥 내밀었다.

"네가 찾는 것 이거 아니야?"

주민수의 손에 눈부시게 반짝이는 콩알만 한 크기의 다이아가 가득했다. 그건 확실히 마법의 물건이었다. 양구오의 눈빛을 순식간에 제자리로 돌려놓았고, 주먹도 스르르 풀리게 했다.

"……주 과장님, 이게 뭐……. 이게 어디서 났죠?"

고진미는 여자이기 때문일까, 마법의 효과는 더 극적이었다. 그녀는 다이아몬드의 광채 앞에서 너무도 무기력한 얼굴이었다. 놀랍다는 수준을 간단하게 넘어 버렸다. 그는 그녀의 눈이 이토록 반짝이는 걸 전에 본 적이 있었는지 장담할 수 없었다.

주민수는 거의 무장 해제된 양구오에게 말했다.

"이건 뭉치 하나에서 꺼낸 일부일 뿐이야. 게다가 그런 뭉치가 자그마치 열 개나 돼. 미술관에 이런 게 있을 리는 없고, 나한테 이런 게 있을 리는 더더욱 없지. 내가 보석 좀 볼 줄 아는데, 이건 진짜야. 그것도 최상품으로."

주민수는 다이아몬드를 다시 주머니 속에 집어넣었다.

"네가 찾는 걸 찾았다고 했지? 그럼 이건 네 게 아니겠군. 그럼 나만 횡재한 거네? 쓸데없이 시간 빼앗아서 미안하다."

주민수는 지금이 아니면 다신 그럴 수 없을 것처럼 한껏 호기를 부렸다.

"나머지는 어디 있어?"

"내 말대로 할 거야?"

"나머지는 어디 있냐고!"

"소리치지 마. 내 질문에 먼저 대답해."

"······다 봐야 알겠어."

"좋아. 그럼 따라 내려와."

"주 과장님! 도대체 어떻게 된 일인지 설명부터 해주세요."

고진미가 대들 듯이 말했다.

"나중에 말씀드릴게요. 고 실장님도 같이 내려가요."

"먼저 설명부터 해달라니까요! 이게 어디서······."

"넌 입 닥치고 가만히 있어."

고진미가 매달리며 소리치자 양구오가 으르렁거렸다.

"어디야? 어디로 가면 돼?"

두 사람이 주민수를 따라 내려간 곳은 1층 관리실이었다.

관리실에서 주민수는 문제의 그림과 분해한 액자틀을 보여 주었다.

그리고 그 그림을 발견하게 된 경위를 자세히 설명했다. 책상 서랍에서 다이아몬드가 가득 든 투명한 비닐봉지 하나를 꺼내 보이며 양구오에게 말했다.

"아까 보여 줬던 게 여기서 꺼낸 거야. 이런 뭉치가 액자틀 속에 꽉 채워져 있더라고. 네가 이걸 찾으러 미술관에 총 들고 쳐들어온 거겠지."

"……어떻게 그림으로 이런 짓을 할 수 있죠? 말도 안 돼."

고진미는 말을 잇지 못했다. 양구오는 머리만 절레절레 내둘렀다.

"미술품이 범죄의 도구로 활용되고, 미술관이 범죄의 루트로 쓰이고…… 우리 미술관은 생기지 말았어야 했나 봐요. 학생들이 점거하질 않나, 이런 무서운 범죄에 이용되질 않나. 망조도 이런 망조가 없을 거예요."

고진미가 혼잣말을 중얼거렸다. 그러자 양구오가 고진미를 같잖은 듯이 쳐다보았다.

"범죄? 웃기는군. 전시된 그림들 가운데 3분의 2를 가짜로 채워 넣고 모두 진짜라고 사기 친 너희들이라고 대단한 거 없어."

그렇게 말하고는 주민수에게 물었다.

"나머지는 어디 있어?"

"총 가진 네가 뭔 짓을 할 줄 알고 그걸 다 까보이겠나. 위에서 내가 말하려다 만 것부터 듣고 대답해."

"좋다. 뭘 어떻게 하면 되지?"

양구오는 조금의 망설임도 없었다. 하지만 곧바로 본론을 꺼낼 것 같던 주민수는 먼저 고진미의 눈치를 살피며 진지하면서도 조심스럽게 말했다.

"고 실장님, 이렇게 혼자 일방적으로 일을 끌고 가서 죄송해요. 하지만 저를 도와주세요. 고 실장님한테 해가 가는 일은 없어요. 부탁할게요."

그녀는 이제 그의 호소를 스톡홀름 신드롬 때문이라고 보고 있지 않았다. 이미 그는 그 수준을 넘어서 버렸다. 그래서 오히려 그가 무슨 말을 할지 듣고 싶었는지도 몰랐다. 그녀는 가만히 고개를 끄덕이며 말했다.

"……이야기해 보세요. 일단 계획을 들어 보죠."

주민수는 마법과도 같은 이야기를 시작했다. 그의 머릿속에 이미 절묘하게 만들어진 계획이었다. 그 어느 때보다 그는 진지한 목소리로 신중하게 풀어 나갔다. 확신을 가지고, 두 사람의 눈빛을 살피며 차근차근 설명했다. 의외로 두 사람도 그의 이야기에 관심을 가지는 것 같았다. 너무도 허황되다 여겨서 옛날 얘기처럼 들을 수도 있을까 봐 오히려 걱정될 정도였다. 그는 이야기를 다 마치고 두 사람의 반응을 살폈다.
 "이렇게 해줄 수 있어?"
 주민수는 먼저 양구오에게 물었다. 양구오는 담배를 꺼내 불을 붙이면서 말했다. 목소리가 경쾌했다.
 "네 머리에서 나온 것치고는 제법이다. 솔직히 네가 실성했다는 생각에는 변함없다. 하지만 가만 들어 보니까 우리가 깊이 관여하는 것도 아니고, 일이 잘못 돼도 크게 낭패를 볼 게 거의 없는 것 같다. 좋다. 그 정도라면 도와주지. 단, 나머지 물건을 다 주고 비밀 통로를 알려 주겠다는 약속은 꼭 지켜야 해. 만약 잔대가리를 굴려 우리를 어떻게 해보겠다는 생각을 하고 있다면 안 하는 게 좋을 거다. 이건 협박이 아니라 너를 위해서 하는 말이야."
 "너야말로 딴 생각하지 마. 아까도 말했지만 여차하면 밖에 있는 사람들 안으로 들어오게 할 수 있어."
 협박과 경고를 주고받는 차례가 끝나자, 주민수는 고진미를 애원하듯 보았다. 그녀는 반쯤 넋이 나간 표정이었다.
 "고 실장님, 도와주세요."
 "주 과장님, 진심이었어요……."
 "네?"
 "학생들을 도와주고 싶다는 주 과장님 말이 진심이었다고요. 저는 그냥 욱 하는 감정에 나온 말인 줄 알았는데, 진심이었어요……."
 고진미는 그의 마음을 읽으려는 듯 그의 눈을 뚫어지게 쳐다보며 혼자 중얼거리듯 말했다.
"진심이에요."
"세상에……."
"도와주세요. 진심으로 부탁드릴게요."
"지금 상황으로는 하루 이틀, 아니 한두 시간 정도 생각할 시간을 달라고 할 수도 없겠네요."
"아시다시피 시간이 없어요. 그리고 이런 일은 길게 생각하면 할수록 결정이 어려워져요."
"하긴……. 근데, 솔직히 제가 말려도 듣지 않을 거죠?"
"……네."
"……."
고진미는 허탈하게 웃었다.
"그렇게 하세요. 주 과장님이 제정신인지 아닌지, 아니 제가 제정신인지 아닌지 저도 잘 모르겠지만, 그 진심이 참 예뻐 보여요."
"고 실장님, 고맙습니다."
"우리 두 사람, 솔직히 학생들한테 빚진 것도 있잖아요. 의도한 건 아니겠지만, 김우진 학생의 말대로 그들이 여기에 안 들어왔으면 어떻게 될지 몰랐는데."
양구오를 흘깃 쳐다보고는 다시 말을 이었다.
"빚을 갚는다는 생각으로 주 과장님의 말을 따를게요."
주민수는 그제야 환하게 웃었다.
"야, 하려면 빨리 해. 시간이 얼마 없다."

양구오가 두 사람에게 재촉했다.

"세미나실로 내려가죠. 우진이가 어떻게 결정 났는지 궁금해 하고 있을 거예요."

세 사람은 지하 1층 세미나실로 내려갔다.

김우진이 기다리고 있었다. 그는 세 사람이 동시에 우르르 들이닥치자 자리에서 벌떡 일어났다. 그래도 제일 먼저 주민수의 표정을 살폈다. 주민수가 고개를 까닥이는 걸 보고는 얼굴이 환하게 펴졌다.

주민수는 조금 전에 결정 난 일에 대해 설명해 주었다.

이야기를 다 듣고 김우진은 먼저 고진미에게 고맙다는 인사를 했다.

주민수는 주머니에 넣었던 다이아몬드를 양구오에게 다 주고, 김우진이 갖고 있던 나머지가 담긴 쇼핑백도 건네주었다.

이후 주민수와 고진미 그리고 김우진은 세미나실 의자에 앉아 그가 짠 계획을 점검했다. 그 뒤에서 양구오는 쪼그리고 앉아 다이아몬드가 가득 든 열 뭉치의 봉지를 하나씩 꼼꼼하게 살펴보고 있었다. 미술관에 들어온 이래 시종 침착한 모습을 보였던 양구오였지만, 다이아몬드 앞에서는 흥분이 되는지 상당히 부산스러워 보였다.

"······아, 저희들이 작전명을 정했어요."

김우진이 주민수에게 말했다.

"뭐라고?"

"맞바람 작전이요."

주민수는 빙긋 웃어 보였다.

"그런데, 주 과장님. 그림은 어디다 어떻게 숨겨 놓으실 거예요?"

"숨겨 놓을 데는 많아. 그림을 액자에서 뜯어낸 다음 돌돌 말아서 보관할 거라서 빗물 홈통에도 숨겨 놓을 수 있고, 기계실의 있으나마나한 파이프 속에도 숨겨 놓을 수가 있어. 일이 다 끝나더라도 여기에 몇 번은 다시 오게 될 거야. 그때 몰래 빼냈다가 건네줄게. 그리고 건네준 이후에는…… 우리 모두 평생 동안 연락은 물론 얼굴도 마주치지 말아야 해. 알았지?"

김우진은 입을 꾹 다물고 고개를 끄덕였다.

"주 과장님, 그림은 누구한테 건네줄 거죠? 여기 학생들 가운데 주동급 학생 네 명은 구속될 거예요. 네 명까지는 아니라고 해도 김우진 학생과 유한나 학생은 구속이 확실해요."

고진미가 주민수에게 물었다. 그러자 김우진이 대답했다.

"그건 걱정하지 마세요. 우리 네 명이 다 구속된다면 다른 믿을 만한 후배한테 말해서 어떻게든지 받을 수 있게 할게요. 그보다는 그림들을 어디서 보내야 할지 모르겠어요. 우리나라는 위험하기 때문에 외국으로 갖고 나가 보내야 할 것 같거든요. 그것만 결정되면 밖으로 나가는 것하고 보내는 건 어렵지 않아요."

"그 문제는 있다가 쟤네들과 입을 맞춰 보자."

주민수는 고갯짓으로 양구오가 있는 쪽을 가리키며 말했다. 그는 잠시 테이블 위에 놓인 캔 주스를 마시며 무언가를 생각하다가 김우진에게 물었다.

"아, 어디로 보낼지는 결정했어?"

"네, 한나와 상의해 봤는데, 이렇게 하기로 했어요. 먼저 이집트로 보낼 거예요. 이집트는 약탈문화재 환수운동을 가장 활발하게 벌이고 있는 나라예요. 과거 유럽 여러 나라들이 서로 경쟁적으로 이집트에 있는 수많은 문화재를 약탈해 갔거든요. 그 다음은 그리스로 보낼 거예요. 그리스 사람들은 **엘긴 마블**스라고 영국인 엘긴이 파르테논 신전에 있는 조각상 대부분을 뜯어 간 사건 때문에 약탈문화재라고 하면 자다가도 벌떡 일어나요. 그 다음은 중국이에요. 중국도 그 숫자를 파악할 수 없을 정도로 수많은 문화재를 약탈당했고, 무엇보다도 우리나라를 심정적으로 동정해 줄 거라고 보고 있어요. 물론 이 나라들은 미국보다는 최대의 문화재 약탈국인 프랑스와 영국과 같은 나라와 깊은 관계가 있어요. 하지만 그렇기 때문에 어제 저녁에 말씀드린 것처럼 전 세계적으로 약탈문화재에 대한 관심을 집중시키면서 미국을 압박하는 데 아주 효과적일 거예요."

"그냥 보내기만 한다고 될까?"

"공식적인 메시지는 메시지대로 보내고, 비밀리에 별도의 메시지를 보낼 거예요. 개인적인 친분도 있기 때문에 우리가 벌이는 일을 차근차근 설명도 하고, 설득하고, 꼭 도와달라고 말하려고요."

"그 나라들 다음에는?"

"아직 결정하지 못했어요. 세 나라에 보냈을 때의 반응을 살펴보고 다른 나라로 보낼 생각이에요. 약탈문화재라면 이를 가는 나라들은 각 대륙별로 많이 있으니까요."

"후훗, 계속 그렇게 잽만 날릴래?"

그때 뒤에서 다이아몬드 봉지를 살펴보고 있던 양구오가 음흉스레 말했다.

"뭐?"

주민수가 뒤돌아보며 물었다.

"계속 잽만 날릴 거냐고. 그쯤에서 결정적인 한 방을 날려야 하는 거다. 그런 일을 해봤어야 알지, 쯧쯧."

양구오는 세 사람 쪽으로 눈길도 주지 않은 채 말했다.

"무슨 말이야?"

양구오는 그제야 고개를 돌렸다.

"그 다음에는 양키들을 확실하게 열 받게 하는 나라로 보내. 아마 제대로 뒤집어 놓을 거다."

"어디?"

양구오는 무릎을 천천히 펴면서 자리에서 일어났다. 그리고는 검지로 천정을 가리켰다.

주민수와 김우진은 어리둥절한 표정으로 서로를 쳐다보았다. 잠시 후, 양구오가 말했다.

"북한. 우리 건 개네들의 것이기도 하니까 굉장히 적극적일걸?

게다가 사람 성질 건드리는 데는 개네들을 따라올 나라가 없다. 너희한테 운이 따른다면 일은 거기서 끝날지도 모른다."
 "무슨 수로 그림을 북한으로 보내요? 우리가 할 수도 없고, 위험하고, 현실적으로 불가능한 일이에요."
 김우진이 고개를 저었다. 양구오는 담배를 꺼내 피우면서 말을 이었다.
 "⋯⋯너희들, 북한에서도 스타벅스 커피를 마시는 것 알아?"
 "북한 사람들이?"
 주민수가 놀라워하며 물었다.
 "그래, 북한 사람들 대부분은 굶어죽어 나가고 있지만, 고위층들은 안 갖고 있는 명품이 없고 못 먹는 음식이 없다. 스타벅스 커피도 종류별로 구비해 놓고 마시고 있지."
 "근데?"
 "그거 내가 납품한 거다."
 양구오는 자랑스레 씩 웃었다.
 "무슨 말을 하려는 거야?"
 "내가 '연변 스라소니' 라고 불리는 중국 연변에서 활동하는 깡패들을 알고 있다. 그 친구들이 탈북자 등쳐먹는 애들을 등쳐먹는 애들이거든."
 "등쳐먹는 애들을 등쳐먹어?"
 "⋯⋯뭐, 그런 게 있다. 그런데 개네들이 북한 고위층들과 직빵으로 연결되어 있지. 나한테도 그림을 줘. 그러면 내가 북한으로 보내 주지. 비밀통로까지 가르쳐 준 데 대한 서비스다."

주민수과 고진미와 김우진은 한동안 서로의 얼굴을 보며 눈짓을 나눴다. 얼마 후, 주민수가 입을 열었다.

"좋아. 있다가 우진이가 그림 한 점을 줄 거야. 알아서 잘해."

"두 개 줘."

"두 점이나?"

"그래야 더 약 오를 것 아니냐."

"괜찮겠지?"

주민수가 김우진에게 물었다. 김우진은 망설임 없이 고개를 끄덕였다.

"그렇게 하지. 하지만 너, 그 그림을 갖고 어떻게 해볼 생각은 하지 마. 쓸데없는 생각하지 말라는 거야."

"내가 바보냐? 조지아 오키프인지 스카프인지 하는 개 그림은, 이제부터 그림이 아니라 시한폭탄이다. 전 세계 경찰들이 그거 찾아내려고 눈에 불을 켤 텐데, 그걸 갖고 어딜 쏘다녀."

"연변이라면 중국으로 갖고 갈 텐데, 그림을 돌돌 말아서 통 속에 넣고 움직이세요. 공항에서 별 의심은 안 할 거예요."

김우진이 양구오에게 말했다.

"그런 걱정은 마라. 그보다 훨씬 위험한 물건을 들고도 숱하게 왔다 갔다 했으니까."

이후 주민수와 고진미와 김우진은 세부적인 작전 계획에 대한 이야기를 더 나눴다.

진행 절차를 재차 확인하는 일이 거의 마무리될 쯤 유한나가 내려와 조지아 오키프의 그림 가운데 진품 열 점을 다 떼어 냈다고 알려 주었다. 주민수가 곧 양구오에게 신호를 보냈고, 모두 세미나실을 빠져나갔다.

 김우진을 포함한 열여섯 학생들, 주민수와 고진미, 그리고 양구오 일당 세 명은 모두 미술관 3층 전시실에 모여 있었다.
 한 학생이 핸드폰을 들고 와 양구오에게 건네주었다.
 양구오는 곧바로 박이칠을 불렀다.
 "핸드폰에 찍힌 동영상을 확인해라. 우리 얼굴이 나오면 절대로 안 되니까 철저하게 봐야 한다."
 "네."
 박이칠에게 핸드폰을 건네준 양구오는 천천히 전시실을 둘러보았다. 그의 앞에는 어찌 보면 참으로 황당한 장면이 펼쳐져 있었다. 전시실 한쪽 모퉁이에는 고진미가 묶여 있고, 한복판에서는 오공삼이 학생들을 묶은 끈을 조절하고 있었다.
 주민수는 초조해 하며 전시실 안을 왔다 갔다 했다.
 그와 학생들은 양구오 일당을 믿지 못했다. 그래서 그는 마지막에 가서야 비밀통로를 알려 주려고 했고, 학생들은 무전기와 핸드폰으로 언제든지 바깥의 경찰과 연락을 취할 수 있게 준비를 했으며, 또 학생 두 명이 1층 출입문 쪽에서 안에서 일어날 만일의 사태를 대비했다.

 양구오는 담배를 한 대 꺼내 입에 물었다. 불을 붙이려다, 학생들 맨 앞에 유한나와 함께 묶인 김우진의 손에 무전기가 감춰져 있는 게 눈에 들어왔다. 양구오는 피식 웃고는 그를 물끄러미 쳐다보았다.

 김우진은 즉흥으로 이루어진 배치가 제대로 되었는지 두리번거리다 양구오와 눈이 마주치자 의식적으로 시선을 피했다.

 양구오는 담배에 불을 붙이고 김우진에게 다가와 말했다.

 "너 때문에 2박 3일 동안 겪었던 일을 생각하면 쪽팔려서, 나도 아마 며칠간은 수면제를 먹고 자야 할 거다. 하지만…… 요즘 세상에 너 같은 애가 있다는 게 신기할 뿐이다. 무모하기는 해도 양키들과 맞장 뜨려고 한 그 배짱 하나는 높이 사주지. 우리 세계에도 너 같은 애가 별로 없거든."

 양구오는 담배를 몇 모금 피우고 나서 느닷없는 걸 물었다.

 "너, 깜방 처음이지?"

 "……네."

 "처음에는 하루하루가 지옥 같이 느껴질 정도로 힘들 거다. 하지만 거기도 사람 사는 곳이야. 생각하는 것만큼 나쁜 사람들만 있는 것도 아니고. 여기도 사람 사는 데구나, 이런 생각하면서 지내다 보면 힘들지 않게 시간을 보낼 수 있을 거다."

 양구오의 눈매는 여전히 매서웠지만 그의 눈길은 그 어느 때보다도 편안했다. 김우진은 양구오를 보며 고개를 가볍게 까닥했다. 그때 박이칠이 핸드폰을 들고 양구오에게 다가왔다.
"형님, 아무 문제없습니다."
"좋다. 그럼 다 끝난 거다. 잘 들어라. 나와 공삼이가 먼저 빠져나갈 거다. 너는 출입문에 있는 유리창 하나를 박살내고 바로 쫓아와야 한다. 저 자식이 밖에서 시간을 오래 끌지는 못할 거다."
"걱정하지 마십시오, 형님."
양구오는 담배꽁초를 바닥에 버리고 나서 주민수를 향해 소리쳤다.
"야! 시작해!"

탕, 탕, 탕!
세 발의 총성과 동시에 주민수는 정신이 번쩍 들었다.
하지만 그건 총성이 아니었다. 삼겹살 가게 안이었다. 한 손님이 둥근 철제 테이블을 수저로 두드리는 소리였다.
"주문 안 받을 거야! 아니, 사장이 주문은 안 받고 TV만 보고 있으면 어떻게 해?"
"……네, 네."
주민수는 커다란 양은 쟁반을 들고 성미 급한 손님이 앉은 테이블로 움직였다. 그의 발걸음은 그 어느 때보다도 가벼웠다.

그로부터 1년 후, 아르스 미술관은 재개관했다.

열여섯 서울 아트 인스티튜트 학생들의 아르스 미술관 점거사건으로 폐관한 지 근 2년 만의 일이었다.

사건 이후 아르스 미술관의 모기업인 새턴 커뮤니케이션의 최문호 사장은 심사숙고 끝에 폐관을 결정했으나, 그 사건으로 오히려 미술관이 주목을 받고 나중에는 역사의 현장으로도 인식되어지면서 재개관을 결정하게 된 것이다.

최문호 사장은 재개관이라는 말 대신 처음부터 새로 시작한다는 의미에서 개관이라는 말을 사용하였고, 바로 오늘 아르스 미술관 개관식을 거행하고 있었다.

아르스 미술관 앞마당에서 열린 개관식에는 이례적으로 대통령과 국무총리 그리고 주한미국대사까지 참석하였고, 문화예술부 장관과 여러 분야의 문화계 인사들은 물론, 각 정당 대표와 정치인들, 또 관련 시민단체 인사들도 참석하여 자리를 빛냈다. 여기에 수많은 국내외 취재 기자들과 일반 시민들까지 몰려와 대성황을 이루어 미술관 앞 도로를 일시적으로 차단할 정도였다.

개관식이 끝나고 최문호 사장은 참석한 귀빈들을 미술관 안으로 안내했다.

미술관 안으로 들어서는 그들의 모습 너머로 건물을 덮고 있는 초대형 현수막이 선명하게 빛나고 있었다. 2년 전 조지아 오키프의 전시를 알렸던 그곳에, 또 헨더슨 컬렉션을 반환하라는 학생들의 구호가 걸렸던 그곳에, 이젠 이런 글자가 쓰여 있었다.

아르스 미술관 개관 기념전

돌아온 헨더슨 컬렉션의 보물들

2. 1 ~ 5. 31

_추천글
_작가노트
_참고한 책과 자료

추천글

헨더슨 컬렉션과 심청이 그리고 심봉사

혜문 스님 · 문화재제자리찾기 사무총장

2009년 1월. 영하 10도를 넘는 보스턴 하버드대에서 헨더슨 컬렉션을 처음 만나던 날, 뿌연 연기 너머로 까맣게 잊고 살던 기억들이 되살아나고 있었다. 전쟁, 가난의 굴레에 허우적대며 단지 살기 위해 살아야 했던 지난했던 60년대. 풍요가 넘쳐나는 지금, 애써 외면하고 싶은 그때의 비굴했던 얼굴들과 마주치는 건 그다지 유쾌한 일이 아니었다.

헨더슨 컬렉션은 우리의 엘리트들이 뇌물로 넘겨 버린 문화재들이다. 심지어 헨더슨이 한국을 떠날 때, 무사히 그것들을 가져 갈 수 있도록 도와준 박물관 직원들이 있을 정도였다. 그 부끄러운 과거와 정면으로 만나는 일은 지금 우리에게도 힘든 일이다.

나는 '심봉사'를 떠올리고 있었다. 제 눈뜰 요량으로 곱디 고운 딸 팔아 얻은 돈으로 뺑덕어미랑 재미보고 사느라 세상 시름 잊었던 못난 아버지. 왕후가 된 심청이 앞에 불려 나가자 혹시 '딸 팔아먹은 죄'가 들통 난 줄 알고 살려달라고 애걸복걸하던 그 못난 아버지의 모습이 겹쳐 왔다.

"세계 최고의 대학에서 세계최고의 대우를 받게 되었으니 오히려 잘된 일 아니겠습니까?"

그도 그럴 법하다. 가난한 아버지 밑에서 동냥질이나 하면서 뒹구는 심청이보다는 왕후가 된 심청이가 훨씬 보기 좋으니 말이다. 하버드대학 박물관에서 *하늘 아래 최고* First Under Heaven가 된 헨더슨 컬렉션은 삼단 같은 머리를 풀어 헤치고 인당수 푸른 물에 몸을 내던진 가엾은 우리들의 '심청'이요, 우리는 뺑덕어미 살내음에 파묻혀 딸 생각을 잊어버린 못난 아버지의 모습이다.

어찌 보면 한국의 전쟁고아가 거렁뱅이로 전전하느니 미국 입양 후 시민권자로 행복하게 살아가는 게 좋을 수도 있는 일이다. 헨더슨 컬렉션은 헤아릴수록 복잡하고 난해하다. 그래서인지 우리는 그 동안 애써 헨더슨 컬렉션을 외면해 왔고, 반환요구나 가치 평가는 고사하고 변변한 논문 한편 없이 지내왔던 게 현실이었다. 그런 헨더슨 컬렉션에 주목하고, 정면으로 문화재 반환문제를 다룬 작가의 상상력과 소설적 재능에 놀라움을 느낀다.

대학생들이 헨더슨 컬렉션의 가치를 알아보고, 미국에 대해 원산국 반환을 요구하는 줄거리도 흥미진진하거니와 미술관 점거사건을 통해 구체적 정황을 형상화한 점도 재미있다.

  세상에는 집중해서 보아야만 보이는 것들이 있다. 늘 지나다니면서도 부주의하기 때문에 놓쳐 버리는 것들이다. 나는 얼마 전 아산 현충사 이순신 장군 영정 앞에 일왕을 상징하는 금송이 심어져 있다는 사실에 매우 놀랐었다. 헨더슨 컬렉션도 문제의식을 가지고 유심히 살펴보지 않으면, 무엇이 잘못되었는지조차 파악하기 힘들 일이다. 잘 보이지 않는 눈을 떠보려고 혼자 눈꺼풀을 깜짝깜짝거려 본다. 세상을 바라보는 일은 너무 힘들다.

작가 노트

미술관에서 보낸 2박 3일

이 은

  재작년 한 미술계 지인과 이런저런 이야기를 나누다, 해외로 유출된 우리 문화재를 소재로 소설을 써보면 어떻겠냐는 말을 들었다.
  그 지인은 소재의 특성상 내용이 길어지고 무거워질 가능성이 크지만, 콤팩트한 마무리에 독특하고 재미있게 써보라는 말까지 곁들여 주었다. 당시 신작을 위한 새로운 소재를 열심히 찾고 있었고, 평소 문화재 유출 문제에 관심을 갖고 있던 나로서는 정신이 확 드는 이야기였다.
  소설 집필을 결심하고 계속 생각만 해오다, 모 미술관의 개관 준비에 관여하며 미술관에서 2박 3일 머물게 된 일이 있었다. 미술관에서 사흘간 숙식을 하며 지내던 어느 순간, 도대체 왜 그런 생각이 들었는지는 몰라도, 느닷없이 1985년의 서울 미문화원 점거사건이 떠오르면서 이 소설의 얼개를 순식간에 짜게 됐다.

 이 소설은 이른바 아트 테러(사람 대신 고가의 문화재나 미술품을 볼모로 잡고 자신들의 요구를 주장하는 행위)를 벌이는 학생들에 대한 이야기다. 학생들은 미국의 위대한 화가 조지아 오키프 전이 열리는 미술관을 점거하고 미국으로 유출된 우리 문화재를 반환해 달라고 주장한다. 여기에 극적 재미를 위해 다른 목적으로 미술관에 들어왔다가 학생들 때문에 갇히게 된 조직 폭력단과, 학생들과 조직 폭력단 사이에서 외줄타기를 하며 미술관을 지키려는 미술관 직원들 사이에서 벌어지는 이야기가 동시에 흐른다.

 이야기는 미술관을 단 한 번도 벗어나지 않고 모두 미술관 안에서만 전개된다. 또 학생들과 갈등 관계에 있어야 할 경찰을 완전히 외곽으로 돌리고, 미술관 내 인물들의 갈등 관계에만 초점을 맞춰 마치 한 편의 연극을 보듯 꾸며 보았다. 설정이 이렇다 보니 소설을 쓰면서 이번처럼 이야기에 몰입된 적이 없었다. 글을 쓰는 내내 혼자 미술관 지하 1층에서 4층까지 오르락내리락하며 등장인물들을 바쁘게 쫓아다녔던 것 같다.

 소설의 구성과 진행 그리고 결말은 다 허구이다. 소설 속에서는 헨더슨 컬렉션이 깔끔하게 한국으로 돌아오게 되지만 실제는 그렇지 않다. 헨더슨 컬렉션은 돌아오지도 않았고, 우리나라에서는 적극적으로 나서서 돌려받을 생각도, 미국은 돌려줄 생각도 하지 않고 있다. 그 문제는 둘째 치고 독자들 가운데는 헨더슨 컬렉션이라는 말을 처음 듣는 사람도 적지 않을 줄로 안다.

하지만 소설의 핵심이 되는 해외 유출 문화재에 관한 내용은 모두 사실에 근거했다. 여기서 두 가지 생각은 분명히 밝혀야 할 것 같다.

하나는 내가 해외 유출 문화재를 소재로 한 소설을 쓰면서, 미국을 타깃으로 삼은 이유다.

처음에는 정리하는 것조차 어려울 만큼 수많은 문화재들을 약탈해 간 일본이나, 폭력적으로 약탈해 간 외규장각 도서를 놓고 영악하고 얄밉기 짝이 없는 외교술을 벌이며 가히 '문화재 조폭'의 면모를 보여 준 프랑스를 염두에 두었다. 그런데 소설을 구상하는 가운데 여러 사람들과 이야기를 해보면서 미국이 일본에 이어 두 번째로 많은 양의 우리 문화재들을 유출해 갔다는 사실을 모르는 이들이 의외로 상당하다는 걸 알았다.

더 놀라운 것은 미국이 유출해 간 문화재에 대해서는 다른 나라에 비해 비교적 관대한 입장을 보인다는 점이었다. 우리나라와 미국 간의 역사적, 정치적 관계 속에서 어쩔 수 없이 나온 결과라고 받아들이는 듯했다. 하지만 어떤 경우라도 불법과 탈법이라는 범죄 행위가 전제된 문화재 유출이 용인될 수는 없다고 본다. 그런 이유로 미국을 타깃으로 삼아, 그 가운데 가장 많이 거론되는 헨더슨 컬렉션을 중심으로 소설을 쓰게 됐다.

다른 하나는 용어에 관한 문제다.

소설에서는 시종일관 '약탈' 이라는 용어를 사용했다. 사실 문화재 유출을 이야기할 때 많이 사용하는 약탈(掠奪, 폭력적인 방법을 써서 남의 것을 억지로 뺏음), 유출(流出, 귀중한 물품이나 정보를 불법적인 방법으로 밖으로 내보냄), 반출(搬出, 밖으로 운반하여 냄)이란 용어를 구분해야만 한다. 그런데 이 구분이 애매하거나 서로 뒤섞인 양상을 보이는 경우가 많아 현실적으로 명확히 구분하기가 매우 어렵다.

이 소설의 중심이 된 헨더슨 컬렉션의 경우 미국은 약탈이나 유출이라고 보지 않고 단순 반출로 본다. 헨더슨은 일본이나 프랑스처럼 폭력적인 방법으로 우리 문화재를 수집한 인물이 아니다. 더욱이 당시 우리나라에는 지금처럼 문화재 관련법이 제대로 세워지지 않은 상태여서 불법적으로 빼돌렸다고 할 수도 없다. 이런 이유로 헨더슨이 결코 우리 문화재를 약탈이나 유출한 인물이 아니라는 논리를 펼치는 사람들이 의외로 많으며, 나름 설득력 있게 들린다.

사실 우리나라는 물론 수많은 문화재가 유출된 다른 나라들에서도, 외규장각 도서처럼 역사적으로 명백한 약탈로 확실하게 정의되지 않으면, 이러한 입장 차이 때문에 적잖은 논란이 일고 있고, 환수를 위한 협상에 곤란을 겪는 경우가 많다. 외규장각 도서 환수운동을 통해 알 수 있었지만, 명백한 약탈로 양국이 다 인정하고 있는데도 이렇게 힘겹다면, 그렇지 않은 경우 환수가 얼마나 지난한지는 길게 설명할 필요도 없을 것이다.

그럼에도 내가 소설에서 약탈이라는 강한 용어를 줄곧 사용한 이유는, 우리나라는 역사적 배경이 단순 반출보다는 약탈이나 유출을 하게끔 만든 요인으로 작용한 경우가 많았고, 또 많은 자료들에서 국보급의 굵직굵직한 문화재들은 상당수가 단순 반출이라기보다는 약탈이나 유출된 것으로 판단하기 때문이다. 특히 헨더슨 컬렉션의 경우 관련 논문과 자료들을 면밀하게 살펴보고 나서, 우리나라 문화재의 수집과 반출 과정 그리고 이후의 행적으로 추론해 볼 때 그가 불법적인 방법을 알게 모르게 이용했다고 판단해 유출이라고 규정했다. 거기에 더해져 극적으로 전개되는 소설의 틀 속에서 나는 그 모든 것들을 크게 아우르고 폭력성을 강조하기 위해 약탈이라는 용어를 사용했다.

그동안 주로 시민단체를 중심으로 일어났던 해외 유출 문화재 환수운동이 최근에는 서서히 정부 차원에서 시도되는 듯하다. 이는 쌍수를 들고 환영할 만한 일이지만, 빠른 시간 내에 성과를 내려는 한국인 특유의 서두름과 고질적인 전시행정의 병폐가 조금씩 엿보이는 것도 사실이다. 가장 먼저 해야 할 것은 앞서 말한 약탈, 유출과 반출에 대한 독자적인 기준을 세우고 각각의 문화재가 해외로 떠돌게 된 경로를 체계적으로 파악하는 일이다. 이것만으로도 최소한 10년은 걸릴 방대한 작업이다. 이 작업이 안 되면, 잊을 만하면 한 번씩 반짝 하는 어떤 성과를 국민들에게 보일 수는 있겠지만, 나머지 14만 점이 넘는 해외 유출 문화재를 환수하는 일은 여전히 요원한 일일 수밖에 없다.

이 소설이 마무될 즈음 뜻밖의 소식을 들었다. 일본에서 극히 일부분이지만 약탈문화재를 반환하겠다고 했고, 프랑스에서 외규장각 도서를 임대라는 형식으로 한국으로 보내겠다고 약속했다. 또 놀랍게도 이 소설의 소재가 된 헨더슨 컬렉션의 한국 전시를 추진 중이라는 말도 나오고 있다.

나는 소설가로서, *미술관 점거사건*을 통해 해외 유출 문화재 문제와 문화재 환수에 대한 어떤 신념을 강하게 보여 주기보다는 그 주제를 재미있고 의미 있게 극화시키는 데 더 집중했다. 그것이 내가 할 일이라는 생각으로 글을 썼다. 그렇기 때문에 소설을 통해서나 이 노트를 통해서나 그 문제에 구체적인 무언가를 제안하거나 나름의 큰 목소리를 내고 싶지는 않다.

그보다는 소설가의 입장에서 그 문제를 대하는 나의 소박한 심정을 말하면서 글을 마무리지려고 한다.

나는 시간이 있을 때면 서울에 있는 국립중앙박물관이나 지역 박물관에 찾아가곤 한다. 그때마다 느끼는 건, 의외로 다채롭고 흥미로운 이벤트들이 많은데도 왜 이렇게 관람객이 적을까, 하는 것이었다. 학교 수업의 일환으로 온 학생들과 외국 관광객들만 있고 일반 관람객들은 찾아보기 힘들다. 얼마 전에 다녀온 지방의 한 박물관에서는 내 구두 소리만을 들으며 그 넓은 곳에서 한동안 혼자 유물들을 관람하기도 했다. 하긴 요즘처럼 재미있는 볼거리가 많은 시대에 돈 만 원이 있으면 영화나 스포츠를 먼저 관람하려고 할 테니, 미술관이나 박물관을 1순위에 올리는 일은 그야말로 특별한 선택이 아닐 수 없다.

2008년 국보 1호인 숭례문이 불탔다. 이것은 엄청난 사건이다. 박물관이나 유물 발굴 현장에서 실수로 도자기 하나를 깨트린 일이 아니다. 이미 국제적인 도시로 도약한 대한민국의 수도 서울에서, 그것도 수많은 사람들이 오가는 시내 한복판에서, 그것도 방재, 방범시설이 되어 있는 곳에서, 그것도 화재 현장을 초기에 발견했음에도, 우리의 커다란 문화유산 하나를 잃었다.

나는 그때 우리나라의 문화재를 약탈해 간 나라들이 노골적으로 비웃는 소리를 들을 수 있었다. 갖고 있는 것도 못 지키기는 주제에, 우리의 물건을 우리보다 더 안전하게 잘 보관해 주는 자신들에게 돌려달라고 말할 자격이 있냐고.

해외 유출 문화재를 돌려받는 일보다 더 중요한 건, 지금 우리 곁에 있는 문화재에 따뜻한 관심을 갖는 일이다. 해외 유출 문화재 환수운동을 보면서 우리가 가장 먼저 느껴야 할 것은, 우리나라 문화재를 도둑질해 간 나라들에 대한 분노와, 감정에서 끓어오르는 촌스러운 애국심이 아니다. 멀리 일본, 미국, 프랑스가 아니라 바로 우리 곁에 있는 문화유산이 얼마나 소중하고, 또 그것을 일단 잃어버리고 나면 원상복구하거나 되돌려 놓는 일이 얼마나 힘든가, 하는 사실을 깨닫는 일이다.

많은 사람들이 국보 뒤에 붙는 1호, 2호, 3호…… 라는 번호가 중요도에 따른 서열로 알고 있다. 그래서 국보 1호가 제일 중요하고 뒤로 가면 갈수록 별로 중요하지 않다고 생각하게 만든다. 하지만 그 번호는 편의상 붙여 놓은 것일 뿐이지 우리의 모든 문화유산은 국보 1호만큼 다 소중하다.

혹시 독자들 가운데 국보 2호가 무엇인지 아는지?

원각사지십층석탑(圓覺寺址十層石塔)이라고 선뜻 대답하는 사람들이 그리 많지는 않을 것이다. 나는 요즘 우리나라는 물론 전 세계적으로 일고 있는 문화재 환수운동이 거창하고 엄청난 노력이 필요한 일이라고 생각하지 않는다. 그것은 어쩌면 국보 1호인 숭례문이 전소된 모습을 보고 눈물을 흘렸던 사람들이, 이제부터는 국보 2호를 그리고 더 나아가 다른 문화재를 따뜻한 관심으로 사랑하고 살피는 일에서 시작되고 끝나는 작고 쉬운 일일지도 모른다. 해외로 유출된 수많은 우리 문화재들이 지금 우리에게 말을 할 수 있다면, 빨리 고국으로 돌아가고 싶다는 말이 아니라 그 말을 하지 않을까?

그런 관심이 깊어진다면 해외로 유출된 우리 문화재는 자연히 우리 곁으로 돌아오게 될 것이라고 믿는다.

2011. 5.
홍대 앞 작업실에서

참고한 책과 자료

김경임, 「클레오파트라의 바늘」, 홍익출판사, 2009.
김준길, '그레고리 헨더슨과 소용돌이의 한국 정치', 월간조선, 2001년
　　　6월호.
이강숙, '불법 유출 문화재 반환에 관한 국제법적 고찰', 이화여자대학교
　　　대학원 법학과 석사학위 논문, 1998.
이구열, 「한국 문화재 수난사」, 돌베개, 1996.
이보아, 「루브르는 프랑스 박물관인가?」, 민연, 2002.
구치키 유리코(장민주 번역), 「도둑맞은 베르메르」, 눌와, 2006.
노어 차니(홍성영 번역), 「미술품 도둑」, 랜덤하우스, 2009.
에드워드 사이드(박홍규 번역), 「문화와 제국주의」, 문예출판사, 2005.
문화재제자리찾기 홈페이지 / www.문화재제자리찾기.com